周简段 冯大彪 著
冯大彪 主编

新星出版社 NEW STAR PRESS

图书在版编目（CIP）数据

大戏台／周简段著．——北京：新星出版社，2017.6
（神州轶闻录）ISBN 978-7-5133-2635-3

Ⅰ.①大⋯ Ⅱ.①周⋯ Ⅲ.①随笔－作品集－中国－当代 Ⅳ.①I267.1

中国版本图书馆CIP数据核字（2017）第129009号

大戏台

周简段　著

冯大彪　主编

责任编辑：简以宁
责任印制：李珊珊
装帧设计：几木艺创

出版发行：	新星出版社
出 版 人：	谢　刚
社　　址：	北京市西城区车公庄大街丙3号楼　　100044
网　　址：	www.newstarpress.com
电　　话：	010-88310888
传　　真：	010-65270449
法律顾问：	北京市大成律师事务所
读者服务：	010-88310811　　service@newstarpress.com
邮购地址：	北京市西城区车公庄大街丙3号楼　　100044
印　　刷：	三河市兴达印务有限公司
开　　本：	787mm×1092mm　1/32
印　　张：	13.25
字　　数：	245千字
版　　次：	2017年7月第一版　2017年7月第一次印刷
书　　号：	ISBN 978-7-5133-2635-3
定　　价：	39.00元

版权专有，侵权必究；如有质量问题，请与印刷厂联系调换。

总序一

让我为《神州轶闻录》这部很有分量的丛书作序,使我惶恐!虽然在我九十年的岁月中,七十年是住在北京的:我住过"天棚鱼缸石榴树"的四合院,从西直门骑驴到过卧佛寺,吃过赛梨的萝卜和糖葫芦……但是看起《神州轶闻录》,那几卷里的掌故、风土、艺文、名胜、人情等,大都是我所不知道的。首次到北京的外国朋友和国外华侨,往往问我:"你是老北京,请你告诉我逛北京要如何逛法?"我居然大言不惭地说:"你首先要去的是天坛公园,那座祈年殿,是我觉得在欧、美、亚、非的任何建筑,都不能与她相比的;再就是去登上景山之巅,俯看北京城全景,故宫的设计也全看到了。此外去吃顿全聚德的烤鸭、东来顺的涮羊肉。其他就是我认为可去可不去的地方,你再听听别人的意见吧。"

我自1980年伤腿之后,不良于行,新北京的建筑,我都没有看见过,但这不是古迹,也不在我们谈话之列了。

我所能写的,就是这些。

冰　心
1991年2月26日

总序二

我顶怵写序,怕没话找话,空空洞洞,所以我轻易不答应给人写序。唯独对周简段先生(我没见过这位,所以不便加个"老"字儿)的《神州轶闻录》,我不能推辞。一则是我翻阅了曾在香港出的五辑选本,简直叫人拿起来放不下,实在有看头儿,二则一沾北京的边儿,我就不好意思溜掉。在下到底是在这儿土生土长的呀。

我出生在东直门羊倌胡同,中小学都是在安定门大三条上的。最后,又在海淀戴了下学士帽儿——就是那种挂着穗子的黑绸方帽。刨去跟学校春游到过一趟南口,十八岁前我就没出过城圈儿。可后来当上了记者,就跑起江湖来啦。不但国内,连大半个地球都跑遍了。可是不论漂到哪儿,我怎么也忘不了我的老北京。

这着实是块宝地。不但历史悠久,掌故丰富,城里城外满是名胜古迹,而且叫人怀念的,是在这里活动过的非凡人物。北京城要是座五光十色的舞台,那么更叫座的当然是在这里驰骋过的显赫角色。那真是三教九流,行行出状元。这里有纵横捭阖的政客,也有学贯中西的学者,有书画名家,也有名噪一时的曲艺泰斗,以至身怀绝技的武术大师。《名人辞典》只能告诉你这些人物的官职履历，这本《神州轶闻录》却能通过遗闻轶事，活灵活现地描绘出他们的精神面貌。

不论是对像我这样怀念老北京，一心希望重温一下故都旧梦的老年人，还是对那些急于了解昨天的青年人来说，这都是一套可心的书，可以放在枕边或揣在旅行包里随身携带的好书。篇幅都不长，既能解闷儿又长知识，必然会越看越有滋味儿。

萧　乾
1990年7月10日

总序三

"文化"是一个很大的词儿,而本书中所选的文章却是短而又短,几乎都是身边琐事,细碎平淡,小到不能再小了。这与"文化"不是有很大的矛盾吗?

我认为,关键在于如何看待文化。

我们语言中有许多最常见的词儿,一看便明白,一问便糊涂。"文化"就属于这一类。一提到"文化",谁不明白呢?然而,为什么据说世界各国学者对"文化"下的定义竟有五六百种之多,而且谁也说服不了谁呢?个中消息,耐人寻味。这就充分说明,"文化"是根本没有法子下定义的。

然而,我们用不着为此伤心失望。我们生活,我们读书,绝不是遵守某一个定义的。尽管学者用心良苦,下定义煞费精神,我们可以置之不理而心安理得地按照自己的常识去理解文化。

如果你同意我这个看法的话,那么你就会在本书所有的文章中发现文化。本书共分五个部分,哪一部分里没有文化呢?各文中所讲的故事,都看似烦琐细碎,平淡无奇;如果你愿意当作"闲书"来看,仅供茶余酒后消遣之用,从中寻求那么一点点儿小小的乐趣,你有这个权利,我也表示赞同。因为,不管这点乐趣多么渺小,它也能让你去除精神和体力的疲惫,重新抖擞精神,投入人生的或大或小的事业的搏斗中去。贤于博弈多矣。

然而,哲学家们常说:于一滴水中见大海,于一粒沙中见宇宙。难道在我们这些小的文章中不能见到大的文化吗?所有这一些戏曲、文玩、学府逸事等,又哪一个与文化无关呢?只不过在这里谈文化,不是峨冠博带,威仪俨然,不是高头讲章,而是涉笔成趣,理路天成,于琐细中见精神,于微末处见全面,让你读了以后,如食橄榄,回味无穷,陶冶性灵,增长见识。这种精神的享受,是别的文章无法代替的。难道不是这样子吗?

我就是本着这一点小小的想法,写了这一篇小序。

季羡林
1991年6月23日

序

大彪兄编了一套书,内有《大戏台》一本是说北京戏曲、曲艺等方面的,命我写序。我很喜欢戏曲、曲艺,工作就是从事这方面研究,大彪又是老友,那就不敢推辞了。

北京是戏剧的丛薮,京剧生于此就甭说了,其他如梆子、昆曲、评戏(昔日京人叫它"蹦蹦儿""落子")、评书、话剧……都活跃于此,一块儿奏起了京门的戏剧交响曲。

20世纪50年代北京戏剧之繁茂,令我追怀不已。就拿京剧说,演出团体不下二十来个,每晚有演出,星期日加场,还有早、中、晚三场的!当时许多名演员健在,新秀层出,剧目纷呈,令人目不暇接。剧场门口立起"客满"牌子,不是新鲜事。要和今日京剧冷清一比,我真扼腕叹息——今之拿京剧自娱者数不胜数,但花钱买票进剧场的有多少?昔日是看戏的多不胜计,玩票的少。我不知这现象是表明京剧繁荣呢,还是显出京剧的式微?我是不以"戏迷"多少论京剧之现状的,还是得看买票观众的多少来判断吧!有人说今之票价太贵,我也有同感。昔之票价通常在三毛到一块二之间,以平均一块算,可买五十碗豆汁；今之票价以平均三百元一张算，可买今之豆汁三百碗。豆汁由两分一碗到一块一碗，涨五十倍，而票价竟涨了三百倍！过去五十碗豆汁的钱就买前排的票，今天呢？以北京人爱喝的豆汁价格为参照数，今之前排票也就卖五十块一张！现在卖的票是太贵了！话又说回来，梨园剧场十块一张，所谓"戏迷"也不买票进去看！真爱戏的有多少？拿唱几段戏以自娱者，非戏迷也！更不叫票友！本书中没有说戏票价格的，我这也算作个补充吧。

北京曲艺是北京民间文艺的瑰宝。昔日评书、大鼓的魅力迷倒各阶层的北京人，就连小学生也会连阔如的评书《人物赞》，有的能学彭素海、刘田利的西河大鼓，关顺鹏的竹板书。电台一播王杰魁的《包公案》，能令行人走贩驻足而听，故有"静街王"的美誉。书茶馆是遍布四九城。此景象，今不见矣！

请读者好好看看这本《大戏台》吧！它不但会发您怀旧之幽情，更会引您深思：

> 为什么今之戏曲曲艺不景气？是人们的审美趣味变了？是对传统文化的感情淡漠了？还是欣赏水平、民族文化素养降低了？是别的艺术品种兴起而夺走了观众？还是没有吸引观众的好角儿和好戏、好曲艺段子？如只把此书的内容当了茶

余饭后的谈资,可就阎贱它了!

钱世明
2005年7月12日于惜阴敏求书屋

目 录

名伶掠影

1

程长庚"大老板" / 3
"单刀叫天"谭鑫培 / 6
"老乡亲"孙菊仙 / 11
知县名伶汪笑侬 / 14
"关戏泰斗"李洪春 / 17
"德艺双馨"盖叫天 / 20
名丑萧长华的念白 / 23
"活曹操"侯喜瑞 / 26
"戏篓子"赵松樵 / 29
"猴王"李万春 / 32
女伶刘喜奎不畏权贵 / 35
程砚秋三请俞振飞 / 37
花脸宗师郝寿臣 / 40
老旦首座李多奎 / 44
当代名丑马富禄 / 46

北昆老艺人侯玉山 / 48

"四大须生"之一奚啸伯 / 50

杨宝森别名"杨失伍" / 52

一代名旦荀慧生 / 54

四大名旦中的尚小云 / 57

须生泰斗马连良 / 59

著名武旦宋德珠 / 64

"金霸王"的癖好 / 67

"铁嗓青衣"王玉蓉 / 70

梅派青衣陆素娟 / 73

吴素秋早年二三事 / 76

童芷苓和她的弟弟妹妹 / 78

"舞台飞人"张德俊 / 81

李世芳青岛罹难前后 / 84

梅派高足魏莲芳 / 87

拜"梅"唱"程"新艳秋 / 90

艺苑双菊名坤伶 / 93

白玉霜与小白玉霜 / 96

评剧名伶喜彩莲 / 101

魏喜奎名噪京华 / 103

豫剧名伶常香玉 / 105

豫剧泰斗陈素真 / 107

越剧开山者姚水娟 / 110

同光名伶十三绝 / 115

梅巧玲生死见交情 / 118

谭鑫培随机应变 / 120

梨园世家说叶氏 / 122

京剧文人齐如山 / 125

梅兰芳与卓别林的交往 / 128

名伶争演三国戏 / 131

四大须生说"谭派" / 134

盖叫天拒唱堂会 / 137

名净金少山说隐情 / 139

汪笑侬、李洪春联袂演出 / 142

四大名旦的竞争 / 145

"四小名旦"与"四白蛇传" / 147

琐忆京剧女武生 / 150

名家救戏佳话 / 152

裘盛戎误场赏肉记 / 154

京剧男旦艺术的兴衰 / 157

京剧名伶"四大怪" / 159

有趣的"对台戏" / 162

用京剧唱外国戏 / 165

京城何处"戏子坟" / 168

梨园名流助学义举 / 171

一柄锣槌传三代 / 174
戏曲演出中的"忌讳" / 176
"鬼戏"面面观 / 179
《大劈棺》和《纺棉花》 / 181
名伶关德咸之死 / 184
成兆才与《杨三姐告状》 / 187

北京的戏迷 / 191
张伯驹与余叔岩 / 194
痴迷戏曲的张大千 / 200
慈禧太后看京剧 / 203
大清国的戏迷王爷 / 205
名人客串京剧 / 208
粉墨登场老报人 / 211
谭派名票韩慎先 / 214
近云馆主女名票 / 216
"票界之王"王庾生 / 219
天津老票友王君直 / 221
票友票房探源 / 223
生肖入戏 / 227
乙亥年谈"猪戏" / 229
十二生肖入戏文 / 232
"鼠戏"中多有案情 / 233

戏迷逸事

文武兼演说"牛戏" / 236
"虎戏"撷趣 / 240
从《嫦娥奔月》说到"兔戏" / 243
历史悠久的"龙戏" / 246
惩恶扬善说"蛇戏" / 249
有趣的"马戏" / 251
慈禧忌"羊戏" / 254
久演不衰的"猴戏" / 257
不多见的"鸡戏" / 260
别出心裁的真狗上台 / 263

戏事杂陈

京剧科班富连成 / 269
中华戏校和"四块玉" / 272
天津稽古社子弟班 / 275
旧时戏班话"班规" / 278
旧京老戏园子 / 281
老街深处古戏楼 / 284
京都会馆三戏楼 / 287
哈尔飞戏院话沧桑 / 290
天津大舞台戏园 / 292
漫话昔日堂会戏 / 294
京胡大师杨宝忠 / 299
马派琴师李慕良 / 301

制琴高手史善朋 / 303

急管繁弦忆偶虹 / 305

京剧的脸谱 / 307

梅兰芳的第一部彩色戏曲片 / 309

石挥的生死情结 / 312

吴祖光的《风雪夜归人》/ 315

黄宗江在南开和燕京 / 318

孙道临从艺前后 / 320

白杨拍《十字街头》/ 322

"电影皇帝"金焰 / 325

王莹饰演赛金花 / 328

一代影星阮玲玉 / 331

出于书香门第的梅熹与梅阡 / 334

《红楼梦》电影话当年 / 337

话剧、电影和小说《秋海棠》/ 339

《唐伯虎点秋香》五上银幕 / 342

"杨乃武冤案"入戏来 / 345

漫话相声《关公战秦琼》/ 351

金喉歌王小彩舞 / 354

相声世家常连安、常宝坤 / 356

鼓界大王刘宝全 / 359

评书大家连阔如 / 363

艺人爱国讽时弊 / 365

双簧艺人孙宝才 / 368

云里飞与大金牙 / 370

天桥艺人"穷不怕" / 372

相声艺人"老万人迷" / 375

曹宝禄和他的单弦 / 377

王毓宝与"天津时调" / 380

白派京韵忆云鹏 / 382

滑稽大鼓艺人富少舫 / 384

周汝昌新作《秋窗风雨夕》/ 387

扬州评话说《水浒》/ 390

评书名家陈士和 / 393

说书人钟晓帆 / 396

代后记 / 399

名伶掠影

ming ling lueying

程长庚"大老板"

清代京剧名伶、剧曲活动家程长庚,名椿,字玉珊,安徽潜山人。系道光年间三庆班头牌老生,为人正直,品格高尚,且文武全才,以其德才兼备而执掌三庆班,成为该班以德服众的班主,威望甚高。

科班出身的程长庚,戏路极宽,他能演穿"红靠"的《战太平》中的华云,穿"黄靠"的《龙虎斗》中的赵匡胤,穿"绿靠"的《战长沙》中的关羽,穿"白靠"的《九龙山》的岳飞,穿"黑靠"的《白良关》的尉迟恭(反串"铜锤花脸")。其唱法古朴沉着,字正腔圆,穿云裂帛,余音绕梁。

程长庚不仅是前无古人的角儿,而且是个戏包袱。三庆班应堂会,配演人员不够时,程长庚每每缺什么补什么,扮个"英雄",来个"院子",甚至"旗""锣""伞""报",什么小角儿都演,有时一场堂会,总要先后扮四五个角色。

后来，有人劝之曰："大老板，您这么干，不怕对您的盛名有累吗？"程长庚笑答曰："众人搭三庆班都是捧我来的，派什么，唱什么，我为什么不能来个零碎儿呢？正角儿是唱戏，配角儿同样是唱戏，同是唱戏，又有何高低之分，贵贱之别呢！"一席话说得听者为之动容。

同治年间，张二奎病故，余三胜又经常辍演，程长庚因此更加名声远震。以致北京城内流传着一首歌谣："二奎今日已沦亡，三胜由来没准常，若问歌坛推巨擘，个中还数四箴堂。"（"四箴堂"者，乃程长庚之堂号）

程长庚治班极严，凡事皆以"公"字当先，为维护三庆班利益，从来不应个人"外串"（临时参加外面演出）。光绪初年，都察院左右都御史及各道掌印监察御史举行元旦团拜，邀四喜班演堂会。有人提出叫程长庚外串一出，却遭到拒绝。庄亲王载勋以为自己面子大，亲自来请，亦遭拒绝。问其为何不唱，答曰："嗓子痛。"遂激怒诸贵胄，将程长庚抓来锁在台柱子下边以示惩罚。事后有人问之曰："您宁可忍辱被锁，而何以不唱？"答曰："以锁羞辱不足惜，安能以外串图私利而愧对三庆班诸兄弟！"其嘉言传至班中，众人无不为之感动。

道光年间，程长庚即被清廷内务府委任精忠庙庙首（精忠庙为清代戏曲艺人行会组织，以前门外的精忠庙庙名作会名，半官性质），除处理伶界纠纷外，程长庚着重整肃班纪，鼓励艺人摈弃陋习，致力于提高艺术水平。

程长庚所创"四箴堂"科班,注重选拔优秀童伶随三庆班演出,以利观摩和实践,曾培养出孙菊仙、谭鑫培、钱金福等诸多优秀人才。梨园界尊称程长庚为"大老板",一些贵胄和朝野文人甚至赞扬他为"伶圣"。

"单刀叫天"谭鑫培

清末民初的名伶谭鑫培,其父谭志道唱老旦,嗓音脆亮,有"叫天"(一种鸟)之称,世人皆知。但谭鑫培被誉为"单刀叫天",却是鲜为人知,说起来也很有趣。

谭鑫培从十一岁起入金奎科班学艺,学的是老生和武生,少时便崭露头角。他十五岁出科,随父亲在京城"广和成"搭班演戏。后来他嗓子"倒仓",有一次演《银空山》,唱"自从盘古开天地"那一段,第一句就哑得唱不出声来,招来了满堂倒彩,对他打击很大。无奈,谭鑫培只好不唱老生了,只演武戏。不久,他结婚有了孩子,经济负担越来越重,舞台上的失意(不能唱文戏了)和生活中的窘迫,逼着他另谋生路。于是,他在北京郊区和河北一带农村,开始了一段闯荡江湖的卖艺生涯,也就是俗称的"跑野台子"。

在乡下卖艺的日子风餐露宿、奔波劳顿,但谭鑫培并没有停止练功,有时遇到江湖上的武林高手他还去请教问艺。谭鑫培能耍一手"六合刀"，这是一位少林寺高僧传授的。他演《秦琼卖马》时耍的拳，则是从一种叫"拦马橛"的套路中演化出来的。那时，他的武功越来越精，早已超出了在舞台上花拳绣腿的水平。在搭不上班子的时候，就有人请谭鑫培当保镖或看家护院。他在京东河北省丰润县史家，就一面看家护院，一面和同伴们研习武艺，遇到强盗夜袭，他凭着"六合刀法"勇挫群敌，名声大振。黑道上的朋友都知道有个武艺不凡的"单刀叫天"。

有一次，他在京东蓟州把看守皇家陵墓（东陵）的士兵打死了，世人大为震惊。那天，他和同伴们刚在遵化演完戏，徒步赶往蓟州，夜间露宿东陵，受到东陵士兵的粗暴驱赶。当时，谭鑫培又困又饿，火气冲天，和守陵士兵吵了起来。士兵们怎把这个穷戏子放在眼里，他们边骂边动起手来。然而，他们根本不是谭鑫培的对手，火气冲天的谭鑫培三拳两脚就把其中一个打得一命呜呼了。

这下子可闯下了大祸，守陵大臣发下紧急公文缉捕。这时，谭鑫培已逃回遵化，得到遵化知州的庇护——这个知州是谭鑫培的忠实戏迷。谭鑫培之父谭志道又在京城央求三庆班大老板程长庚出面，烦请内务大臣从中周旋。经过上下两方面疏通，一场大祸才得以平息。此后，谭鑫培又悄然潜回京城，重操旧业，搭班演戏。

由于谭鑫培武功不凡，演起武戏来总是令人叫绝。他主演《恶虎符》，扮黄天霸，立于舞台中心，另有四人分立四个台角，逐个将酒坛掷来，他不用手接，而是全靠肩、肘、膝、足来接应，从容不迫，准确地将酒坛顶回对方手中，观众称之为"酒坛打出手"。演《打棍出箱》时，他右脚一踢，鞋子飞入空中，人随之跌坐台上，而那只鞋恰恰落在他的头上。在《定军山》《战太平》《战蒲关》一类的武老生应工的戏里，他舞出的刀花、枪花及反手接剑等绝技，勇中有美，险而又稳，又用上了他早年习武的功夫。

后来，谭鑫培到了京城，初时习武生，不久改唱老生，师事程长庚，艺名"小叫天"。光绪十六年谭鑫培被清廷选入升平署，任"内廷供奉"，受到慈禧赏识，赐四品服，专为皇家演戏。

当年，慈禧恣意享乐，沉溺声歌，她身边有一个专为她传唤"供奉"进宫演戏的小太监。有一天，这个小太监看到大总管李莲英系着一条花色美观的"凉带"，得知是谭从宫外代为购买的，便托谭也代买一条。谭因忙于戏事，竟将小太监之托忘在脑后。小太监见谭未给买来，便不露声色，私忖给谭小鞋穿。不久，有一天慈禧说想看谭的戏，小太监便趁机进言："老佛爷，听说谭老板编了出新戏，叫《盗魂铃》，里边加了好多新花样，他演猪八戒，又唱又做，可有意思啦！"慈禧听后，当即叫小太监传她旨意，让谭两天之后进宫演《盗魂铃》。

谭鑫培接到宫里传讯，顿时发起愁来：《盗魂铃》是一出丑角应工戏，戏中猪八戒、狮子精都有一套"打出手"的绝活儿，自己向来演老生，从未演过猪八戒。可是老佛爷懿旨已下，看来不会演也得演。他苦苦思忖一个晚上，最后决心以自己唱老生的优势，在猪八戒探路化斋的戏上下功夫。

进宫演出时，他将著名老生唱段和自己所创新腔连缀一起，并把各派唱腔的音调韵味学得惟妙惟肖。为此，慈禧听得眉开眼笑，连连夸好，最后还让小太监赏了银子。小太监欲害谭鑫培结果反而成全了谭鑫培，谭靠自己扎实的老生功底躲过了这一劫，这出戏也因而开了老生饰演猪八戒的先河。

后来，流传开去的《盗魂铃》是谭鑫培熔文武于一炉、集唱做于一体的代表作，经常在社会上作为营业戏演出，成了谭派的保留剧目。

谭鑫培自创新声，独成一派，由于出色的表演而与同时代的四喜班的孙菊仙、春台班的汪桂芬鼎足而立，遂被称为"老生后三杰"，或"后三鼎甲"。光绪二十六年，八国联军侵占北京，孙菊仙移家上海，汪桂芬笃信佛教，谭在北京京剧舞台上遂独享盛名。当时京师有谚语："有園皆姓书，无腔不学谭。"说明了谭派唱腔影响之大。

一代国学大师、康梁变法主将梁启超曾有诗赞曰：

四海一人谭鑫培，声名卅载轰如雷。

如今老矣偶玩世,尚有俊响吹尘埃。
艺尔蒲风晚来急,五湖深处寄烟笠。
何限人间买绣人,枉向场中费歌泣。

"老乡亲"孙菊仙

最近得一京剧老唱片,标着是京剧老一辈演员孙菊仙所唱。笔者素喜京剧,便邀老友刘君来家小酌,饭后请刘为此唱片作鉴定。

刘君是位老戏迷,精于此道。他听了这唱片后连连称赞,还给我讲了孙菊仙的成名经过和他演唱的特点,值得一记。

孙菊仙是天津人,生于清道光二十年(1841),少年时,因喜好唱戏和习武而废学,曾赴北京参加科举考试,因挽弓伤臂落第。在京得从名伶程长庚学戏。其后辗转于行伍和粮行、海运等业,终无所成。三十五岁到上海谋生,在升平轩茶园以"孙处"为名,登台演戏,声名大起。三十六岁北归,在北京正式下海,以程(长庚)派为号召,用功钻研,技艺精进,红遍京都。孙菊仙先后搭过嵩祝成部、三庆、四喜、天庆等班演唱。光绪十二年(1886)孙菊仙被选入升平署,并在储秀宫任教,充供奉十三年。

庚子年后，孙菊仙又到上海，居沪十年，与伶界友人合作，办过天仙茶园、春仙茶园、新舞台等戏院，组班演出，直至老年嗓音不衰。旅沪天津观众称孙菊仙为"老乡亲"。民国初年孙菊仙始返天津。1931年逝世，享年九十一岁。

孙菊仙天赋佳喉，表演苍劲浑厚，感情充沛。学程而发展为自成一派，为人所难及。清末民初，孙菊仙在梨园中与谭鑫培、汪桂芬齐名，被誉为"老生三杰"。其拿手剧目有《浣纱计》《鱼藏剑》《教子》《寄子》《双狮图》《骂杨广》《乌盆计》《马鞍山》《完璧归赵》等，还独创《逍遥津》一剧。中年喜演《战太平》《南阳关》等靠把戏。

当年善学孙菊仙者，在票友之中首推天津盐商窦砚峰，可惜窦过早逝世；另有王竹生、尚仙舫、海上名画家陈网权等人，也都学有所得。在梨园中学孙派者，有双处、时慧宝、刘永奎等人。后来成为名家的马连良，也曾拜晚年的孙菊仙为师。

孙派唱法唱腔高昂，十分难学，在孙菊仙逝世后已成绝响。其后的京剧名演员汪笑侬、刘鸿升、高庆奎、周信芳、马连良等人，虽各有师承，各自成派，但从他们的好多唱腔和表演程式中不难寻出孙派踪迹。孙菊仙生前标榜一不照相，二不灌唱片，所以除非至亲好友很难给他拍照，留有遗照寥寥无几。他灌的唱片只有三张，即《探母》

《上天台》《鱼藏剑》三段。外间流传的其他剧目唱片,据说是善学孙派的双处所唱,笔者邀友鉴别的那一张,也不例外。

知县名伶汪笑侬

清末民初菊坛上出了一个风骨铮铮、性情怪僻的名伶,他就是以知县身份"下海"的德克金,从艺后取艺名"汪笑侬"。

德克金(1855~1918),字润田,号仰天,别署天竹农人,出身于八旗子弟,光绪五年中举人后,捐任河南省太康知县。因他酷嗜京剧,上任时除带行李外,并携一把京胡。安排接任住宿后,德克金即拉起胡琴唱几段京剧。

他对官场礼节恶之尤甚,在衙门里公干时,口里经常低声运"过门"带唱,故人们皆以"狂生"目之。为此,家人时常劝诫,但他根本听不进去,且更加放荡不羁。后因秉性刚直不阿,得罪了当地的豪绅,德克金被罢了官。罢官返京后,他即隐于伶,自号"伶隐",潜心习艺。一天,德克金去求教当时的名伶汪桂芬,汪桂芬见之,表现出一种鄙夷神情。德克金精神很紧张,试唱了一段也没有唱好。汪桂芬听罢,不以为然地说:"你要演戏,谈何容易!"

德克金受到冷遇,心中不快,见汪桂芬笑话自己,便把自己的名字改成"汪笑侬"(侬即我,意为"汪桂芬笑话我"),以此来激发自己奋进。他还在自己的寓所写了一副对联,上联是"墨笑儒韩笑佛司马笑道侬唯自笑也";下联是"舜隐侬说隐工胶鬲隐商伶亦可隐乎"。上联中嵌进了他的艺名"笑侬",可见"笑侬"不仅是指汪桂芬"笑侬",而且包括自笑之意。下联道出了自号"伶隐"的内涵,即自此隐于伶界耳。

于是,汪笑侬下苦功求艺。开始时,他到北京有名的"翠峰庵票房"习老生,艺事渐进。虽然他的嗓音有些干涩,但行腔很有韵味。他在艺术上宗法汪桂芬,但又根据自己的条件,发展成为别具风格的"汪派",人们俗称"新汪派"。后来,许多名演员宗法"新汪派",如恩晓峰、筱兰英、筱月红、小长庚等。由于"新汪派"唱法流畅,不受音韵刻板所限,以女老生最为合适,因而在民国初年的天津相当流行,女老生几乎无腔不学汪。

汪笑侬因中过举,学识渊博,才气过人,还成为了一位著名的戏剧作家。他写的历史题材的戏,多写亡国帝王的惨状,包含着个人对故国之思,如他写的《受禅台》《哭祖庙》《排王赞》,从取材到命意都表现出他对封建王朝的哀悼。同时,对于清王朝的腐败和屈辱媚外,汪笑侬自编的新戏又常常表现出义愤,很有现实意义。如《洗耳记》,

写的是许由巢父的事。许由所唱的"笑世人口圣贤心同贼盗，或争权或争利不让分毫。……位愈尊身愈险你可知道？又何必争天下糜烂同胞"，表现出对军阀混战的不满。

汪笑侬不仅在剧本中影射现实，就连在他的演出中也时常涉及时事。大连港于光绪二十四年租给了俄国，后十年又租给了日本，是为国耻！有一次，汪笑侬到大连演出《哭祖庙》，剧中的"国破家亡，死了干净"之语，一时间成为大连人民的口头禅——因为戏词直接抨击了权奸的卖国求荣，表达了人民的心声。

"关戏泰斗"李洪春

日前,应邀在友人处观看了"关戏泰斗"李洪春前几年携子演出的京剧《刮骨疗毒》和《古城会》录像。在这两出戏中,李老皆饰后半部的关羽,当时他已是九旬老人,但雄风犹在,我得以大饱眼福。

李洪春1898年生于一个京剧艺人之家,七岁入长春科班学戏。该班由内廷供奉陆华云主持,得到"老佛爷"赏识,她对诸"供奉"云:陆四起班了,你们都去教戏,我加俸供养。因此老师中以谭鑫培为首的共有三十六位。李洪春初学小生、武生,后学谭派老生。十七岁倒嗓,正式演红生戏,拜名红生王鸿寿为师,得其真传,且有发展。应该说,王鸿寿在文的方面突出了关羽的性格,而李洪春则从武的方面加强了关羽的风度。他塑造的关羽形象,富有凝重、威武、儒雅、高傲的性格。很显然,李洪春是融合了京戏、昆曲、徽调、汉剧中的文武老生、花脸和武生的表演方法来演关羽戏的,故有"活关公""关剧泰斗"

之美誉。

20世纪20年代,"南林北李"的梨园佳话曾盛传一时。当时李洪春和师兄弟林树森,不约而同地各从南北去到武汉演出。花园公司为了招徕生意,用洋鼓洋号作宣传,打着"威镇华南文武老生、王君鸿寿老三麻子授业弟子、红生泰斗林树森择日演出"的牌子。红帮头子杨庆山见状,也雇人吹着洋号,打着洋鼓举出了牌子,上写:"威镇华北文武老生、王君鸿寿老三麻子入室弟子、红生泰斗李洪春亦择日演出。"他们师兄弟一眼便识破两位老板存心让他们唱对台戏的花招,便约定在清晨遛弯儿时暗中会面,共商对策。结果,演出时第一天都唱《古城会》,使人们有唱对台戏之感。从第二天起戏码开始改变,林唱《过五关》,李唱《封金挑袍》;林唱《战长沙》,李唱《白马坡》;林唱《徐策跑城》,李唱《赵云截江》;林唱《扫松下书》,李唱《对刀步战》……如是连演两个月,众人皆不知此中奥秘。有人最后又提出二人同唱一星期《走麦城》,两人一商量,决定林先演,李装病,待林演毕回上海,李接着演出。从此,"南林北李"的称誉就传了开来。

李洪春能演多种行当,技艺精湛,故清末以来的"名角儿"大都和他同过台,诸如陈德霖、王瑶卿、王鸿寿、汪笑侬、杨小楼、尚和玉、周信芳、盖叫天,以及四大名旦、四大须生等。因其曾在多所科班和戏校任教,故桃李满天下,佼佼者如李万春、王金璐、宋遇春、高盛麟、奚啸伯,以及中国台湾的顾正秋、周正荣等。

李洪春夫人高剑雯,早年工青衣、花旦、老生。犹记20世纪30年代末,笔者在鲜鱼口华乐戏院,观看李洪春的《走麦城》,而后是高剑雯的大轴戏《失空斩》(高饰孔明),李则配演王平。

"德艺双馨"盖叫天

四十三集电视剧《水浒传》中,第十九集表现的是武松在狮子楼追杀西门庆,剧情动人心魄。这段戏出自《水浒传》小说第二十六回,作为戏曲,这节早有演出,清朝宫廷戏《忠义璇图》传奇即是。之后小说、电视剧和京剧凡演出这一段者,皆大同小异。

在历代京剧舞台上,扮演武松者不乏其人,但最著名、最有影响的,当属有"江南活武松"之誉的盖叫天。盖叫天原名张英杰,河北省高阳县西演村人,他自幼习艺,专工武戏。1934年盖叫天四十七岁时,在上海与陈鹤峰合演《狮子楼》,盖叫天扮武松,陈鹤峰扮西门庆。戏演到武松追杀西门庆时,盖叫天不幸折断了右腿。当时腿骨穿靴而出,疼痛难忍,但盖叫天强忍剧痛,用左腿以"金鸡独立"的姿势站住,直挺到闭上大幕。医治时,庸医又将腿骨接错,右腿变为畸形。盖叫天责问医生:"有何办法可以改正?"医生说:"别无他法,只有断骨再接!"

盖叫天闻之，一气之下挥拳又砸断了刚刚接上的右腿，而后又请另外的医生重接。两年后，盖叫天又重返舞台。盖叫天的这种毅力，实在令人惊叹，多少年来在梨园界一直传为佳话。

对这件事，细心的观众不免会提出一个问题：戏曲武功精深的盖叫天，能轻易折断腿骨吗？究竟是何原因导致了这种情况？

实际情况是：在演出中，盖叫天为了他人的安危才招致自身的不幸。

按照传统戏的一般演法，舞台上摆一桌二椅足矣，这既可代山代城，又可代楼代墙，根本不必搭制机关布景。可是，当时剧场老板为了招徕观众，那天竟搭了满台硬景，还别出心裁地在舞台上搭了个"酒楼"。演到武松替兄报仇，到"酒楼"上追杀西门庆时，"酒楼"就开始摇晃。西门庆见武松追上楼，吓得从窗上跳了出去，落在台面上。武松在楼上追到窗口，自然也应往下跳。可是，脚下是一排窗栏，上面又是屋檐，中间只剩下几尺高的一个窗洞，跳高了头碰着屋檐，跳低了又跃不过去。尽管这样艰难，也难不倒演技高超的盖叫天，按照戏路，他纵身一跳，一个"燕子掠水"动作便从两丈多高的"酒楼"上跳了出去。

可是，当他跳到半空中的一刹那，忽见西门庆还躺在地上（按演出要求，西门庆跳下楼后，应迅速滚到一边，给马上跳下楼的武松腾地方)。盖叫天怕按原来的戏路跳下去压伤扮演西门庆的陈鹤峰,所以紧急中连忙在空中一闪身。由于这一闪已非戏路,又用力过大,落地时折断了右腿。盖叫天的艺德情操,由此可见一斑。为此,陈毅曾为盖叫天题诗云:"燕北真好汉,江南活武松。"田汉也有赞盖叫天诗:"断肢折臂寻常事,练出张家百八枪。"

名丑萧长华的念白

一代名丑萧长华,从艺八十余载,专攻文丑,以演方巾丑最著名。青年时代,萧常与谭鑫培、孙菊仙、王楞仙、黄润甫、刘鸿声等剧界名宿同台演出,民国后亦同梅兰芳、杨小楼等合作多年。

萧氏在艺术上博采群英,兼收并蓄,其表演风格以灵隽、深醇、冷峭、脱俗而独树一帜。他嗓音清脆,念白利爽。有道是:"三年胳膊五年腿,十年练不出一张嘴。"萧长华的念白功夫是寒窗铁砚,百炼千锤,才达到这样的境地。萧长华也是著名的戏曲教育家,有六十多年的教龄,曾任"富连成"科班的总教习,很多京剧名家如雷喜福、侯喜瑞、马连良、于连泉(艺名筱翠花)、谭富英、马富禄、叶盛兰、袁世海等都曾受教于他。他常说:演戏要"装龙像龙,装虎像虎""演人不演行""看我非我,我看我我亦非我;装谁像谁,谁装谁谁就是谁"。

念白在丑角艺术表演中占有十分重要的地位,萧长华的念白流畅爽朗，富有一种音乐的美感。而且他十分讲究"语气"和"传神"，他演的蒋干虽愚蠢笨拙，然而心地还算善良，是个既可笑又可悯的人物。他表演的汤勤则是狡黠、虚伪、贪利的势利小人，是个可憎可恶的人物。萧长华对这两种人用不同的手法来表演，都刻画得淋漓尽致。

京戏《玉堂春》里有请医一节，本来是过场戏，至多不过听听胡琴的功夫。而萧长华将这一段铺陈润色成了一出丑角主演的折子戏——"请医"。戏里老中医用的大段京白都是中药药名，谐言寓意，非常贴切，真是别开生面。

为了让读者能一睹萧氏念白的神采，现将这段念白照录如下：

> 吩咐丁香奴、柳杞奴，小心看守素门冬，谨防木贼子偷上十二重楼，别叫他盗去丹砂袍子、脑砂褂子、瓜蒌皮帽子、皂角靴子。必须放在陈皮箱内，外加玄胡锁。若有人参来访，让在肉桂房中去坐。先治午时茶，后沏益母膏，作为茶点。别忘了把我那匹海马拉到素沙滩，饮些水银，多加豆蔻、甘草。到晚上套紫河车接我当归。叫门时，当门子在前，马前子在后，车前子在左，牛蒡子在右，后面紧跟大麦子、小麦子、枸杞子、蛇床子。若有一步来迟，绑在桑皮树

上,责打三千竹叶片子、五千灯草杠子,只打得使君子直流,半夏不饶。

院公接着白:

求先生看在附子之情饶了他吧。

继又念:

若不看在附子之情,就要共药研为细末!

每念至此,台下总是经久不息的掌声。萧长华在这出戏里着装是清末民初打扮,不勾脸,瓜皮小帽,长袍马褂,眼镜手杖,俨然是一位妙手回春的良医,演来惟妙惟肖,令人经久不忘。

"活曹操"侯喜瑞

早年梨园界"架子花脸"侯喜瑞,名噪南北,其所演之《长坂坡》《阳平关》《战宛城》等曹操戏,表演各具特色,塑造人物形象有血有肉,因而被观众誉为"活曹操"。

侯喜瑞为清真古教人,出身寒门,幼年丧母,迫于生计九岁时入喜连成科班学艺,初学"梆子老生",后从名丑萧长华学"小花脸",最后专工"架子花脸",十五岁出科,在喜连成搭班演出。十九岁托人说情,递门生帖拜名净黄润甫(满族人,世称"黄三",票友下海者,时有"活曹操"之称)为师,得其三昧,自能青出于蓝而胜于蓝,逐渐形成了自家的艺术风格,创出了"侯派",与金少山、郝寿臣三派鼎足而立。

侯喜瑞能演之剧目甚多,除曹操戏以外,《群英会》的黄盖、《取洛阳》的马武、《宝莲灯》的秦灿、《开山府》的严嵩、《法门寺》的刘瑾,都是他的拿手好戏;他与杨小楼合作演出的《连环套》《野猪林》,与梅兰芳合演的《宇宙锋》《太真外传》，与高庆奎合演的《七擒孟获》《哭秦廷》等剧，更是珠联璧合，并早已成为绝响。

嗓音苍劲挺拔，"沙音儿"和"炸音儿"韵味浑厚，并能性格化、感情化、意境化，是侯喜瑞唱腔与念白的突出特色，发于内而形于外的做工，更使他的表演艺术臻于炉火纯青。

这位在舞台上辛勤耕耘半个世纪的老艺术家，早年即立下了"宁可筋长一寸，不许肉厚一分"的誓言，每日坚持五更起身，步行天坛南墙根下喊嗓子、念话白、打拳、练剑、翻跟头，风雪无阻，此等锲而不舍之精神，不仅使他练就了过硬的舞台功夫，而且落下一副硬朗的身子骨，享年九十一岁驾鹤道山，成为梨园界屈指可数的老寿星。

老北京的戏迷们皆知侯喜瑞爱"赶场"，盖因其"戏路"太宽且艺术精湛所使然。凡名角粉墨登场无不约他，侯喜瑞有求而必应，从来不"拿糖"（北京土语，言乘机讲条件而不肯轻易去做），日夜连演两场甚至三场戏，对侯喜瑞来说乃司空见惯。因此，他拥有的观众，其数量之大令其他名角望尘莫及。

老北京的戏迷们皆知侯喜瑞爱"耍钱"（北京土语，指赌博），无论"推牌九"还是打麻将，只要往牌桌旁一坐，便雷打不动；甚至散了戏连彩裤都没脱，便一头扎进牌友里，又打牌又聊戏，混杂于三教九流之中，打哈哈说笑话，十足的乐天派，而输赢则置之度外。

另外，侯喜瑞还爱施舍。他因终年赶场而所拿"戏份"甚多，却视钱财如敝屣，或赠之穷人，或捐之义学，或舍之粥厂，泽被天下寒士，广积阴德，此或其长寿之道耶？

位于崇文门外手帕胡同的侯喜瑞住宅，于"十年浩劫"之初几被踏为平地，其女儿亦死于非命，而时年七十五岁的侯喜瑞居然虎口余生。他曾为距住处不远的千芝堂老药铺之座上客，聊天以遣闷。1982年，一代名净无疾而终。

"戏篓子"赵松樵

老艺人赵松樵离开我们一年多了,他在京剧界有"戏篓子"之称。这"戏篓子"是说他会的戏多,戏路宽,无人可比,简直是一部活戏考。

赵松樵祖籍山东,1900年出生于江苏镇江,六岁学戏,七岁登台,九岁即以"九龄童"的艺名唱大轴,是当时梨园的一颗童星。但他的双亲不满足他跑外码头,当一名小红星,宁可不赚钱也要培养他继续深造。十岁时便带他到了北京,入著名的喜连成科班。当时谭鑫培到天津唱戏,需要一名小演员配唱《桑园寄子》与《三娘教子》,就到喜连成,指名道姓要上过台的赵松樵为其配戏。这可以说是赵松樵一生的荣耀,竟然和谭老板配过戏,而且配得非常好,受到了谭老板的夸奖。这两出戏连演了多场。

赵松樵在喜连成坐科,学的是武工花。武工花要能摔能打,很难唱上主角,但当时他在社会上已是能唱大轴戏的童星,如果再学下去似乎无多大出息,于是又由北而南，到了上海，准备另谋艺术上的发展之路。赵松樵在上海和周信芳配戏很久，颇受麒派影响，在塑造人物时，注重通过外部动作表达人物内心的情感和思想变化。当时他最叫响的两出戏是《白水滩》和《斩颜良》。戏中青面虎他演得凶悍，颜良他演得傲慢，人物性格丰富饱满。他的戏越演越火爆。

20世纪50年代初他回到天津，在天津大舞台演出，曾演《龙凤呈祥》，接演《夜走麦城》，前饰乔玄，中饰张飞，后饰关羽。他饰张飞不以架子花应工，而是以武二花应工，穿插大开打，因此张飞更显得勇武异常，这样的演法如今已不多见。据说，当年赵松樵还和大名鼎鼎的武生厉慧良唱对台戏，厉慧良演《艳阳楼》，他也上《艳阳楼》，厉贴《长坂坡·汉津口》海报，他也挂《长坂坡·汉津口》的广告牌，一点儿也不含糊。厉慧良闲时去看他的演出，对他的功底曾经称赞不已。

赵松樵能上演的剧目很多，文戏、武戏、红净戏，各门各派都有，包括《徐策跑城》《古城会》《赠绨袍》《追韩信》《单刀会》《打严嵩》《周仁戏嫂》等。他演戏绝对卖力气，按他自己的话说，只要上了台，心里就只有戏和观众了，究竟有多累，只有下了台才觉得出来。

赵松樵踩着年关岁尾以九十六岁的高寿走完了人生之旅，在戏剧界可谓名副其实的老寿星。他之所以长寿，得益于他的处世之道和对京剧艺术的追求，得益于他宽厚的性格和淡泊名利的心态。艺人的生活之路充满了陷阱,但他却始终洁身自好,拒腐蚀于身外。除了爱好演戏,唯一的嗜好就是饮茶。从早年到晚年,他都是一早起来先烧水沏茶,茶喝足了再练功、练嗓。茶也是他的防身之宝。他曾多次被人拉到烟榻前,人说大烟可以提神,提神就能把戏演得更好,他几次都是用浓茶挡住,借故就从大烟榻前逃走了。

"猴王"李万春

余生也晚,连李万春的"猴戏"《安天会》(即《闹天宫》)也没有看过,更不要说杨小楼的《水帘洞》了。1985年,李老逝世前在北京演出,送我票,请我去看。我记得他似乎只演了《古城会》《连环套》《武松打虎》的折子戏,而没有演猴戏。我至今记得万春先生那天神采飞扬,唱腔响遏行云,而那时他已是七十四岁的老人了。不料月旬之后,他便驾鹤而去,魂归道山,令人有广陵绝响之叹。

我是在东方书画研究会成立大会上与万春先生相识的。我如约而至,万春先生当场作画,所画的墨菊淋漓而有韵致。客厅中悬挂的一副对联颇引人注意:"昔者杨小楼,今人李万春。"不过当时聊的主要是李老拜师张大千学画之事,李老演猴的情况是后来专门聊的。

李万春演猴先学杨小楼,但受益最多的还是溥仪的叔叔载涛贝勒。载涛贝勒是名票友,以演《安天会》名动京师。李万春向载涛贝勒整整学了三年。载涛特别传给了他演猴的秘诀"人学猴，猴学人"。按他后来悟出的道理就是，舞台上演的是人格化的猴。在《安天会》"偷桃"一场，李万春练出了一种技巧，在舞台上吃真桃，转圈啃皮不断，最后用手一抻提起一长条果皮，常常得到满堂彩。

李万春演的猴机警灵活，动作优美，形象美观。他还在前人基础上发展了新的脸谱。过去猴的脸谱有三种勾法："倒栽桃"（载涛用此勾法）、"一口钟"（杨小楼用此勾法）、"反葫芦"（李老内弟李少春用此勾法）。"倒栽桃"上圆下尖与现实中猴脸相近，李老选择了这种勾法。为了增加美感，他逐渐发展变化，勾脸红白分明，减少生线条，给人以干净、明快的喜感。而且在接近耳朵的地方加上棕色，给人以猴毛的感觉。在耳旁鬓脚处还塞以毛球，类似武松的鬓边发髻，给人以干练利落的感觉。李老演《安天会》"八卦炉炼猴王"中还在猴脸两眼的眼圈勾上金色（以前别人演猴是不上金色的），表示已炼成火眼金睛。到受封"斗战圣佛"时就成了满脸金色，表示已成正果。这些都是他的创造。

除《安天会》外，李万春后来排演了很多猴戏，基本循着《西游记》小说中的顺序，如《石猴出世》《花果山》《水帘洞》《闹龙宫》《闹地狱》加上《安天会》《五百年后孙悟空》《收白龙》《收沙僧》《收八戒》《三打白骨精》《真假美猴王》等；他在这些戏中塑造了各种孙悟空的形象，而且以黏、勾、搭、挂等各种技巧贯穿，获得观众的喝彩。光李老研究出的猴王的棍就有几十种，可见他于此所费心血之巨。李老得载涛、杨小楼真传，又有改革创新，他的表演细腻，刻画猴的心理极为生动传神，至今可以说后无来者。

女伶刘喜奎不畏权贵

早年,有姿色的女演员大多是逃不脱军阀、官僚的欺凌的,在这种环境里,一个女演员只有顺从才能红起来。反之,不仅不能成为一个红角,甚至混碗饭吃也是困难的。名伶刘喜奎却是一个例外。

刘喜奎(河北南皮县人)是民国年间轰动京城的女伶,不仅演戏出名,而且长得非常漂亮,世称"色艺俱全"。正因如此,一些军阀、官僚总想把她弄到手,然而一个个都碰了钉子,说她:"这个戏子真难斗!"

有一次,袁世凯以总统府的名义请刘喜奎去唱堂会。刘喜奎提出两个条件:一是不去内宅,二是她扮戏的房里陌生男人不许进。袁世凯答应了这些条件。到了唱堂会那天,刘喜奎进了中南海,被安排在一个单独的房间里化妆。她正化妆时,忽然有人闯进来说:"总统请刘喜奎到总统府大厅!"刘喜奎想:让我去拜客吗?我刘喜奎从演戏以来没有这个习惯,这是对我的职业的一种侮辱!因为你是总统吗？你官大我看不上，我对你无所求，因而也无所惧。拿我当玩物来取乐吗？叫我去陪酒清唱吗？办不到！

她带着十分警惕的心情来到总统府大厅，一看袁世凯正在那里打麻将，气就不打一处来。袁世凯的大脑袋在灯光下发亮，脸上像浮肿似的胖，眼睛里布满了血丝。在他的周围，男男女女一大群。刘喜奎心想，既然你袁世凯找我，我就冲着你袁大头来！她不卑不亢地走到袁世凯身边说："你叫我有什么事？"袁世凯如梦初醒，一下子被这突如其来的发问给愣住了，忙说："没有什么事呀！"刘喜奎愤怒道："没事儿叫我干什么？"说着，一跺脚走了。袁世凯想调戏刘喜奎的阴谋没有得逞，自讨了个没趣。

北洋军阀时期，有位陆军总参谋长叫陆锦。此人是一个善于溜须拍马的家伙。因为他在天津时就认识了刘喜奎，所以当陆军参谋长后，就产生了占有刘喜奎的邪念。他知道刘喜奎曾拒绝过曹锟的追求，所以他想，就算飞蛾扑火，也要扑腾两下子；就是在刘喜奎面前失败了，也不算丢人，于是，下决心要把刘喜奎弄到手。刘喜奎到了陆锦的府上，看透了他的卑鄙企图，不由怒火中烧，血往头上涌。她随手把客厅里的八仙桌一下子掀翻了，桌上的大盘、小碗碎了一地。陆锦的侍从们听到声响，冲进屋来。刘喜奎见进来了这么多人，便高高举起案上的青花宝瓶，向门上砸去。一声巨响，吓得众人面如土色，警察们也不知所措。这时，陆锦不得不出面求饶道："刘大姑，我服了你了，你快回去吧！"说完，把刘喜奎放走了。

程砚秋三请俞振飞

昆曲艺术大师俞振飞谢世多年了,我不由忆起程砚秋三请俞振飞的轶事。

俞老是海内外闻名的昆曲大师,他扮演的柳梦梅、许仙、潘必正等风流儒雅的艺术形象及其对戏曲艺术的重大贡献,早已遐迩闻名。当年俞先生涉足梨园,与"四大名旦"之一程砚秋的鼎力相邀是分不开的。

1922年程砚秋到上海演出程派名剧《六月雪》,虽说演出效果很好,但他为了学习昆曲,在艺术上精益求精,决心演一两出昆曲。而演昆曲需要找一位功夫精到的小生配戏,到哪里去找呢?程砚秋四处寻访,终于找到了一位唱做俱佳的好小生,他就是当年二十一岁的俞振飞。

不过,当时请俞振飞演戏,不是件容易的事情。原来俞振飞的父亲俞粟庐是位昆曲名家,已到古稀之年,深知演戏之艰难,不愿让爱子做这一行。程砚秋为了说服俞父,到处求人,最后俞父才答应让儿子客串一次。是年秋天,程、俞在上海丹桂舞台联袂演出了《游园惊梦》,结果非常成功,因为与俞父有约在先,所以二人仅合作这一次。

到了1930年秋天,俞粟庐病故,程砚秋又率班到上海,并邀俞振飞合作。由于当时国剧界有个规矩,业余演员改为正式演员必须先拜师,俞振飞想拜当时在京的著名小生程继仙为师。程砚秋感到为难,因为他知道程继仙向来不收徒弟。为此,程砚秋只好回到北京,恳请程继仙。程继仙听说收俞振飞为徒,高兴地答应了,因为他曾看过俞振飞的戏,深知他是个难得的人才。俞振飞闻之,马上到了北京,一学就是半年。这样,俞振飞成了程继仙得天独厚的弟子。

此后,程砚秋、俞振飞正式合作演出,第一个剧目便是《玉狮坠》。程砚秋早就把剧本给了俞振飞,两人反复排练。不料演出当中戏班人欺生,俞振飞多次被迫停顿,观众差点儿喝出倒彩来。俞振飞对此非常灰心,认为这不是吃"戏饭",而是吃"气饭"。可是,由于程砚秋情真意切,以诚相待,俞振飞想离开又难于启齿。不久,俞振飞在苏州的继母患病,他正好借故返回苏州。在这种情况下,程砚秋不便挽留,只好放行。自此之后,虽又有人多次邀俞振飞演出,但他都拒不复出。当时,正值暨南大学招聘,俞振飞便应聘登上大学讲坛,讲授中国戏曲史。这位昆曲艺术名家因而在讲坛上度过了三年。

1934年春天,程砚秋再次到上海演出,见到了俞振飞,言谈之间格外亲切。程砚秋把他在戏班里如何革新制度、清除陋习的做法说了一遍,俞振飞仍是半信半疑。程砚秋见状,便语重心长地对俞振飞说:"要成为一名好演员,可要经得起棒打呀!"愈见程说得如此恳切,遂决定再次"下海",自此两人又合作达六年之久。

花脸宗师郝寿臣

报载北京举办著名京剧艺人郝寿臣诞辰一百周年纪念演出。由此我不禁想起这位德高望重、成就卓著的剧坛前辈。

郝寿臣原名郝瑞,艺名"大奎禄",祖籍山西洪洞,落籍河北香河县,1886年生于北京。七岁时,因家境贫困被典押在唱影戏的艺人王德正门下,随吕福善学艺,工铜锤花脸。七年满师后,因倒嗓变声而离班,又被八国联军抓去充当杂役和马夫达五年之久,后逃出重返舞台。

1910年,年已二十六岁的郝寿臣在东安市场丹桂茶园搭班演出。他因在王瑶卿等演出的《五彩舆》中,出色地扮演了三个小角色受到观众欢迎,从而得到王瑶卿的赏识。此后,他在京先后参加了三乐、太平、玉成、鸿庆等班社,有机会与花脸前辈金秀山、黄润甫以及老生刘鸿声等同台演出,得以观摩这些名家的精湛表演。一次偶然机会,他和伶界大王谭鑫培合作演出了《捉放曹》,观众反应极佳,遂被邀请加入谭的永庆社,先后与杨小楼、梅兰芳、余叔岩、马连良、高庆奎、程砚秋等名家同台,艺术上日臻完善,声望日增;直到1938年,因不满日本侵略愤然退出舞台。他在四十余年艺术生涯中,共创作和演出了二百六十个剧目,扮演过一百四十六个不同类型的角色,发展了京剧表演艺术。笔者早年有幸连续看过他演出的不同时期的曹操形象,至今印象犹深。他一生共演了十七出曹操戏,从《捉放曹》到《阳平关》,由曹操的青年时代演到暮年时期,着意刻画曹操的刚愎自用、狡诈奸险等性格,同时也注重表现曹操作为政治家、军事家、文学家的风度和气质,因而获得了"活孟德"的声誉。

记得20世纪30年代,日寇入侵我东北三省,不少戏曲名家引吭高歌,以戏为剑,意在唤起民众爱国意识,激发将士抗敌豪情。京剧花脸名家郝寿臣创作并演出的《荆轲传》,即是这时期的一部力作。

《荆轲传》讲的是战国时卫人荆轲为除暴君秦王,借献燕国地图为名,得入秦廷。荆轲在地图中暗藏匕首刺杀秦王,惜行刺未成,荆轲英勇献身。郝寿臣编演的这出戏,得到了编剧家吴幻荪,天津南开大学校长张伯苓、校董严慈沦的支持。

在一次酒会上,郝寿臣提出想排演《荆轲传》,当即得到张伯苓的支持。张伯苓认为:"这出戏在唤起群众、反抗侵略方面很有现实意义。"严慈沦更是为之献策,他手中有梁启超所写的《易水歌》。《易水歌》凡四段，文词清丽，曲调悲壮。词中的"等闲谈笑见心肝，壮别宁为儿女颜。地老天荒孤剑在，风萧萧兮易水寒……探虎穴兮入蛟宫，仰天嘘气成白虹"等句，抒发了荆轲壮别燕太子丹、舍身赴秦的一腔豪侠气概。严慈沦将这《易水歌》的词、曲一并奉送郝寿臣，供其演出参考。

郝寿臣得各位贤达之助，迅即排出了《荆轲传》。剧中，郝寿臣扮演的荆轲极有特色。在脸谱上，郝寿臣汲取了梆子花脸名家老狮子黑演荆轲时脸谱的画法，同时，将梆子荆轲脸谱中的主色由黑色改为油紫色，借以渲染荆轲的忠勇和胆识。在服装上，郝寿臣强调了荆轲有勇有谋、文武双全的性格特征，为荆轲设计了"学士巾"和米、黄、蓝三色相间的鸾带，使人物显得儒雅、俊逸。

1931～1937年，郝寿臣频繁地演出《荆轲传》。每当演到"易水钱行"一场时，郝寿臣便声情并茂地唱起梁启超填词的《易水歌》。他且歌且舞，凄凉悲壮，台下观众触景生情，潸然泪下，那感人的场景，令我至今记忆犹新。

郝寿臣在花脸行承袭前人，启迪后代，堪与生行中的谭鑫培、旦行中的王瑶卿媲美，应说是承前启后的一代宗师，在京剧史上写下了光辉的一页。

郝寿臣对求艺之艰难有着切身感受，所以对培养后继人才极为热心。早年，他曾挑选了樊效臣、王永昌、袁世海、李幼春等为徒,并且倾囊相授。20世纪50年代以后,他受聘到中国戏校任教,参与创办了北京市戏校并担任第一任校长。

老旦首座李多奎

在纪念徽班进京二百周年振兴京剧观摩研讨大会开幕式上,北京梨园界耆宿及后起之秀,同台演出了传统剧目《龙凤呈祥》,生、旦、净、丑珠联璧合,极一时之盛。就青年演员而论,其中最佳者莫过于扮演吴国太的王树芳,她不仅扮相俊秀,而且唱、念、做诸工,均有已故著名老旦李多奎之风范。

《龙凤呈祥》素来是李多奎所擅演的剧目之一,当年李曾多次在大合作戏中与梅兰芳、马连良、谭富英、杨小楼同台演出此戏。他(饰吴国太)与梅兰芳(饰孙尚香)二人在台上引吭高歌,余音绕梁,迄今犹在耳边回荡。

李多奎原名李万选,字子清,河北省河间人。四岁时随父(梆子班鼓师,绰号"矬人李五")进京,八岁时进庆寿和科班,拜贾志臣为师,工老生。翌年登台,因其嗓音甜润洪亮,十一岁时便演唱《战太平》中华云、《定军山》中黄忠等主要角色,每场戏可挣八十吊铜钱,从而享受去戏园乘骡轿车的待遇。十四岁时因倒嗓而辍演，遂再拜庆福庭改习胡琴，操琴之余，从不忘吊嗓练唱，以图东山再起。十年后嗓音复原，一次吊嗓时，前辈老师发现他嗓音中带有老旦的雌音，认定他有演老旦的天赋，从此他就又拜"同光十三绝"之一的郝兰田之高足罗福山为师，改学老旦。

李多奎于1921年（二十三岁）正式演唱老旦。因其与龚云甫乃咫尺之邻，故经常前去求教，并请龚之琴师陆彦廷（时有"老旦琴师第一名手"之称）为其操琴。经数年之勤学苦练，得龚氏全部佳腔之三味，为其以后的艺术生涯奠定了深厚的基础。

李多奎以老旦应工搭班演出不久，一次在前门外中和戏院演唱《钓金龟》，他以清晰的吐字、有力的喷口、洪亮的嗓音、流畅的行腔博得满堂喝彩，并赢得诸多内行的赞许。1926年，上海大舞台到京邀角，二十八岁的李多奎应邀去沪与金少山合作演出《打龙袍》，二人嗓音皆高亮浑厚，唱腔挺拔如江河一泻千里，观众席上掌声雷动，时有双绝之称。翌年，李又随梅兰芳赴沪演出，声名益发显赫。

当代名丑马富禄

京剧富连成科班,原名喜连成,清末创办以来,共培养七科生、旦、净、末、丑各种行当演员,他们的辈分先后分别用喜、连、富、盛、世、元、韵七个字嵌在姓名中间。茹富蕙与马富禄是富社富字科两位最出名的丑角。茹富蕙在《空城计》中扮演探马,三次禀报军情的动作表演各有特点,绝无雷同,早为顾曲者所传颂。可惜茹氏中年体态过胖,过早谢世。而在京剧舞台上艺术生命最长的,当推马富禄了。

民初,马富禄出科后即搭各著名班社唱戏,曾先后与高庆奎、马连良、筱翠花、荀慧生、谭富英合作多年。特别是在与荀慧生合作期间,马氏与名小生金仲仁、老生张春彦、名旦芙蓉草(赵桐珊),并称为"留香社"四大金刚,均为荀氏得力助手,可谓极尽绿叶红花之妙。

马富禄在表演方面,不僵、不油、不瘟、不火、不贫。不管演何剧目,均能愉快胜任,自然轻松,而且不出规矩。他有一条响亮清脆的嗓子，念白亮堂打远，而且台下人缘极好，每次出场必有"碰头好"。马富禄戏路子很宽，文丑（方巾丑）得自乃师肖和庄真传；而他的婆子戏也颇出色，如《四进士》中的万氏、《拾玉镯》中的刘媒婆、《铁弓缘》中的陈母等角色，都给观众留下了深刻印象。马氏还能演武丑及地痞无赖型的人物，如《打渔杀家》中的教师爷，和"开口跳"（武丑）应工的《连环套》朱光祖一类的角色。除此以外，他还能演老旦。原来马连良主办的"扶风社"戏班正工老旦是马履云，因他与马连良失睦，《清风亭》中张继保养母一角，改由马富禄临时扮演，"救场如救火"，他临时救急接了马履云的角色，虽然隔行如隔山，但马富禄天生条件优越，能唱擅白，资质聪慧，这出《清风亭》的老旦戏一唱便红遍京畿九城，为顾曲者津津乐道。

1937年，马连良率领"扶风社"的全班人马在天津中国大戏院公演，彼时张君秋尚未唱红，需要老伶工提携，便叩头拜在马富禄膝前认干爹，自称义子。马氏乃应允陪张君秋合演《女起解》，自饰崇公道。此戏一登场，丑角"啊哈"一声就是满场掌声与喝彩。

北昆老艺人侯玉山

"北昆"老艺人侯玉山,今已九十有四高龄。现在北京安度晚年。

侯玉山,河北省高阳河西村人,生于1893年。高阳历来被称为昆曲之乡,近代著名的昆曲艺人如韩世昌、马祥麟、侯益隆等,均出生在这里。

侯玉山幼年从北昆老艺人张子久和邵老墨学艺,初习武丑,十四岁开始在乡村演唱,能演《盗甲》《偷鸡》等武丑戏,武功很有基础;后来改学架子花,擅演《嫁妹》《通天犀》《激孟良》《惠明下书》等剧,尤以《嫁妹》的吐火和椅子功最为拿手,当时有"活钟馗"之誉。

侯玉山在《嫁妹》戏中,刻画钟馗的喜怒哀乐,极尽其妙,成为后学者的典范。戏一开场,钟馗带领众鬼卒回家,要把妹妹送到好友杜平家里完婚,众鬼携带笙箫鼓乐,琴剑书箱,前呼后拥,一路上欣赏景物,精神抖擞,意气风发。第二场,钟馗到达家门,看到门庭冷落,与妹妹抱头痛哭,倾诉自己在朝门碰死的经过,为妹妹处境艰难伤痛,情感哀怨。第三场,钟馗对妹妹讲述在京考中状元,只因貌丑,才被革去功名,又是一番愤怒形象。第四场,钟馗妹妹答应了与杜平的婚事,钟馗换穿了大红袍,以灵巧风趣的小动作,表露他的喜悦欢快,又是那么敞亮豁达。若不是有几十年的舞台经验,很难达到他那种千锤百炼的艺术境界!

侯玉山早年曾参加文安县任义礼、任铁庄父子创办的昆曲元庆社。任义礼绰号"活阎王",其子任铁庄人称"小阎王",元庆社被称为"阎王班"。这父子俩待人苛刻,谁也不敢惹他们。但侯玉山硬是在元庆社唱了些日子戏,这说明侯玉山有坚忍耐苦的好脾气,在那段难熬的日子里,他也磨炼出自己的好本事来。

1919年,二十七岁的侯玉山初次进北京,与韩世昌等合作。这以后他即长期在北京、天津演出。20世纪30年代中期,侯玉山参加韩世昌、马祥麟、白云生、侯永奎的荣庆昆弋社,在天津小广寒戏院演出。彼时,北昆著名演员郝振基、陶显庭、侯益隆等人都在天津,人才济济,可谓北昆的兴盛时期。

1957年,北京成立了北方昆曲剧院,侯玉山应邀参加,一方面演戏,一方面传授徒弟。1983年,侯玉山九旬整寿,又适逢北昆老武旦吴祥珍七十五岁,青衣花旦马祥麟七十岁,北京剧协和北方昆曲剧院特为这三位老人举办联合庆寿大会,称为"三星高照",为北昆界的一段盛事。

"四大须生"之一奚啸伯

奚啸伯与马连良、谭富英、杨宝森被誉为京剧"四大须生"。顷闻,前不久在石家庄举行奚啸伯七十五岁诞辰纪念演出。

奚啸伯在四十年艺术生涯中,以委婉细腻、清新高雅的唱念艺术,气质文静、感情深沉的表演才华,深受观众的喜爱。

奚啸伯生于1910年,满族人,自幼酷爱京剧。八岁时从手摇留声机学会《朱砂痣》《探母》。十一岁那年,他参加了一次聚会,即席清唱《斩黄袍》,博得在场的言菊朋的赞许,遂正式拜言为师。奚啸伯与京剧有不解之缘,在小学、中学期间,他坚持学剧,文戏请老生名票吕正一指点,武戏向杨(小楼)派名票于冷华求教。平时则在放学后悄悄跑到票房学艺,有时则去姑父关醉禅家串门学剧。每日清晨必到后门(地安门)喊嗓,即使刷牙漱口,也利用点滴时间耗腿。

奚啸伯高中毕业后在故宫博物院当录士，抄写白折，熟读史书，习练书法，积获酬金，奉献老师。他还常和票友秦古乐、樊子期等人票演，下海后改乳名"小白"为"啸伯"，意为爱唱的人，以志夙愿实现。奚啸伯下海后，广泛接触教授、学者、画家，以增长知识。他先后搭过尚和玉、杨小楼、尚小云的班，梅兰芳于1935年提携他进入"承华社"，与自己同台演出《宝莲灯》《三娘教子》《打渔杀家》等剧。此外，他还与尚小云合作《御碑亭》，与程砚秋合作《法门寺》，与荀慧生合作《胭脂虎》。在与"四大名旦"合作的过程中，奚啸伯深受熏陶，在艺术上颇获裨益。他喜爱靠把戏，曾对挚友说："《定军山》我一辈子不唱也得会。"后来他真的学会了，并与徐元珊试演，他饰老黄忠，一个转身上马、甩髯、倒蹉步，便使同仁咋舌不已。

此后他组班，与金少山、张君秋、侯玉兰、张曼君合作。他不止一次地对人说："论嗓子我不如谭富英，论扮相我不如马连良。"但他并不甘拜下风，而是勇于探索，终于积累了以字定腔、以情行腔、错骨不离骨等科学发声方法，把"衣七""人辰"辙升华到新的高度，形成了自己的独特风格。

不幸的是，"十年浩劫"中，奚啸伯因受迫害而半身不遂，于1977年病逝。

杨宝森别名"杨失伍"

北京的京剧舞台上，曾有四大须生，即马连良、谭富英、奚啸伯、杨宝森。马、谭影响较大，已为一般人熟知，据说不久前也为奚举办了专场纪念演出，而杨则声息杳杳。实际上杨派唱腔也拥有众多的观众，尤其是他演出的《杨家将》《失空斩》《伍子胥》最为人乐道。

记得20世纪40年代初，一次杨宝森去向他的姑父、梨园行称之为"通天教主"的王瑶卿先生请益。这位"通天教主"才高艺博、学识丰富，并且善于因材施教。他曾根据"四大名旦"各人不同的天赋条件加以指导，精心培育，使他们逐渐形成了风格迥异的梅、程、尚、荀四大流派。这次，他对杨宝森所演过的戏逐一加以评述，最后风趣地概括为"杨失伍"三个字。那天恰逢杨宝森的舅父、前辈著名小生姜妙香亦在座，姜先生在旁听了也极表赞同。从此，"杨失伍"即成了杨宝森的别号，在京剧界盛传一时。

此中,"失"即指《失空斩》,"伍"即指"伍子胥",而"杨"者,其中有几层含义,一则杨宝森本身姓杨,另则除指《杨家将》外,更主要指的是《四郎探母》中的杨延辉。说起来,此戏是杨宝森当时常演的剧目,他和梅兰芳、张君秋都多次合作过此戏。

但是,最初杨宝森演红这出戏却不是一帆风顺的。大约1940年冬,杨宝森在挑班组织宝华社时,贴演《四郎探母》作为打炮戏,旦角是不太有名的胡菊琴,其他配角的名字也不太引人注目,结果上座率不高,只有一百多个观众。当然那天杨本人的演唱是没的说,而且获得内行一致好评,但其效果只是叫好不叫座,反应强烈而大大亏本。隔数日,拟在上座旺季的春节再演第二场,剧场老板不同意,只好作罢。后来由李华亭(李鸣盛之父)先生出面主办,请了很多著名演员,如侯玉兰、叶盛兰、李多奎、茹富蕙、哈宝山等,仍旧合演《四郎探母》,这次的上座情况就大不一样了,观众人山人海,险些把前门大栅栏内的广德楼剧场挤塌了。从此杨宝森的声名大振,不久便被选入"四大须生"行列。

俗云:好花尚需绿叶扶。由此观之,即使独挑大梁的名伶,亦不可小看配角演员,即所谓一台戏乃一盘棋也。

一代名旦荀慧生

荀慧生是京剧"四大名旦"之一,号留香,河北省东光县人,1900年出身于贫苦农民家庭。因生活所迫,八岁被送进"义顺和"这个"梆子、二黄两下锅"的科班,学的是"梆子花旦"。十三岁即用"白牡丹"艺名登上了戏曲舞台,活跃在京、津一带。

出科后,拜吴菱仙学京剧"青衣"戏,拜路三宝学京剧"花旦"戏,同时又向陈德霖请教,最后正式拜王瑶卿为师。

荀慧生曾经杨小楼、余叔岩等指点,功底深厚,他吸收梆子唱腔唱法和表演艺术,对京剧传统技法有所创新,形成了自己独特的艺术风格,世称"荀派",在京剧界影响很大。荀慧生以扮演天真、活泼、热情的少女角色见长。在表演上他敢于突破程式的限制,善于掌握人物身份、性格、气度。荀慧生能戏颇多,代表作有全部《玉堂春》《大英杰烈》《钗头凤》《红楼二尤》《红娘》《金玉奴》

《荀灌娘》《霍小玉》《杜十娘》等。

荀慧生喜读书，好绘画，文学修养颇深。他做任何事情皆有韧性，从不浅尝辄止。荀慧生自从1925年开始写艺术日记以来，不论酷暑严寒，不论在京、外出，每天必写，坚持四十余年从未间断，"十年浩劫"中被迫告一段落。

"荀派"艺术形成后，弟子遍天下，大有十"旦"九"荀"之势。荀慧生教学一视同仁，对童芷苓怎样教，对李玉茹也是同样传授，没有亲疏厚薄之分。他教学态度严肃认真，一丝不苟，对登门求艺者皆尽心指点，倾囊相授。1959年，荀剧团重排《荀灌娘》，准备向国庆十周年献礼。荀慧生借排戏之便，将此戏传授给他的弟子孙毓敏。某日，在宣武门外山西街荀家大院里，荀慧生正向孙毓敏传艺，有记者来访，此时正排练荀灌娘改扮男装"趟马"一场，荀慧生满头大汗地在给孙毓敏当马童，记者目睹荀慧生课徒严谨之精神，非常钦佩，提出要给荀灌娘勒马的姿势拍一张照片。荀灌娘勒马亮相，要把左脚蹬在马童的右腿上，才能塑造出一个"美"的形态。孙毓敏有点儿踌躇，荀慧生察觉后，一拍自己的右腿，和颜悦色地说："来吧，孩子！假戏要真做，我汗都出了，蹬一下腿有什么呀！"此情此景，非常感人！

1949年以后，荀慧生历任中国戏剧家协会艺委会副主任、北京市戏曲研究所所长、河北省河北梆子剧院院长。

论著有《荀慧生舞台艺术》《荀慧生演剧散论》等。

1966年8月23日,荀慧生被强行押到了"孔庙","红卫兵"将他几十箱珍贵的戏装点燃后,勒令荀慧生跪在烈火旁。这位鬓发斑白的老艺术家被火烤烟熏得汗如雨下,背后还时有皮鞭的抽打,衣服破碎,血肉模糊,继而被押送到昌平县沙河镇劳动改造。

年近古稀的荀慧生,精神受尽凌辱,肉体受尽摧残,因而患了严重的心脏病,1968年12月下旬病逝。

四大名旦中的尚小云

在京剧四大名旦中,尚小云的享名是早于程、荀的。

尚小云(1899～1976)字绮霞,河北冀州人,三乐班坐科,原习武生,后改习青衣。尚小云曾向号称"老夫子"的青衣名角陈德霖学艺,如《三娘教子》《祭塔》《彩楼配》《二度梅》等都是他的拿手戏,而且始终保留传统唱法。由于他嗓子好,有真功夫,在四大名旦中属他的"本钱"最足。

尚小云初露头角时曾搭杨小楼的班,杨排演《楚汉相争》中的《霸王别姬》一折,最早扮演虞姬的就是尚小云。后来他自己组织"重庆社",积极排演新戏,早期演出的有《秦良玉》《五龙祚》。还有一出大胆改革,以穿时装上场而风靡一时的新戏《摩登迦女》。那时尚小云班里的配角也很整齐,有老生王又宸,小生朱素云,武生茹富兰,小丑云富远、慈瑞泉等,都是杰出的演员。其中很长一段时间尚小云还约筱翠花合作,排演了一些整本的传统剧目,如《乾坤福寿镜》《八本梅玉配》《全部得意缘》,二人一个演青衣,一个演花旦,相得益彰,颇受观众欢迎。

在四大名旦中,尚小云的武功底子最厚,有一段时间他就专演巾帼英雄、女中豪杰这一类着重武功的戏,如《梁红玉》就是他这方面的代表作。

"七七"事变后,尚小云在北平创办了荣春社科戏班,虽然只有几年工夫,也培养了一些人才,如杨荣环,孙荣蕙、徐荣奎、景荣庆等,都是荣春社出来的。当今著名旦角男演员张君秋也曾是荣春社的学生。尚小云的长子尚长春,七岁就进了富连成科班学武生,是"元"字辈的学生,在科时叫尚元荪;后来他父亲自己办了"荣春社"科班,他又由富连成转入荣春社;出科前,又拜了武生前辈尚和玉为师,所以他的武生戏很有造诣,更擅长演武生开脸的戏,出科后就和他父亲同台演出。"功夫不亏人",尚长春现在已届老年,演起武生戏还是生龙活虎般,非常精彩。

尚长麟是老二,荣春社科班二科毕业,学的是旦角,从小就得到他父亲的熏陶,是尚派艺术的继承人。

尚长荣是尚小云的小儿子,他原从赵荣鹏(荣春社毕业生)学铜锤花脸,后来又拜老艺人侯喜瑞为师学架子花脸,现在已是一位净角全才。

尚小云晚年住在西安,"文革"期间惨遭迫害,含冤而死,享年七十七岁,是四大名旦中最长寿的一位。

须生泰斗马连良

现代的新闻传媒极善为演员吹嘘,动辄便是"大师""著名表演艺术家"云云;殊不知那些被冠之以"大师"或"艺术家"者,比起昔日名副其实的大师,则退避无地矣。以京剧老生论,流派纷呈,其中有墨守成规的"旧谭派",有刚柔相济的"余派"(新谭派),有朴实大方的"后谭派",有苍劲古朴的"言派",有清新典雅的"奚派",有圆润甘甜的"杨派",有激越悲壮的"高派",更有号称"南麒北马"的"麒派"和"马派"。

马连良先生作为"马派"的创始者,早在1930年即被著名报人邵飘萍誉为"须生泰斗,独树一帜",此绝非溢美之词。

马连良,字温如,回族人。幼入喜连成科班学艺,先学武生,后改老生,最后归工文武老生,艺宗"谭派"(谭鑫培),出科后所演之剧目亦为谭派戏。其后他在唱工上吸收了"内廷供奉"孙菊如唱法的精华,在念工和做工上又向贾洪林、刘景然等名家学到不少技艺，经揣摩、钻研，由演唱工戏逐步改为演出唱、念、做三者并重的剧目，形成了自己的艺术风格。于学"谭"之基础上，发展革新，经过长期的舞台实践，在京剧界老生行中创出了"马派"，并产生了极为深远的影响。

"马派"的表演艺术特点甚多，概括起来可以总结为"巧"和"帅"两个字。

马运良的唱腔，自然流畅、细腻婉转，以"巧"取胜。不但腔儿好听，而且韵味十足，虽"巧"而不流于"油"。唱与剧情结合，绝不乱耍花腔，流于形式。妙在"巧"中见"俏"，"花俏"而不越"规矩"。

马连良的念白，发音准确、咬字清楚，字字送进观众耳中，令人听得明明白白。尤具特色的是，马连良的话白无论长短皆铿锵有力，节奏鲜明，富于音乐性，并能巧妙地把"声"和"情"融合起来。他在《审头刺汤》中指责汤勤的大段念白，把个狗仗人势、卑鄙无耻的小人嘲笑得体无完肤。每次演出此剧，观众听到这里无不拍手称快！足见表演艺术家的匠心独运。

马连良的做工，严肃认真、一丝不苟、飘逸潇洒，突出一个"帅"字。他的身段帅，动作美，"髯口""甩发"，"水袖""脚步"基本功硬，而且是以生活为依据进行艺术表演，不是单纯地卖弄技巧。

马连良前期的演出，基本上是以唱为主的剧目，如

《失空斩》《四郎探母》《辕门斩子》等戏。到了后期，由于本身的条件问题，演出多为唱、念、做并重的剧目，如《清风亭》《四进士》《一捧雪》《问樵闹府》等戏。另外，还排演了不少"马派"本戏，如《春秋笔》《串龙珠》《十老安刘》《胭脂宝褶》《要离刺庆忌》《赵氏孤儿》等。

1936年初，上海向来放映电影的新光大戏院的老板芮庆荣，决定改新光大戏院为演京剧的场所。他怕头一炮打哑，特意首聘"红透半边天"的京剧名伶马连良和他的"扶风社"全班人马，另加华慧麟、刘奎官等名角，唱开场戏。

时间定在农历大年初一晚上，凭马连良和"扶风社"的声望，在各报刊登出巨幅广告后，仅仅几天戏票就争购一空。马连良见此情景，忽想到一个"怪主意"：大年初一登台，固然可造成轰动，但如在除夕的晚上，先演一场"守岁戏"，倒也不失是一件非常别致的事。

当他兴冲冲地与院主芮庆荣商量时，芮却连连摇头说："你不要开玩笑了，大年三十晚上，家家老少都在家中守岁，吃团圆年夜饭。那些店家则忙着盘点、算账，哪有工夫来听你唱戏？不要说卖票，我看送票都不会有人来！"马连良闻此言，笑了笑，仍信心十足地："芮老板，你不要管，不要你付包银，只要把场子借给我们用，花些电费，而前后台的一切开支，由我马连良负责。卖下银来，给大家分红，作为过年红封利钱，希望你能支持。"

芮庆荣听后觉得与己无损,便同意了。

老板首肯,马连良立即跑到后台,向管事说明这一设想和具体办法,大小角色、班底、场面、衣箱、龙套等,一致深表赞成。他们感动地说:"马老板肯这样热心出力,使大家能分到一些过年红封利钱,真是再好也没有了!"于是排出戏码,先是刘奎官、刘连荣、杜富隆、马春樵、马四立的《英雄会庆贺黄马褂》;大轴由马连良、华慧麟、叶盛兰、马富禄、李洪福演出全本《御碑亭》《金榜乐》。结果广告一刊出,不到一个下午,戏票全部售光。乐得芮庆荣逢人便说:"马老板真有一套,年三十晚上,先卖一个满堂彩!"

说也真巧,马连良在上海新光戏院唱红之际,喜剧泰斗卓别林恰来上海游历。这天,卓别林由梅兰芳等人陪同,驱车来到新光大戏院,欣赏马连良演出的《法门寺》。进场时,正赶上马连良扮演的赵廉在唱"行路"一段,台下静寂无声,观众聚精会神地在倾听马连良的大段西皮:"郿坞县,在马上,心神不定……"卓别林等一行在包厢悄悄地坐了下来,他侧耳细听演员的唱腔和胡琴的过门。当时,为马连良操琴的琴师是杨宝忠,琴艺非常高超。卓别林一面倾听,一面不由自主地用右手轻轻地试打节拍。

剧终后,卓别林上台,同马连良见面,两人紧紧握手并互表敬佩之意。当时,马连良扮的知县赵廉,头戴乌纱帽,身着蓝袍,一副明代的装束;卓别林则穿一套西装,强烈的时代反差,令人捧腹大笑。次日,上海各家报纸均以醒目位置刊登了两人握手、拱手的两张照片,现在这照片已成了中西文化交流的极为珍贵的历史文物。

遗憾的是,1966年12月13日,马连良在中和戏院接受批斗时,一头跌倒,时隔三天,便像他在《清风亭》一剧中扮演的张元秀一样,凄凄而终,享年六十六岁。

著名武旦宋德珠

20世纪40年代初,予旅居北京时,广大京剧观众推选李世芳、毛世来、张君秋、宋德珠为"四小名旦"。这是继20年代《顺天时报》专栏作家石听花倡议推选梅、尚、程、荀为"四大名旦"后的又一次梨园盛举。

李世芳、毛世来二位都是素负盛名的科班"富连成"第五科的学员,李世芳早在未出科前,即已名声大噪,博得"小梅兰芳"的称号,但不幸于1947年赴青岛演出途中因飞机失事而殒命。毛世来师承著名花旦筱翠花,他也和李世芳一样,在十二三岁未出科前,就已被广大顾曲者交口称赞。张君秋初拜李凌枫为师,李为王瑶卿高足,故张自幼深得王派青衣真传。宋德珠则是程砚秋、焦菊隐创办的中华戏曲专科学校第一科学员,他在戏校刚毕业时,即如新笋破土而出,被众多京剧观众所肯定和推崇。宋德珠的启蒙老师是张善亭(艺名"十阵风"),在武功方面给他打下了良好的基础。毕业后,宋德珠继续受到著名武旦朱桂芳、阎岚秋（即"九阵风"）的教授和指点，技艺更加精进。连谢绝舞台多年的清末著名武旦老艺人余玉琴都教过他。所以，宋德珠在幼年、少年、青年三个阶段，投师访贤，多方求教，虚心好学，刻苦钻研，练就了一身舞台上的过硬本领。有的行家说，在京剧界学武旦、刀马旦的，能得余、阎、朱、张四位名家教导，真可算得天独厚的机遇了。

宋德珠毕业后成婚，娶著名杨（小楼）派武生孙毓坤（艺名小振庭）之女为妻，在武功技艺方面又得其岳父的启迪和传授，舞台艺术又跃进了一步。

德珠能戏很多，武旦戏如《扈家庄》《泗州城》《青石山》《盗仙草》《打韩昌》《打焦赞》《打瓜园》《打店》《取金陵》等都是他经常上演的剧目。刀马旦戏，他也会得很多，《儿女英雄传》（即《能仁寺》《悦来店》）是余玉琴老伶工亲传的，自不必说，其他如《穆柯寨》《樊江关》《战金山》《小放牛》等戏，他演来也能得心应手。德珠在舞台上腰工极佳，跷工稳健，武功出手迅疾，深受观众爱重。

最近传来宋德珠病逝的消息，回首前尘，令人感到无限惆怅。

忆四十余年前，德珠风华正茂，予在北京宣武门外，校场六条其岳父孙毓坤寓邸得见其庐山真面，曾几何时，伊已步黄泉路上。

甚堪告慰的是，听说宋君的掌珠宋丹菊也是京剧武旦演员中的后起之秀，武旦一行，后继有人，亦可以慰德珠在天之灵矣！

"金霸王"的癖好

京剧金派花脸创始人金少山,系清内廷供奉金秀山之子,祖籍北京,满族人。家学渊源,能戏甚多。20世纪30年代初,与梅兰芳在上海演《霸王别姬》,因其唱腔与扮相俱佳,叱咤风云,气势磅礴,从而博得了"金霸王"的美号。

"金霸王"在京剧花脸演员中,以体形魁梧、嗓音洪亮见称。按净角可分铜锤(如徐延昭、包拯、姚期等角色是铜锤应工),架子花脸(如《芦花荡》中之张飞,《取洛阳》中之马武,《藕塘关》中之牛皋,《丁甲山》《清风寨》《闹江州》中之李逵等角色是架子花脸应工)和武花脸(如《状元印》中之常遇春,《艳阳楼》中之高登,《铁龙山》中之姜维,《金钱豹》中之豹子等角色是武花脸应工)。金少山则以铜锤见长,兼演架子花脸。由于他额颊宽阔,身体高大,在净角演员中可算是"得天独厚"的标准花脸扮相,又因他歌喉响亮,声如洪钟,真可谓"黄钟大吕"。

"金霸王"性豪爽、重义气，为人耿直并喜济困扶危。其一生有五癖，曾在早年间北京梨园界内外的老人中传为佳话。

终年光脚，此其一癖也。卸妆后的"金霸王"，无论是酷暑还是严冬，一年四季从不穿袜子，问之则曰"脚太热"。偶遇文人雅士登门拜访，出于礼节必急忙穿上，一旦过从频繁熟悉之后，则照脱不误。

爱当行头（京剧术语，指戏装），此其二癖也。皆因其总周济穷人，从不看重金钱，加以花销又大，包银虽多而总是寅吃卯粮，故经常当行头以接短儿，乃至有人约戏，须先付包钱赎回行头，而后方可粉墨登场。久之，梨园界便流传过一句歇后语："金三爷唱戏——先送包银。""金三爷"者，盖因金少山行三而尊称之也。

爱听评书，此其三癖也。"金霸王"于1936年冬自上海回京后，居宣武门外琉璃厂，每晚必到附近石头胡同三和成书茶馆听品正三（有"品八套"之美名）说《隋唐》，遇有夜戏，必事先与品正三约定，等其散戏回来再开书，并为此而另有报酬。

"金霸王"对品正三评书艺术的评价是："立眉瞪眼，就是脸谱，发脱卖像，就是身段。"由此看来，其听书的目的是借鉴评书艺术以充实自己的舞台艺术。他在《锁五龙》一剧中扮演的单雄信，之所以分寸适度，鞭辟入里，富于感情变化，正是受益于评书。

爱收藏鼻烟壶，此其四癖也。这位从来拿钱不当回事的梨园"金霸王"，常常为购得一只绝品烟壶而倾其所有，故搜罗甚富，其所藏康熙、雍正两朝官窑五彩珍品"十八罗汉""九秋白菜""钟馗嫁妹"等瓷质烟壶，皆神州之拱璧也。惜其于1948年病逝（年仅五十八岁）后，所藏宝物辗转易主，下落早已不明矣！

爱养诸般动物，此其五癖也。台上的金少山，所扮演的各色人物皆勇猛暴躁之辈；台下的金三爷，对所饲养的蛐蛐、油葫芦、红子（沼泽山雀）、巴儿狗、猴子等宠物，却一概和颜悦色，极有耐心。

"金霸王"大概是因为失去了虞姬的缘故，老怕心爱的蛐蛐"打光棍"。穷小子们知其底细，便轮番登门送"三尾儿"（母蛐蛐），金三爷来者不拒，且必重金酬谢，而后择其形体小巧优美者逐罐配之，笑谓友人曰："蟋蟀谱上说得对，蛐蛐跟人一样，英雄爱美女，不给它配上个好三尾儿，一斗准败！"

"铁嗓青衣"王玉蓉

20世纪三四十年代的电影明星周璇,歌声轻柔甜润,她唱的《拷红》《四季歌》等,至今仍在流传,人们称她为"金嗓子"。可是不知为什么,京剧界的旦角演员,凡嗓子高亢响亮的,人们都称之为"铁嗓子",而不称"金嗓子"。四大名旦之一的尚小云,嗓子冲、武功好,常常在剧中连唱带舞,人们赞誉他是"铁嗓钢喉"。女演员王玉蓉,能在一个晚上从《彩楼配》唱到《大登殿》,她一人饰演王宝钏到底,整整演足四小时,因而获得"铁嗓青衣"的称号。

说起这位王玉蓉,颇有一番不平凡的经历。她是苏州人,十六岁时就以王艳芳的艺名,在南京夫子庙的群芳阁、天韵楼等茶社清唱,由于她嗓音甜美嘹亮,不久就誉满秦淮,被选为"歌后"。

她十九岁时到北京,拜在京剧一代宗师王瑶卿的门下学艺达八年之久。王瑶卿对这位南方来的女弟子爱护备至，要求也十分严格，不但一字一腔绝不马虎，而且胡琴一响即不许再喝水。所以后来王玉蓉在台上从无"饮场"的习惯。王瑶卿教她的第一出戏是《女起解》，开头的四句摇板，就教了半个月，直到满意为止。后来，相继教了她《金水桥》《李艳妃》《宝莲灯》等戏，还专门为她排了一出《艳云亭》(即《孔雀东南飞》)。这个戏里快板特别多，王瑶卿告诉她，唱戏的要诀是"慢板不慢，快板不快，以字带腔，着重气口"。王玉蓉后来对人说，王师传授的这十六字真言，使她一生受用不尽。

王玉蓉在王门学有所成，需要在北京的舞台上露露面了。但因她自南方来，北京的观众对她很陌生，因此各家戏园子不敢邀她去演出，怕影响票房收入。1933年长安大戏院开幕，据说因为"闹鬼"，许多名角都不肯应邀登台。说得有声有色，于是街谈巷议，满城皆知。新戏院反成了冷角落，没有名伶愿到这里签约登台。王瑶卿不信鬼，他对王玉蓉说："别人怕鬼，我们来打鬼，你也学成了，咱们弄个班子唱戏院的开门戏去。"于是和长安大戏院签了约，王玉蓉挂头牌，须生为管绍华。戏院门前贴出告示："由王瑶卿为徒儿把场，亲自上台。"这个告示，起了不小的广告作用，观众震于通天主教的大名，又觉得"把场"一举新鲜，买票非常踊跃，戏院上下坐得满满的。

王瑶卿为王玉蓉把场，是在新开的长安大戏院开了端，以后王玉蓉去上海搭班，戏院老板就央求王瑶卿"再来一次把场",所以这个"把场"便流传到上海去了。

王玉蓉称王瑶卿为恩师,念兹在兹,情意甚殷,其实王玉蓉本人的好学和她的成就,也没有辜负老师的期望。她不久即以"王八出"闻名遐迩,她唱《王宝钏》从《彩楼配》起,包括《三击掌》直至《武家坡·回窑》,计八个折子,一气呵成。"王八出"不是虚名,是她的真功夫与金嗓子的体现,不可多得!

梅派青衣陆素娟

窃符救赵一剧编，窑变名伶有素娟；多谢琴师徐督办，梅家班作陆家班。

这是张伯驹在《红毹纪梦诗注》中写梅派青衣陆素娟的一首诗。注云：

以妓为伶者谓之窑变。南妓陆素娟因与王绍贤关系，从徐兰沅学梅派戏，曾与余演《游龙戏凤》、《打渔杀家》。东北失陷后，梅移居上海，徐组梅之班助陆演唱，并编排《窃符救赵》一剧。"督办"乃徐之别号也。

陆素娟，苏州人，端庄清丽，秀外慧中。幼家贫，20世纪30年代中，由其养母携至北平，在城南八大胡同中的韩家潭青楼"环翠阁"操其业，在院中排行第八，人称"陆老八"。江南人来京营业的班子,分"扬州帮"与"苏州帮"两派,而苏州班身价地位较高,多为头二等,扬州班则较世俗,多沦为二、三等。由于韩家潭"环翠阁"老八陆素娟丽质天生、聪颖过人,又略识文字,善于歌唱,所以一经悬牌,即名噪九城,一时军政大员、名流富翁及银行家们都趋之若鹜。不到半载,素娟芳名便誉满故都。

此一时期,梅畹华博士(梅兰芳字畹华)为避日伪凌辱,举家南迁,定居上海马思南路"缀玉轩"。北平的京剧戏迷们,只能欣赏到尚、程、荀三大名旦的舞台艺术,却看不到梅派戏的演出。而畹华离平,梅剧团的演员及场面(乐队工作人员)均多闲散在家,无适当班社可搭。著名琴师徐兰沅为素娟吊嗓教授梅派戏,发现她是一块璞玉,倘若经过精雕细琢,必然成为玲珑剔透的琳琅美器。所以这位绰号"徐督办"的琴师,一方面教授陆素娟梅派艺术的念唱做舞,一方面召集梅剧团原班人马萧长华、姜妙香、刘连荣、王少亭、杨盛春、姚玉芙等重组剧团,捧素娟为主演,以陆代梅。

由于有这些著名演员的配合和帮助,陆素娟很快就唱红了。她主演的一些梅派名戏,如《宇宙锋》《凤还巢》《洛神》《霸王别姬》等都颇具梅派之神韵,每每引起轰动。观众称赞她演的每一个角色都唱做皆精,融合得体。有一次她和王又宸为赈济灾民义演《四郎探母》,她饰演铁镜公主,扮相雍容富丽,唱腔优美,一段"猜一猜驸马爷袖内机关"的西皮慢板,刚柔相济,获得场内满堂喝彩。事后,一些老戏迷感叹地说,看陆素娟的戏,有"望梅止渴"之效应。

陆素娟的成功,是和几位老演员的着意配合密不可分的。萧长华配演《法门寺》中的贾桂、《凤还巢》里的朱千岁、《女起解》中的崇公道等,不论戏多戏少,都是全力以赴,一丝不苟。小生泰斗姜妙香为其配演《玉堂春》中的王金龙、《凤还巢》中的穆居易、《俊袭人》中的贾宝玉等更是技艺超群,相得益彰。著名武旦朱桂芳为其配演《西施》中的对打宫女、《廉锦枫》中的蚌精等都是翠羽飞扬,舞姿飘雪。他们的共同特点是戏德高尚,虽然论资历和名气都在陆素娟之上,但为其配戏绝不喧宾夺主,而且映衬适宜,水乳交融,恰到好处。

陆素娟一般是在中和剧院唱夜场,偶然也演一两次日场。那时中和剧院在北平就算是设备较好的剧场了,这里每天车水马龙,高朋满座,一些有身份的戏迷都成为这里的常客。谁知好景不常在,陆素娟走红没几年,"七七"事变就爆发了。卢沟桥一声炮响,抗日战争的烽火迅速在全国燃烧起来。陆素娟的戏班垮台了,她不得不悄然南下。更为不幸的是,她到达汉口不久,又染上时疫,而且一病不起,很快即谢世而去。时年尚不满三十岁。

吴素秋早年二三事

中国京剧艺术家演出团莅港献艺,戏码中有吴素秋亲授、刘长瑜主演的《苏小妹》,这使笔者想起了吴素秋这位阔别多年的名伶来。

吴素秋以演花旦著称于世,但她七岁学艺时是从武生开蒙的,其师是名武生赵盛璧。当时吴素秋虽然身体瘦弱,但有一股子"横"劲,每天坚持下腰、压腿、劈叉。后来又练跑冰地、站竖砖、站缸边和练刀、枪、剑、戟等多种器械。她勤学苦练,武功扎实,七岁就演出了《石秀探庄》《白水滩》等武戏。但毕竟在体质上先天不足。后来赵盛璧对吴母说:"素秋体弱,还是改唱旦角吧。"于是,吴素秋又拜陈盛荪为师,改学旦角。

吴素秋自幼十分聪明,据说上小学作文时曾写过"饿了吃东西甜如蜜,不饿吃东西不甜"的句子,深得老师赞赏,奖给她手绢两块。后因家贫辍学,学戏后,吴深感文化不足,所以十四岁时又提出上学的要求。吴母说:"现在指望你演戏，赚钱吃饭，怎能上学呢？"素秋回答道："我可以晚上到戏班演戏，白天上学嘛。"母亲见她求学心切，就同意了。她为了不让同学知道自己是"戏子"，就化名"陈桂华"参加考试，结果名列榜首。但是，纸里包不住火，不久同学便知道了，课下常常起哄，吴素秋只好退学。此后吴素秋坚持自学，文化程度逐渐提高，《苏小妹》就是她亲自改编的。吴素秋挑班演出以后，不少京剧界的名宿曾和她同台演出。十五岁时，她与当时蜚声剧坛的金少山合演《牧虎关》和《霸王别姬》。金挂头牌，吴挂二牌，二人配合默契。沈阳的报纸以"大霸王，小虞姬"为题，赞美他们的合作。金少山尝言："男旦角我愿和梅兰芳唱，女旦角我愿和吴素秋唱。"

另外，吴素秋善于"藏拙"，她曾说："程砚秋老先生在舞台上常常是以侧身和蹲腿的姿势演唱，以藏他身高体胖之'拙'。裘盛戎为弥补他脸型瘦削、个子不高的缺陷，就在脸谱的勾画和端架耸肩企脚上下功夫，上台总是'长身'。我从来不唱《贵妃醉酒》，杨贵妃仪态丰满、雍容华贵，而我体型瘦小，扮演这一角色形象不美，但是若扮演黛玉、苏三这类的角色，则较为相宜。"吴素秋身高不足一米六，为了增高自己在舞台上的形象，她便将跟垫垫在绣花鞋和靴子里，后来这种做法被许多剧团采用。

童芷苓和她的弟弟妹妹

素有"荀派第一传人"美誉的童芷苓,不久前客死异乡美国,友人闻讯后,无不为又一颗明星的陨落而扼腕。

六十多年前,天津有一户童姓人家,丈夫童汉侠是中学国文教员,妻子从女子师范毕业后,在学校里教外语。这对夫妻酷爱京剧,业余常到票房里粉墨登场。他们的子女受家庭环境的熏陶,一个个从小就成了戏迷,相继"下海"后,有好几位都成了成就卓著的名演员。

在童家兄弟姐妹中,成名最早、影响最广者当属1922年出生的童芷苓。她第一次登台表演是在春和戏院与名丑金鹤年合演《女起解》,当时只有十一岁。童芷苓十五岁进入鼎鼎有名的坤班奎德社,接替河北梆子名家李桂云,在时装新戏《啼笑因缘》里一人扮演沈凤喜、何丽娜两个角色,从此声名鹊起。1939年,她经一家报社社长介绍投拜四大名旦之一的荀慧生为师,得荀先生传授后,演技蒸蒸日上。不久,芷苓的父亲童汉侠组建了以童氏姐妹兄弟为骨干的戏班，以苓社命名，人称童家班，头牌主演就是童芷苓。这个班当年在京、津、沪、苏等地盛极一时。

童芷苓天资聪颖，很小就显示出超人的悟性。无论青衣、花旦、闺门旦、刀马旦，也无论梅、程、荀、尚艺术流派，她无所不演。拜荀后，既师承荀派，也私淑梅派。难能可贵的是她把荀、梅两派的特色自然融合，体现在自己的演出实践中，同行们称她是"荀派梅唱"不无道理。

当年童家班的主力除芷苓外，还有她的几位手足。长兄霞（遐）苓求学时学工科，课余常到票房玩票，并向京剧名家姜妙香学了不少戏，后来下海演老生，因受嗓音所限，最终成了专业编导，1965年病逝。他的夫人李多芬，为前辈艺术家李多奎的弟子，退休前在上海戏校教老旦。他们的儿子童强，在上海京剧院做演员。芷苓的次兄寿苓学戏也很早，后来嗓子倒仓，改随姜妙香学演小生。苓社建立后，他也是社中主演之一，芷苓所演《花田错》《红娘》《得意缘》《十三妹》等花旦戏，小生角色都是由他扮演。他的儿子童小强子承父业，现在上海京剧院唱小生。芷苓的妹妹葆苓，早年也是一边演京剧一边涉足电影界，与石挥等明星合拍过几部故事影片，在上海有一定的名气。在京剧舞台上，她花旦、刀马旦兼工，所演《汉明妃》《佘赛花》《穆桂英》等尚派名剧，得自尚派创始人尚小云亲传。祥苓是童家兄弟姐妹中最小的弟弟，当年初登舞台演唱是由人抱到椅子上去的。成年后得到马连良、周信芳等多位名家提携，他在现代戏《智取威虎山》里扮演杨子荣，经过三十余年风风雨雨，至今依然为人乐道，可见艺术魅力深入人心。他的夫人张南云，原是上海京剧院青衣、花旦演员。据悉，祥苓夫妇现已退休，在上海开了一间饮食店，成了与艺术毫不相关的小本买卖人。惜哉！

"舞台飞人"张德俊

现今杂技节目中的"空中秋千""杠杆"等,均有高难度的"杆上"功夫,其惊险程度令人瞠目。其实,京剧舞台上的"杆上"功夫,亦早已有之。早年,被誉为"舞台飞人"的京剧名伶张德俊,便是其中的佼佼者。

张德俊是河北省香河县新集人,与盖叫天同庚,生于1888年。20世纪20年代中后期,他曾携子张云溪(当今内地京剧名伶)等赴台演出,饮誉宝岛,迄今台湾老戏迷们对他的表演仍记忆犹新。

张德俊出生在一个梨园世家,其父张玉林为著名河北梆子青衣名伶。他幼承家学,后广拜名师,以演短打武生戏见长,早年在天津、东北等地享有盛誉。他演出的《花蝴蝶》(饰大盗姜永志)、《四杰村》(饰狄仁杰)、《莲花湖》(饰孙悟空)等传统短打武生戏,都有"上栏杆"技巧,他能在"栏杆"上表演出各种高难惊险动作,相当精彩。他表演的"杆上"绝技精妙绝伦,他能头戴硬罗帽、足蹬厚底靴,在"杆上"走"三险",下杆时,转体五百四十度翻下,整个身体飞出台口外,落地时又稳稳地回落在台上,令观众惊奇叫绝,从那时便有了"舞台飞人"之美称。

20世纪初他唱红后,曾以三百元月包银的身价应邀赴上海演出,在《花蝴蝶》中扮演大盗姜永志,开打时足蹬厚靴,头戴硬罗帽,从三张桌高处折"云里翻",他双足跳起,腾空向后翻一周,又稳稳落下,申城观众无不称绝。由此,月包银由三百元升至六百元。从那时起,他在上海连演十年,上座率不衰。当年,张德俊演的武松戏与盖叫天演的武松戏各具千秋,他与盖叫天并称上海"武生双杰"。

张德俊在近四十载的艺术生涯中,曾先后与梅兰芳、程砚秋、荀慧生、尚小云、马连良、周信芳(麒麟童)、盖叫天等名家合作演出。20世纪30年代初,在天津一度与著名河北梆子演员金刚钻、李桂春等合作演出《回荆州》,他扮演赵云。此戏名角荟萃,争妍斗奇,轰动津门,至今仍传为梨园佳话。长期的舞台实践,使张德俊练就了与众不同的演艺风格,他身段规矩,动作舒展,武打利索而紧凑,炽烈而惊险,跟斗翻得又高又冲,嗓音高亢激越,响遏行云。张德俊常演的代表剧目还有《嘉兴府》《白水滩》《武文华》《三岔口》《界牌关》《筏子都》等武生戏。后来,因为其子张云溪少年成名,张德俊于1933年(四十五岁时)便告别舞台,举家到北京定居。虽说"息影",但不时亦有演出,只是把舞台让给了后代。

据悉,20世纪50年代之后,他曾应邀到中国戏曲学校任教,为该校"十大教授"之一。张老于1980年逝世。

李世芳青岛罹难前后

京剧"四小名旦"之一李世芳是梅兰芳弟子中的佼佼者,1947年因飞机失事在青岛罹难,至今京剧戏迷们说起李世芳来都扼腕不已。

李世芳开始在北京富连成学戏,未出科便已崭露头角,且常演梅派剧目《霸王别姬》等,颇获好评,被人称为"小梅兰芳"。有一年梅兰芳从上海返京,听说科班学生中有个"小梅兰芳",很感兴趣,便特意前去看望。待看了他演出的几出戏后,甚是喜爱,遂收他为徒。

李世芳师从梅兰芳后,艺事猛进,以唱工扮相酷似梅先生而名列"四小名旦"之首。

李世芳为人谦和,毫无一般伶人的傲气。1932年他偕新婚夫人姚宝琏首次到青岛演出,从前没看过梅兰芳戏的人,有缘看到"小梅兰芳"的演出,连连称赞、大饱眼福。因为他不但扮相酷似梅兰芳,唱腔亦极像,这次在青岛所演的戏码又都是《生死恨》《霸王别姬》《天女散花》《宇宙锋》等梅派戏，所以特别受青岛观众的欢迎，连演十三天他才回上海。

1947年，他应上海天蟾舞台之邀与李少春、袁世海、叶盛章、叶盛兰、叶盛长等合作演出，号称"十大头牌"。如此阵容的演出，自然轰动一时。在此期间，李世芳主演了剧作家翁偶虹编写的新戏《天国女儿》。演出结束后，已届岁末，李世芳急于返京，适逢杨宝森夫人因事逗留，将机票转让给他，谁知飞机竟在青岛郊区灵山坠毁，李逝世时年仅二十六岁。

李世芳乘机罹难，震惊了青岛京剧艺坛，引起梨园界的哀痛。李世芳之父李子健，友郑岐山前往收尸，其尸一团模糊，无从辨认，被编为三十号。遇难者尸体均用白布裹缠，仅露一面，全部用大布一块掩盖，停放在天后宫。宫内冷烛摇曳，哀音不绝，报上载诗曰：

冷烛摇曳照残骸，天后宫内声声哀。不见名伶真面目，芳魂永留红坛毡。

后李世芳的遗体被送入胶州路吕祖庙内举行入殓典礼，各界人士四十多人参加了公祭仪式。

李世芳的遗体运回北京后，京剧界名伶叶盛兰、马富禄、尚小云、谭福英等都前往吊唁。送去的挽联中，有一副是由四个剧目的名字组成，上联是"金山寺成生死恨"，下联是"帘锦风变镜花缘"。上联中的《生死恨》是李世芳生前经常演出的梅派戏,《金山寺》则是李世芳与梅兰芳合演的最后一个剧目。

梅兰芳从南京回上海以后,听到李世芳遇难的噩耗不胜悲痛,为此停演数日。他知道李世芳家有父母、妻子和三个女儿,生活无着,于是发起主办了两台救济戏,把全部收入寄给了李世芳的家属。常宝华、张君秋等也分别为救济李世芳的家属举行了义演。

翁偶虹曾作诗悼念:

犹记童年霞举时,望梅梅竟玉成之。乱离前后梅无恙,及折梅园李一枝。

梅派高足魏莲芳

近悉，梅兰芳大弟子魏莲芳，不幸于4月份在上海病逝，享年八十又九岁。

魏莲芳是梅兰芳亲传的大弟子，他在梅氏认可下"代师授徒"，不少名角儿都曾向他问学请益，真是群星璀璨，他们中有的是经魏莲芳春风化雨而进列梅氏门墙的。梅兰芳曾对这些学生说，你们称我为先生，可大师哥曾经教过你们，而且把你们引进了门，你们也该尊称他一声魏老师，从此，"魏老师"的称呼就在梅门中传开了。

魏莲芳十五岁拜梅兰芳为师，长期佐师演出，很得梅氏器重。有一件事可以说明：距今六十一年前，北京福全馆有一场盛大的堂会演出，大轴戏是北京名票张伯驹主演诸葛孔明的《失空斩》，配角之精，无与伦比。诸如：余叔岩的王平，杨小楼的马谡，王凤卿的赵云，程继先的马岱，陈香雪的司马懿，等等。名伶济济，前边的演出独缺了已经邀请的梅兰芳。当时梅兰芳正在上海演出，而他又是个极讲信义的人，于是便选了魏莲芳代表他在众多名演员和老前辈的注视下演出了一出《女起解》，由此可见魏莲芳在梅兰芳心目中的位置了。

魏莲芳称，每教一次戏就能对梅派多一层理解。郭沫若曾把梅兰芳的艺术创造概括为一个"美"字，魏莲芳教戏就是能够处处体现这个"美"字。如他教《宇宙锋》，着重表现赵艳蓉佯作疯状敢与昏王作斗争的贞姿劲质，要演得像雪里寒梅那样高洁芬芳；他教《生死恨》，着重表现韩玉娘虽然饱受离乱之苦犹自坚守民族大节，含辛茹苦，等到胜利在望夫妻团圆就在眼前，却因身体不支遽尔逝去时那绵绵不尽的凄婉之美。魏莲芳教戏总是按照梅兰芳的教导从"说戏先说戏中人"开始。如《醉酒》，"三千宠爱一身专"的杨贵妃遭到了冷落，她孤身独饮，借酒浇愁，以致酩酊大醉，她的种种醉态无一不是反映了她内心的空虚与苦闷，所以要演得愈醉愈美，才能因她的红颜薄命而博得人们的同情和共鸣。如他教的《别姬》一剧最能看出梅兰芳要演员相互衬托的"一棵菜"精神。艺术是因相互对比而存在的，霸王丑，虞姬美，霸王刚，虞姬柔。所以在舞台上表演时，霸王急躁暴烈，声如洪钟，虞姬则柔声劝慰，分忧解愁。演员如不理解这些，只顾自己亮嗓子，本是由二人完成的一场戏也就唱砸了。魏莲芳每忆起梅兰芳这些话，总说如同耳提面命般记在心中。

魏莲芳搭班演出，临别梅兰芳关照他两句话：一不许

"回戏"（借故停演），二不许"返场"（即台上"搭档"出了差错，不但不思补救，反而出人洋相）。20世纪50年代魏莲芳邀梅剧团在武汉演出，他刚演罢《搜孤救孤》中的程妻，梅兰芳便把他叫了去说："你知道旦角儿的哭头有'西皮'和'二黄'之分吗？"魏答："我知道，刚刚那哭头我是唱马虎了。"梅沉下脸说："你哪里是唱马虎了，你是瞧不起那个唱程婴的老生，是不是？"一语道破，魏不得不低头认错，这更使他想起初搭班时老师的教导，这教导令他终生难忘。

拜"梅"唱"程"新艳秋

曾经名噪一时的程（砚秋）派青衣新艳秋，今年快九十岁了，她与赵荣琛、王吟秋同是响当当的程派名角儿。但赵、王都是程砚秋的门徒，而新艳秋不是，但她从取艺名王兰芳登台以来，一直唱的都是程派戏，更叫人大惑不解的是，她确曾是梅兰芳的门徒。梅的门徒一生唱的是程派戏，这里边阴错阳差的一段奇妙因缘颇值得一记。

新艳秋是受苦出身，她二姐是艺名珍珠钻的河北梆子演员，师事钱则诚。新艳秋原名王玉华，她十四五岁迷上了程派唱腔，她拉胡琴的哥哥王子祥也是程迷，兄妹俩经常躲在程砚秋（其时名程艳秋）唱戏的北京华乐园角落里"偷戏"，新艳秋偷的是程派的唱腔与身段、水袖，她哥哥偷的是程派的胡琴特点和强记谱子，日子久了，上天不负有心人，新艳秋学了许多程派戏，她哥哥也会拉程腔的胡琴了。

几年里，由于家境苦寒，新艳秋经人怂恿，应邀在当年的开明戏院唱开锣戏,贴出的海报每天都是程派戏,或全出,或片断,居然满有韵味,程腔十足。这个消息传到了一位大行家的耳朵里,这位行家就是大名鼎鼎的齐如山,他与梅兰芳、程砚秋两家都有深交,他亲自去开明看了新艳秋的程派《贺后骂殿》,大为惊奇,认为是可造之材。齐特邀新艳秋到他家里,对她说:"我介绍你拜程砚秋为师,实授实学,你的前程是远大的,索性改个名字叫新艳秋吧,响亮些。"齐如山应该说是新艳秋的"伯乐",新艳秋听了齐的话自然是喜不自胜。她从小迷的是程派,现在程派的创始人将有可能做她的老师了,这难道是在做梦吗?岂料好事多磨,齐如山的倡议没有得到程砚秋的同意,这真的成了新艳秋的一场大梦!原来程砚秋其时还很年轻,外面早有关于他收女徒弟的流言蜚语,人言可畏,他又怕当时报界手握刀笔的人,所以他已发誓不收女徒。齐如山也改变不了他的誓言,新艳秋拜师之事,只好作罢。

还是这位齐如山先生,他把新艳秋引见给梅兰芳大师,新艳秋终于成了梅大师的女弟子。梅非常欣赏这位有心胸和奋发有为的女青年,他手把手地教了她不少梅派戏,包括《霸王别姬》。这时,武生泰斗杨小楼组班演戏,选中了刚满十八岁的新艳秋与他合演《霸王别姬》和《长坂坡》,这是千载难逢的好机会,梅大师马上又忙着为新艳秋指点《长坂坡》中投井的关键身段。

这次新艳秋得杨小楼提携合作登台，顿时声誉大振。

虽然新艳秋从老师梅兰芳学了许多梅派戏，在日后几十年的舞台生涯中她唱的却仍是程派戏，俨然成了程派青衣中的一家，观众欢迎她，她也越唱越红。

新艳秋现在是江苏戏校的主课老师，她悉心培养了一批程派的继承人，其中的钟荣后来成为中年程派青衣的佼佼者。

艺苑双菊名坤伶

20世纪30年代初,北京京剧舞台上坤班盛行,生、旦、净、丑均由坤伶扮演,还有姊妹一生一旦同台演出者,其中最负盛名的有徐东明、徐东霞姊妹,杨菊秋、杨菊芬姊妹。

杨菊秋与杨菊芬,早年曾被称为"艺苑双菊"或"菊国双姝"。菊秋工青衣,其妹菊芬工老生,她们因技艺精湛而被社会各界名士誉为"并美兼优"与"并蒂秋华"。

1935年前后,杨菊秋、杨菊芬姊妹在东安市场吉祥戏院组班演出。姐姐杨菊秋当时二十七八岁,唱花旦,学筱翠花的戏路子,为其妹当配角。杨菊芬当时二十岁上下,唱老生,艺宗言菊朋,兼取余叔岩之长,挂头牌。杨家姊妹同台演出,很有叫座力。

杨家姊妹自幼丧父,随母亲牟氏过活,因家境困难,乃延师学戏。技艺学成,在京津一带登台演出,颇受欢迎。1935年正是杨家姊妹大红时期,姊妹合演《乌龙院(坐楼杀惜)》《打渔杀家》《游龙戏凤》《四郎探母》《翠屏山》《法门寺》等戏,都很精彩,场场满座。杨菊秋也能唱青衣,所以有时也和杨菊芬合演《桑园会》《武家坡》《汾河湾》以及《二进宫》一类的戏。杨菊芬有时也演《定军山》《阳平关》《托兆碰碑》等硬靠老生戏,并且对《失空斩》一类的戏也很擅长,姊妹俩有时还串演《小放牛》《十八扯》一类的小戏,戏路很广,声名益著。

杨菊芬平素喜男装,无脂粉气。西服、礼帽、革履,宛然一翩翩公子。她擅长谭派和余派,会戏甚多,且文武不挡。她常以《碰碑》为大轴,由托兆起至碰碑止,一气呵成,颇受欢迎。《洪羊洞》一剧,吃力而不易讨好,坤伶多不愿演,杨菊芬演来,竟能博得好评。《定军山》一剧,为文武老生靠把重头戏,非有好嗓音、好腰腿、好身手,否则绝难胜任。而杨菊芬当年在北京中和、长安等戏院露演此戏时,念白清楚,吐字真切,武功扎实。

尤其难能可贵的是,杨菊秋作为梨园界一娉婷玉立之妙龄女子,能自爱其身,不为风气所移。她除搭长班频繁演出外,每得闲暇则勤习艺事。对于牌局、饭局等应酬事宜极少参与。这在旧日坤伶中,可谓凤毛麟角。由于她业余常习绘画,一次在义演中曾当场画扇数柄,并题云:

> 陕西饥民,待赈孔殷。欲尽绵薄,力又不逮。乃拨冗画笔数叶,所售之价,全数助赈。明

知杯水车薪，不过聊尽微意耳。

"七七"事变以后，杨菊芬结识了天津"张园"主人张彪的儿子张学毅，这人当时是伪满皇帝溥仪的御前侍卫，东北口音，说话大舌头而又口吃，没什么本事，只以祖遗的一份产业为饵，赢得杨家母女的欢心，杨菊芬终与张学毅结为夫妻。

不久，杨菊秋也结婚了，她自号傲霜，她是以其音容笑貌倾倒了一位长于她十多岁的画家沈馥，得到画家的重金纳彩，结为秦晋之好，但终因年岁悬殊，性情不和，婚后几个月便离异了。

抗战胜利后，曾闻杨家姐妹仍偶有演出；直到20世纪50年代，还听到她俩在北京同台演出、张学毅充当了剧团的管事的消息。后来又有消息说杨家姐妹因年岁过大而辍演，留在戏校当教师了，其后就再无消息。如果杨家姊妹今尚健在，也已是七旬老人了！

白玉霜与小白玉霜

白玉霜是著名的评剧老艺人,是"白派"艺术创始人。

白玉霜原名李桂珍,1907年生于天津,父亲是唱莲花落子的。她十一岁时,拜一位刘姓唱大鼓的艺人为师,十四岁时,又拜孙家班班主孙凤鸣为师,改习评剧。孙凤鸣还给她起了个美丽动听的艺名"白玉霜"。十四岁的白玉霜在锣鼓声中首次登上了戏曲的舞台,也登上了人生的舞台。

白玉霜十七岁时,父亲故去,她挑起了生活重担。白玉霜曾先后在天津、吉林、营口演唱,但都未能立住脚,直到后来回到北平与孙家班头班学生安冠英合作,她以唱腔优美、表演泼辣而红遍了京津两地,被誉为"评剧皇后"。谁知好景不长,白玉霜因不愿为北平市长陪酒而被驱逐出境。那是1934年的事,二十七岁的弱女子白玉霜被武装警察押解着从小客机里出来,同她的继母及养女小白玉霜含屈忍辱离开北平。

回到天津后，白玉霜排练了《秦香莲》。恰好上海恩派亚大戏院的徐培根来到白家，双方当下签好合同。白玉霜与伙伴是夜启程，到上海演出了《夜审周子琴》《双蝴蝶》《苏小小》等戏，唱得都很红。后她又与京剧演员赵如泉合作演出了欧阳予倩编写的《潘金莲》，京评两腔合作取得了空前的盛誉，连演一个多月，场场座满。《潘金莲》使得白玉霜大大地出了名，并受到上海文化界进步人士的重视。洪琛专为她写了反映艺人苦难生涯的剧本《海棠红》。

《海棠红》于1936年7月由明星电影公司摄制完成，白玉霜领衔主演，王献斋、严工上、舒绣文等担任配角。这是中国第一部评剧故事片，描述了一个名叫海棠红的评剧演员凄凉漂泊的一生。影片在上海金城大戏院首映，立时轰动了全城。

白玉霜红到了极点，不少公司和商店争着用"白玉霜"给自己的商品命名，但同时，她也招来更多的嫉妒、中伤、暗算和骚扰。为了能在上海滩站住脚，避免重演被驱逐出境的悲剧，白玉霜不得不低下头来认青红帮头子徐朗西为干爹，并被徐占有了。

在白玉霜三十岁那年，她厌倦了功名、虚荣，不顾一切地与人私奔了。而与白玉霜私奔的男子，既不是风流小生，也不是洋场阔少，却是戏班里打铙钹的李长生。

李长生是个乡下人，为人老实厚道，白玉霜喜欢这个淳朴的人。他们回到了长生的家——河北省霸县堂二里村。在那里,白玉霜过起了村妇的生活,恬静、自然、心满意足。日久天长,她的身世渐渐被外人知道,有的土豪劣绅扬言要绑她的票。为了长生一家的安全,白玉霜忍痛告别了他们。

"白玉霜重返舞台了!"天津的戏迷们欣喜若狂。此时她的艺术更加纯熟了,动作潇洒,做工洗练,唱腔优美。

然而回到天津后的白玉霜像变了一个人,不爱说笑。1943年她病倒了,被确诊为子宫癌。在弥留之际,白玉霜想到了结婚,在继母和姐妹们的帮助下,她和李长生结婚了。在呼唤新人拜堂的说笑声中,白玉霜在丈夫的怀里满足地合上了眼睛。时间是1943年8月10日。

"评剧皇后"白玉霜去了。她的一生仅度过了三十六个春秋,然而她在评剧事业上的贡献却不容忽视,她创造了独特的白派艺术,其低回婉转的独特唱法加强了评剧唱腔的抒情性。她还在伴奏乐器中加进南胡,在化妆、表演技巧上也有许多的创新。其养女小白玉霜继承了她的艺术风格并有所发展。

小白玉霜原名李再雯,山东人,五岁随父逃荒至北平,被白玉霜收为养女,受其熏陶,渐通戏理。

20世纪30年代中期,白玉霜在上海演出成功。在白玉霜与李长生私奔后,李再雯即以小白玉霜艺名开始舞台生涯，时年十四岁。

小白玉霜很聪明，长得也很漂亮。白玉霜在世时，她演二旦，给养母配戏，已在群众中有了基础。白玉霜希望传艺有后，她用极严格的传统教徒方法将表演技巧传授给养女。小白玉霜以自己聪敏的天赋、刻苦习艺的精神，学得了白派艺术的神韵和精髓，在艺术上取得了很大成就，真正成了白派艺术的继承人。白玉霜死后，白玉霜戏班里的老人叫小白玉霜担起主角，街上的海报也换成了"小白玉霜"，当时新老观众都很轰动。班里的老人管白玉霜叫"大白"，管小白玉霜叫"小白"。

白玉霜在世时曾有个愿望：要让评剧在天津中国大戏院演出——那时评剧这个剧种没有地位，不能登大雅之堂。小白玉霜实现了养母的愿望，1947年，她出面组织著名评剧演员王庹芳、小月樵、新凤霞等，在天津中国大戏院演出了《母女恨》。

20世纪50年代以后，小白玉霜和席宝昆等重新组建了新中华评剧团，在评剧界第一个带头演出了现代剧《兄妹开荒》《千年冰河开了冻》等。

评剧白派艺术在一般观众的心目中，只适合于演悲剧，而小白玉霜却使其有了新的发展和突破。她长于青衣戏，扮相大方，两眼传神。在舞台上她成功地塑造了《小女婿》中的杨香草、《九尾狐》中的地主婆等许多不同性格的人物形象。

小白玉霜果敢泼辣，经历过很多风雨，见过大世面，但在"文化大革命"的大风暴中，竟落得个走投无路，吞服大量的安眠药自杀了。她在自己的手心里写了两行字："我没有文化，你们不要欺负我。"

评剧名伶喜彩莲

报载,不久前大陆举办了庆祝著名评剧演员喜彩莲女士舞台生活六十周年演出活动。由喜先生之高徒李忆兰等演了喜先生的代表剧目《凤还巢》《小借年》《孔雀东南飞》等,堪称艺坛盛举。

喜彩莲原名张菡香,1916年生于山东掖县一贫苦农家,后随父母去东北谋生。她自幼喜爱评剧,九岁师从"莲花落"老艺人吴寿朋,十岁登台。之后,她又参加了著名评剧演员李金顺主办的"元顺戏社",在演唱方面,受李金顺影响颇深。到十八岁时,她已经成为戏社的主要演员,并蜚声剧坛。她曾与戏社演员一起南下天津、北京、上海等地演出。从而使她有机会接触到更多的艺术形式,开阔了视野。

喜彩莲嗓音高亮,擅演花旦戏。她根据自己的嗓音条件,在老评剧的基础上进行了大胆创新。老评剧讲究"扬着唱",即所谓"大口落子"。喜氏则将此种唱法改为"抑着唱",即将"大口"变为"小口"。然行腔讲究情味交融,深沉,含蓄,曲调更加柔美。因此,她的演唱赢得了诸多观众的青睐。

喜氏的演唱最突出的特点是讲究咬字。她的唱腔吐字清晰,干净利落,无论什么字,行腔时总能保持原韵,从不因腔而害字。

以前,评剧的剧目大体为传统的"老八出"或"新八出",如《杜十娘》《珍珠衫》等,一般演员唱的大都不出这些。而喜氏却上演了大量新剧目,如《凤还巢》《十三妹》《孔雀东南飞》等。同行称喜彩莲演出的是"一台新戏"。这些剧目虽系从京剧移植而来,却使评剧观众耳目一新。记得当年著名戏剧家欧阳予倩在观看喜氏的演出后,极为赞赏,便将《人面桃花》剧本推荐给她,并亲自为她排了这出戏。

从20世纪50年代起,喜氏参与了诸多现代戏的演出,塑造出一些富于个性的人物形象,而且戏路更为宽广了。

魏喜奎名噪京华

友人自内地回港,谈及在北京中和戏院欣赏了著名曲艺演员魏喜奎的专场演出,称赞她虽年近花甲,仍嗓音圆润,唱腔韵味醇厚。她在演出中接连不断地演唱了奉调、京韵、梅花、乐亭等大鼓及曲剧选段,堪称多才多艺,老当益壮。

提起魏喜奎,笔者并不陌生。早在20世纪三四十年代寓居北京时,我就常到三庆戏院听她唱唐山大鼓。记得1939年旧历四月二十八日,为纪念曲艺界祖师周庄王的生日,各名角在庆乐戏院举行联合义演。魏喜奎唱了一段《黛玉归天》,与她同台演唱的除曹宝禄的单弦,高德明、绪德贵的相声外,还有号称"华北三艳"中的两艳——郭小霞的梅花大鼓和姚俊英的河南坠子。魏喜奎由于嗓音浑厚甜润、台风淳朴大方,初露头角就得了个满堂彩,从此名噪京华。

此后她常与曲艺名家刘宝全、白云鹏、金万昌、小彩舞、张寿臣等同台献艺。魏喜奎聪明伶俐，勤奋好学，善于博采众长，融会贯通。当时她家住在虎坊桥，每天从永定门城根练功回来，料理完家务，就步行到西单哈尔飞戏园，向乐亭大鼓名艺人王佩臣学艺。王佩臣住在戏园里，起床很晚，魏喜奎就在门前等候。等老师起来，就立刻帮她收拾房间，准备洗漱，然后才向她请教。王佩臣深受感动，便十分热情地教授这个学生。

魏喜奎不仅会唱各种大鼓，还会演戏。那时，每逢年节，总要举办一两场反串京剧义演，为贫苦同业谋点福利。魏喜奎曾和金万景、张寿臣、郭荣启一同演过《法门寺》，她饰演宋巧姣；也曾和曹宝禄、高德明、绪德贵一起演过《打面缸》，她扮演周腊梅；还和小蘑菇（常宝坤）、陈亚南、荷花女一起演过文明戏《枪毙刘汉臣》《一碗饭》等。不管扮演什么角色，她都能惟妙惟肖地刻画人物。金万昌感慨地说："没想到这孩子还这么会唱戏！我看她爸爸应当让她去唱戏，更对路子！"

在曲剧电影《杨乃武与小白菜》中，她饰演小白菜，不仅唱工精绝，就是做工也不同凡响。据说，曲剧是她在彩唱八角鼓和莲花落的基础上，糅合奉调大鼓唱腔而成的。她在20世纪50年代演出的第一个曲剧是老舍先生的剧本《柳树井》。

现在，她已不常参加曲剧演出，但在一些联欢会上，还能听到她演唱的段子，而且唱腔还是那么清脆、嘹亮。

豫剧名伶常香玉

近闻,六十六岁的豫剧名伶常香玉重建"常香玉剧团",以常氏老中青三代演员为主,演出拿手好戏《西厢记·拷红》。与往昔不同的是,当年红极一时的"红娘"常香玉,而今改饰老夫人一角,"红娘"则由她的孙女小香玉扮演。这也是长江后浪推前浪,是历史发展的规律。

笔者早年看过常香玉的演出。她主演的《拷红》《断桥》《大祭椿》《花木兰》等剧,唱腔舒展奔放,变化自如;表演刚健清新,细腻大方,确实令人叫绝,让我至今难以忘怀。

常香玉九岁便随父学戏,开始时小生、须生、武丑都学,后来才专攻旦角。由于她幼工扎实,十岁便登台演出,到1935年她十三岁时,就誉满开封了。当时,她在开封演出《桃花庵》《秦香莲》《五虎坠》,唱的是"豫西调",观众感到很新鲜,开始时场场爆满,可是演得时间长了,观众逐渐减少。怎么办?为了保持自己的竞争力,常香玉决心拿出新剧目和有特色的唱腔来争取观众。于是，她在父亲的帮助下请人排新戏，头一出便是连本的《西厢记》。

当时排《西厢记》是很困难的。常香玉扮演的红娘是个喜剧人物，唱腔应该活泼轻快，而她所唱的"豫西调"低回委婉，只适于演悲剧。其父当机立断，让她去学高亢活泼的"豫东调"。可是，当时各流派都故步自封，门户之见很深，改学流派被视为"大逆不道"。于是，机智的常香玉女扮男装，溜进"豫东调"戏班"偷"戏。此后，常香玉排演的《西厢记》，不仅将豫西、豫东两调糅合在一起，而且吸收了大鼓、坠子、山西梆子、河北梆子和京剧的一些韵味，创造了别具一格的新唱腔。

常香玉的唱腔改革，开始时自然遭到了豫剧界一些人的反对，但当"红娘"一炮打响，成为豫剧舞台上一个光彩熠熠的艺术形象时，便很快为人们所公认。从那时起，《西厢记》成了常香玉的代表作，久演不衰数十年。

豫剧泰斗陈素真

豫剧泰斗陈素真女士仙逝整整一周年了，每每思之，都不胜哀痛……大约六十年前，我开始知道陈素真的大名，她与豫剧作家樊粹庭合作了许多代表作品，如《涤耻血》、《女贞花》、《梵王宫》（一名《叶含嫣》）、《霄壤恨》，并整理改编了豫剧传统戏《三上轿》、《三拂袖》等。"九一八"事变以后，国难当头，粹庭与素真联名创办了"狮吼"豫剧团，排练演出若干爱国主义题材的名剧，并在河南省赈济委员会主任李鸣钟的支持与资助下，在西安用"以工代赈"的办法吸收培养了许多豫东黄泛区无家可归的难童，既使他们免于流浪街头，又可使他们受教育，还可以利用戏剧公演的形式宣传抗日救国。同时樊粹庭改编了《王佐断臂》。所有这些，都是值得在中国戏剧史上大书特书的。

素真并不姓陈，她原姓王，本名若瑜，乳名"狗妞"。她祖籍陕西富平，幼年孤苦伶仃，被陈姓人家收养学艺。

素真学的是豫东调（俗称祥符调，因以开封地区为中心，故而得名）。"七七"事变前，狗妞的河南梆子腔祥符调，在黄河南北真是妇孺皆知，家喻户晓。她在舞台上的表演不仅细腻传神，刻画人物合情入理，而且歌声悦耳动听，使观众听后，真如余音绕梁，日宕回响。因此，河南百姓赠送给她一个美名："豫剧梅兰芳。"

遗憾的是，从1957年到1966年，乃至延续到1976年，素真被极左路线残酷地扣上"右派""反动学术权威"等帽子。她从中年以后的遭遇不言而喻。

告别舞台后，年过花甲的陈素真把自己的全副精力贡献给培养下一代接班人的戏曲教育事业上。数十年来，她为河南省戏剧艺术教育培养了许多出色的人才。由20世纪40年代末算起，她收了吴碧波、张雪波、李静波、马清波、郑秋波和"狮吼"培养出来的关二凤，还有河南省豫剧三团的袁秀荣，河南省豫剧一团的周秀梅，天津的董玉兰，兰州的王喜云，以及她于1988年在杞县收的弟子牛淑贤等，可谓桃李满门。

素真临终时说："小贤（牛淑贤）是门里出身，她的舅父刘荣鑫、母亲刘荣花都是豫剧界的'好好'。她演戏有灵气，动作松弛、自然，不见棱角，在这方面有我的一点儿意思。小贤为人也正派，因此我很喜欢她。现在，她的几位师姐、师妹已经基本上离开舞台了，发扬陈派艺术，她要当主力军啦！"

愿素真在九泉之下安息吧!

顷悉,北京文史研究馆李克非馆员与素真女士有乡谊之雅,其挽联云:

汴梁初见君,难忘三上三拂霄壤恨;
镐郑再重逢,始识人品如玉女贞花。

联中嵌有陈派四出剧目的名字,亦属巧作矣。

越剧开山者姚水娟

起源于浙江的越剧,如今已是风靡全国的第二大剧种。抚今追昔,人们没有忘记当年越剧发展的"开山者"——姚水娟。前不久,浙江、上海文艺界还隆重举行了姚水娟八十诞辰纪念活动。

1937年,姚水娟率领第一副女班来到上海。农历正月初一,女班在有二百五十多个座位的通商剧场演出,这天的打炮戏是《盘夫索夫》。首场就收到一位陌生同乡人送来的花篮。姚水娟以她"行不动裙"的天才演技,甜润流畅的唱腔,细腻而独具一格的表演,给观众以美好的艺术享受,以后一传十、十传百,通商剧场天天爆满,愈来愈多的各界女观众都赶来看她的演出。

从此,越剧轰动沪上。但是也引来了地痞、流氓、大兵往台上抛烂橘子和烂杨梅,演员们备受欺凌。有一次演戏,一个穿便衣的"和平军"走到台前,将香烟头丢在姚水娟的戏衣上溅出火星。她很气愤地责问他为什么要丢烟头,这个为非作歹的家伙非常轻蔑地说:"侬这个戏子,丢只香烟屁股有啥要紧!"难道戏子生来就命比纸薄,可以被人任意欺侮践踏吗?姚水娟忍不住骂了一句:"侬这个流氓!"这还了得,对方横眉竖目摸出手枪进行威吓。戏院老板出来劝解,他还不罢休,气势汹汹地说:"要摆十桌酒水请我,否则老子就不客气!"姚水娟也不示弱,说:"请你吃粪!"这场风波后来虽平息了,但是,在豺狼当道、魑魅为虐的年代里,这样的遭遇是经常的。翌年秋,上海的《戏报》《戏世界》《戏剧世界》三家戏报联合举办越剧迷投票选举"谁是真正的越剧皇后"活动,姚水娟以绝对多数票当选。京剧大师梅兰芳欣然题写"水娟艺家,越剧皇后"的条幅赠予姚水娟。在观众的一片捧场声中,天生聪颖而又性格刚强的姚水娟积极地向京剧、昆剧、话剧、电影等学习,吸取它们的表演特长,初创了编剧、导演、作曲、舞美的分工建制。

当时上海《大公报》记者樊篱看了姚水娟演的《倪凤煽茶》《盘夫索夫》等,为她的演技所折服。恰巧姚水娟有一女友张星祯认识樊篱,她把樊介绍给了姚水娟,姚即聘樊当她的编导。樊为姚写的第一个剧是《花木兰从军》,由张子范任导演。该剧以昆曲、绍剧等剧种移植一些舞蹈、唱腔和打击乐等,对绍兴文戏进行改革,从而使它成了当年促人猛省的好戏。

姚水娟饰演的花木兰,甚至被誉为欧洲十字军时代的圣女贞德。樊篱亦由此成为越剧界第一位专职编剧。接着，樊又连续写了《孔雀东南飞》《啼笑因缘》《钗头凤》《泪洒相思地》等十多个剧本，其中时装戏占了一半。在闭幕换场时，估计到观众不习惯闲坐久等，他就安排演出幕外戏来补充，这就是幕里幕外戏的开始。同时又使用了道具、灯光和效果……从而使女子文戏冲破了只会演古装戏的局限，开拓了新的戏路。

梨园趣闻

liyuan qu wen

同光名伶十三绝

太平天国失败后,清朝政权出现了暂时的安定。京剧在这个时期以四大徽班为基础得到了较快的发展,逐渐形成一个具有独特风格和比较完善的剧种。同治和光绪年间,出现了一大批各怀绝技的名伶。一位叫沈蓉圃的画家用写实方法将京剧舞台上享有盛名的十三位演员画了出来,名为"同治名伶十三绝"。他们是谭鑫培、杨月楼、程长庚、卢胜奎、张胜金、徐小香、时小福、梅巧玲、金紫云、朱道芬、郝兰田、刘赶三、杨鸣玉。

光绪和慈禧都很喜欢京剧,凡有些名气的演员都被传唤听差,叫作"内廷供奉","十三绝"实际上成了清宫的御用戏班。这在客观上为京剧的发展提供了较好的条件。这里只谈谈其中卓有影响的谭鑫培和杨月楼。

谭鑫培是"十三绝"中的佼佼者,他旁搜博采,无所不精。著名演员萧长华说他是"逮着谁学谁",后终成大器,影响深远,所谓"无腔不学谭"即由此而出。谭鑫培名气大，架子也大，为此也吃过亏。有一次，慈禧看到戏目上没有谭鑫培的戏，便问是怎么回事，太监说他有病请假。慈禧说："他在我面前还摆架子，给我打他二十板子。"旨意一下，谁敢不遵？但掌印者一想：要真打二十板子，非打坏了不可，等慈禧再提出要看老谭的戏，说打坏了不能演，责问起来谁担得起？于是只好装模作样地把谭鑫培带到一间小房子里，只听板子响，其实没有真打，然后再带到慈禧面前谢罪并请点戏。慈禧想刁难他，就说："这小子怎么使怎么有，就演《盗魂灵》吧。"这可难住了谭鑫培，他根本就不会这出戏。名丑王长林说："你不要怕，我保你上。"于是赶紧在后台给他说戏。谭鑫培还真行，演猪八戒上场"闷帘倒板"，唱的是"龙凤阁内把衣换"。出台后"慢三眼"是"杨延昭下位迎接娘来"。此后每一句唱腔换一出戏词，还恰到好处。遇到妖精大开打，他仗着一身好武功，也演得极为精彩。最后又做出猪八戒的几个呆相，慈禧看了甚为欢心，传旨给赏。谭鑫培挨打又受赏，哭笑不得。

杨月楼在十三绝中也很有影响，他和儿子杨小楼都是享誉全国的著名武生，由于善演猴戏，素有杨猴子之称。父子俩不仅演技高，戏德也好，故深受欢迎。有时慈禧一见剧目没有他们的戏，必问杨猴子怎么没来。有一年二月二耍龙灯，杨小楼照例要来参加。但这天他实在累了，在台上耍珠子时，不小心把檀香木架子给撞倒了。众人大惊,都为他捏了一把汗。慈禧问:"小猴子今儿怎么了?"杨小楼说:"奴才今天已连演四场挑滑车,实在有点儿支撑不住了,不小心惊了驾。"慈禧听后说:"也真难为你了,今后不许应这么多活,赏你二十两银子下去休息吧。"

接着上台的是李寿山。他见杨小楼惊驾倒得银二十两,也想来一下,故意把台角的架子撞倒了。龙灯一停,慈禧问道:"李七是怎么回事?"李寿山一愣,不知怎么回答。慈禧说:"你是看小楼得了赏,也想试试,存心捣乱啊?来人,给我打。"李寿山偷鸡不成反蚀一把米,一直埋怨西太后对杨小楼偏心眼。

梅巧玲生死见交情

京剧艺术大师梅兰芳先生大作《舞台生活四十年》一书,卷首第二章《梅家旧事》中,有一段"梅巧玲焚券"(梅巧玲为梅兰芳祖父)的叙述,令人读来感触良深。

"焚券"的故事是记述梅兰芳先生于1956年在扬州演出时,接到当地张叔彝先生的信,提到焚券的对象,据他了解是谢梦渔。当时,住在扬州市海岛巷五十一号的谢泽山,正是谢梦渔先生的侄孙子。

谢泽山君将从小在家里听到的事实对梅先生陈述。他说:"先伯祖梦渔公,名增,是扬州仪征籍,前清道光庚戌科的探花,官做到御史,一生廉洁,两袖清风。"谢梦渔旧学渊博,兼通音律,梅慧老(梅巧玲字慧仙)常常和他在一起研究字音、唱腔,又兼是同乡关系,所以往来甚密,交谊很深。慧老知道先伯祖的境况很窘,凡遇到有了急需的时候,总是诚恳地送钱来帮助他渡过难关,但谢梦渔每次拿到了借款,不论数目多少,总是亲笔写一张借据送到梅家,这样的通财继续了好多年,谢梦渔总共积欠慧老三千两银子。

接着,他讲其伯祖谢梦渔享年七十余岁,病逝在北京,在扬州会馆设奠,梅巧玲亲来吊祭的情景。按当时的社会习惯,交情深的吊客要向孝子致唁,梅巧玲见了梦渔的长子,拿出一把借据给他看,谢子看完,不胜惶恐地说:"这件事我们都知道,目前实在没有力量,但是一定要如数归还的。"梅巧玲摇了摇头说:"我不是来要账的,我和令尊是多年至交,今天知己已亡,非常伤痛,我是特意来了结一件事情的。"

梅巧玲讲完,就拿这一把借据放在灵前点燃的白蜡烛上焚化了。紧接着,转身又问孝子:"这次的丧葬费用够不够?"

当他得知谢家的情况实在拮据时,又顺手从自己的靴统里取出二百两的银票交给谢子,当作奠敬。他在谢梦渔的灵前徘徊了很长时间,然后黯然登车而去。

当时,在场目睹这种情况的亲友们有不少被感动得流下眼泪。此事马上传遍了北京城,李莼客所著的《越缦堂日记》中也曾记述了这件事。

梅巧玲作为一个京剧艺人,他这种慷慨好义、雪中送炭的事迹,实在是令人肃然起敬的。

谭鑫培随机应变

谭鑫培为"同光十三绝"之一,由他所创之京剧谭派,流传至今而不衰,他在舞台上随机应变的能力,也非一般伶人所能及。这里说几则故事,或可一管窥豹。

一次,谭鑫培演出《黄金台》,谭先生扮齐相田单,因上台匆忙,忘了戴帽子。观众正瞠目结舌,只听谭先生念起定场白:"国事乱如麻,忘了戴乌纱!"两句诗,既针砭了时弊,又修补了舛错。观众一听,便给以会心的笑声,无不暗暗佩服。

一次赴堂会演出,谭先生唱《文昭关》。该戏演的是春秋时期的故事,伍子胥全家被害,他只身逃到昭关,不能出去,愁得一夜之间须发皆白,所以,该戏又叫《一夜白发》。伍子胥乃堂堂武将,仪端威猛,出场时应腰佩长剑,其唱词有:"过了一天又一天,心中好似滚油煎,腰中空悬三尺剑,不能报仇也枉然。"谁知管行头的出了问题,马马虎虎地给谭先生挂上了腰刀,谁也没有发现。待谭先生上了场,手扶剑柄时,才知道宝剑换了腰刀。这时,锣鼓响处,过门已开,只听谭先生唱道:"过了一朝又一朝,心中好似滚油浇,父母冤仇不能报,腰中空悬雁翎刀。"唱完,台下还没省过闷来,台旁台后先叫起好来,管行头的这才松了一口气。这件事一时传为佳话,识者无不称赞谭先生应变机敏。所以,后来才有东施效颦,照搬这一段唱词的,岂不知这是被逼出来的应急之举。也有说"宝刀辙"好唱的,自然是附会了。

谭先生不仅临急不乱,自圆其艺,就是其他演员逢了急乱,他也能凑趣应答,化险为夷。一次戏班唱《辕门斩子》,扮演焦赞的演员未戴髯口就上了场,台下观众哄声不绝,演员又不能下台改装,急得无法,直给扮演杨六郎的谭先生作揖。谭先生早知端的,开腔问话,剧场马上平静下来。谭先生道:"小小孩童,你是何人?"经谭先生启发,这位演员才应声道:"启禀元帅,我是焦赞的儿子。""你来做甚,叫你父来!"演员才得以下台,换上一个焦赞来。这件事流传很广,一时几乎家喻户晓。

梨园世家说叶氏

京戏叶氏家族是从叶春善开始的。

叶春善原是京剧演员,坐科于杨隆寿小荣椿科班。1904年参与组建"喜连成"社(后更名"富连成"社),他当了主持人,并把自己的子女送去"富连成",他们后来多数成了京剧舞台的名伶。

叶春善膝下有五男四女,五个儿子全都继承父业从事京剧。

长子龙章,生于1906年,六岁入私塾,七岁入小学,同时在"喜连成"二科学练基本功,十岁随大师兄雷喜福学老生戏。后一度去东北军供职。1934年叶春善患半身不遂,把龙章叫回接"富连成"社长职务,至1945年"富连成"解体。现龙章已去世,终年八十一岁。

次子荫章,幼入"福清社",后转入"富连成",随唐宗成学"武场"(即打击乐),学成后留科任教,后因病去世。

三子盛章，字耀如，1912年生，幼入"福清社"，学花脸，因该社解散，又入"富连成"社，后根据总教习萧长华建议，改学武丑，受王长林赏识，亲授拿手剧目，如《九龙杯》《藏珍楼》《时迁偷鸡》《酒丐》等。不幸于"文革"中受迫害致死，时年五十五岁。

四子盛兰，字芝如，1914年生，幼入"富连成"社，先学青衣花旦，后根据萧长华建议改学小生，竟出类拔萃，世称"叶派"。盛兰文武兼擅，昆乱不当，举凡雉尾生、扇子生、穷生、靠把小生乃至昆曲中的官生无一不能无一不精；他所创造的周瑜、吕布、许仙、周仁等角色，皆栩栩如生，非同凡响，世有"活周瑜"之誉。不幸于1957年被划为"右派"，"文革"中又被指斥为"反动艺术权威"，身心遭到严重摧残，虽经拨乱反正，然已重病在身，终于1978年辞世，时年六十四岁。

五子盛长，幼入"富连成"社学戏。盛长原名"世长"，后因要与胞兄名字划一，遂易名盛长。盛长攻文武老生，深得雷喜福、马连良等名家传授，文武兼擅，能戏颇多。"文革"时期受挫，拨乱反正后重返舞台，然已劳累致疾，后专以传授后生为乐事。

此外，叶春善尚有四女，她们虽未从事京剧，但都与京剧结"缘"。

长女玉琪，嫁给名小生茹富兰。

次女玉琳，许配老生演员宋继亭。

三女过继给四姨母，易姓杨。

四女惠蓉，与萧长华之子萧盛萱结婚。

另有一义女叶萍，嫁给名丑马富禄之兄长。

以上是叶春善子女的简单情况。至于他的第三代也未改换门庭，常言说将门出虎子，叶家第三代从事京剧艺术的共有十人，计有八男二女，他们当中生、旦、净、丑皆有，其中出类拔萃者不乏其人，如叶蓬、叶少兰、叶金援等都是知名度很高的艺术家。

总之，叶氏门中京剧事业代代相传，堪称名副其实的梨园世家。

京剧文人齐如山

当人们谈到京剧大师梅兰芳的时候，必然要谈及他的编剧人齐如山，梅兰芳演出的很多剧目都是齐如山编写或修改的。

齐如山（1875～1962）名宗康，河北高阳县人，出身宦门。他的祖父齐竹溪和父亲齐禊亭都是清代进士。齐如山幼年受家庭熏陶，好读书，性聪慧。他五岁到十七岁这段时间，博习古代经典，正像封建社会其他知识分子一样，吸吮着中国传统文化的精髓而成长。十九岁进同文馆，学习德文和法文，及长曾三次去欧洲，受到西方文化思想的影响。回国后，曾追随孙中山，投身国民革命。他精于文史，酷爱戏剧，对京剧研究尤深。曾任京师大学教授，同时兼任北平国剧学会会长。

20世纪初，其父齐禊亭在世时，看到帝国主义对中国的侵略和清政府的昏庸腐败，不允许自己的儿子再给清政府做官，也不许给外国人当翻译。齐如山遵父命遂改业经商做买卖，后又专心研究中国的戏曲。

对中国的戏曲，历代学者都以此为小道不足观，没有人肯认真研究它，而戏曲演员又为文化视野所囿，只知其然而不知其所以然。但齐如山却尽其毕生精力，在长达半个世纪的时间里，殚精竭虑地从事国剧的专门研究。他曾访问过京剧界老角名宿达三四千人，记录下丰富生动的原始材料，并从古代经籍、辞赋、笔记、风土志以及西方有关的心理学或戏剧理论中寻找线索和印证，最后进行整理归纳。

自民国以来，他与梅兰芳合作编剧多年，由其执笔为梅兰芳编剧（包括印编）三十余种，如《牢狱鸳鸯》《千金一笑》《天女散花》《童女斩蛇》《一缕麻》《嫦娥奔月》《黛玉葬花》《麻姑献寿》《红线盗盒》《上元夫人》《洛神》《西施》《廉锦风》《太真外传》《俊袭人》《宇宙锋》《凤还巢》《木兰从军》《春秋配》《霸王别姬》等，均出自齐如山之手。

齐如山所编剧本与社会联系紧密，大多数赢得了观众的好评，例如《童女斩蛇》初次上演就引起轰动。全剧的唱工，虽只有几句慢板，一段流水，情节也比较简单，可是先后几场都满座。梅兰芳曾回忆他演《牢狱鸳鸯》时发生的一个故事：有一次在吉祥剧院，当演到县官把卫如玉屈打成招的时候，县官口里正念着："你不肯招，也得叫你招了，这样才了喽这场官司！"这时台下有一位老者，大概兴奋过了火,实在忍不下去了,就跳上了戏台,抓着县官说:"卫如玉没有杀人,你为什么把他屈打成招,你这狗官,真是丧尽天良,我打死你这王八蛋!"说着举起拳头就打。之后,经后台管事的向其解释,才请老者走下舞台继续看戏。后来老者在回家的路上,还大嗓门不住嘴地大骂狗官混账,冤屈好人,可恶之极,我非揍他不可。可见这个剧本起到了"警世砭俗"的作用。

梅兰芳与卓别林的交往

查理·卓别林是名震全球的滑稽大师,深受各国观众的喜爱。他主演的影片,早在1915年便开始在上海公映,20世纪20年代已风行全中国。卓别林与京剧名伶梅兰芳曾有交往,成为艺术史上的佳话。

1930年初,梅兰芳率剧团到美国演出,5月的一天,到达电影名城洛杉矶。当晚,剧场经理举行欢迎酒会,宾主刚刚入座,一位神采奕奕的壮年人迎面走来。梅兰芳觉得似曾相识,正在思索之中,剧场经理站起来介绍道:"这位是卓别林先生。"卓别林紧紧握着梅兰芳的手,热情洋溢地说:"早就听到过你的名字,今日可算幸会。啊!你原来这么年轻就享有大名声,真称得上世界第一个可羡慕的人哪!"当年梅兰芳三十六岁,卓别林四十一岁。

那时,卓别林正在紧张地拍电影《城市之光》,他抽出时间专门参加了好莱坞为梅兰芳举行的盛大欢迎会。在梅兰芳参观好莱坞时,他又竭诚相待,介绍好莱坞电影的情况，二人亲切地合影留念。

梅兰芳与卓别林再次相会是在1936年。是年3月，卓别林和宝莲高黛在拍完《摩登时代》后结婚，并到亚洲蜜月旅行，他们在上海停留两天，卓别林再次与梅兰芳会晤。卓别林兴致勃勃地提出想看看京剧，不巧那天晚上没有演出。于是，梅兰芳亲自陪同卓别林去新光大戏院观看了马连良主演的《法门寺》。

自此以后，虽然卓别林与梅兰芳没有机会再见面，但二人一直相互关心和支持。1941年春天，卓别林的影片《大独裁者》将到香港上映。"皇后""娱乐""利舞台"三家影院都在争夺首映权。因为三年前梅兰芳曾到"利舞台"演出过，该剧院经理就去找当时留居中国香港的梅兰芳想办法。梅兰芳答应拍个电报给卓别林试试看，不久便收到卓别林"同意"的复电。那时，美国影片在香港通常是在外国人办的"皇后""娱乐"影院首映，而这次《大独裁者》却在中国人办的"利舞台"剧场首映，在香港引起轰动。

第二次世界大战后，由于卓别林在美国从事进步文化活动，受到迫害，不得不离开美国。梅兰芳对卓别林的境遇愤愤不平，时时打听他的消息，对他十分怀念。1954年，梅兰芳听说周恩来总理在日内瓦会议期间曾宴请卓别林，并邀请他观看了中国电影《梁山伯与祝英台》，感到非常高兴，认为卓别林可能会重访中国了，但最终还是未能如愿。梅兰芳对此一直遗憾不已。

直到20世纪50年代末,梅兰芳还深情地对一位海外归来的朋友说:"我尤其盼望卓别林先生再到中国来,看看我们的建设,顺便也看一看我新编的《穆桂英挂帅》比当年如何。"令人遗憾的是,梅兰芳不幸于1961年溘然长逝,两位艺术家一直没有机会再叙友情。

名伶争演三国戏

京剧舞台上"三国戏"剧目很多,据说有五百多出,其他地方戏中的"三国戏"更是不胜枚举。

"三国戏"中的人物,出场最多的是刘备、关羽、张飞、诸葛亮、曹操、孙权、吕布、貂蝉、周瑜、鲁肃、司马懿等,剧情大都出自《三国演义》。与史书《三国志》相比,《三国演义》乃七分事实,三分虚构,并非真史。

早年观"三国戏",看得最多的是《桃园三结义》《捉放曹》《空城计》《借东风》《吕布戏貂蝉》《辕门射戟》《白门楼》《战宛城》《古城会》《长坂坡》《单刀会》等。各派名家争相演出,出现了不同风格以演不同剧目见长的局面。

马连良先生在《借东风》中扮诸葛亮,《甘露寺》中扮乔玄,一段"习天书学兵法犹如反掌,设坛台借东风相助周郎"和一段"劝千岁杀字休出口,老臣与主说从头",嗓音浑厚、唱腔潇洒,给观众留下深刻印象。

谭富英先生的代表剧目是《失空斩》《定军山》《捉放曹》，他扮演的诸葛亮、黄忠、陈宫等角色相当绝妙。他的唱腔，如《空城计》中的西皮慢板"我本是卧龙岗散淡的人，论阴阳如反掌保定乾坤"和二六板"我正在城楼观山景，耳听得城外乱纷纷"，嗓音清亮，高亢纯正，形成了独具一格的"谭派"风格。他的后人谭元寿演《打渔杀家》和现代戏《沙家浜》时一样是此风格。

以言菊朋为代表的"言派"常演的"三国戏"有《让徐州》(言菊朋饰陶谦)、《卧龙吊孝》(言菊朋饰诸葛亮)，他演唱的二黄原板"未开言不由人珠泪滚滚，天卸重任我就要你担承"和反二黄慢板"曹孟德领人马八十三万，擅敢夺东吴郡吞并江南"，行腔委婉，花腔花调，听起来别有韵味。

奚派奚啸伯老先生的唱腔，苍凄悲怨，如泣如诉，他在《哭祖庙》中扮演刘谌唱的那段二黄导板、回龙"进祖庙不由人心中悲惨，将人头供神案祭奠祖先"以及他在《白帝城》中扮刘备唱的那段二黄慢板"实指望下江东把吴狗扫尽，恨不得杀孙权方称我心"，动人心弦，催人泪下。他的再传弟子张建国继承了"奚派"艺术，如今在京剧界很红。

还有，高派传人李宗义、李和曾的《逍遥津》也是声震四座。叶盛兰先生的《吕布与貂蝉》《辕门射戟》《白门楼》，更是小生行的绝活儿，现今除叶少兰先生外，很少可与之媲美。更有趣的是，有一些京剧名家为了展现自己的表演实力，在一出"三国戏"中往往连演三个角色，梨园界称之为"一赶三"。犹记李少春先生在《群英会·借东风·华容道》中，前饰鲁肃，中饰孔明，后饰关羽，如没有相当深厚的功底是绝对演不来的。

四大须生说"谭派"

京剧中的"谭派",有"老谭""新谭"之说。老谭指的是形成于1900年前后的谭鑫培唱腔,"新谭"指的是形成于20世纪30年代左右的谭鑫培之孙谭富英的唱腔。

京剧中的"四大须生"有前后之分。前"四大须生"是余叔岩、言菊朋、高庆奎、马达良,皆宗"老谭"而自创新腔;后"四大须生"是马连良、谭富英、杨宝森、奚啸伯,亦宗"老谭"而自成流派。

这里讲的"四大须生",自然指的是后"四大须生";这里讲的"谭派"自然也是"新谭派",也就是谭富英。

谭氏乃梨园世家,传至今天已历七代。从谭志道、谭鑫培、谭小培、谭富英,到今天活跃于舞台的谭元寿、谭孝曾、谭正岩,这七代中,竟有谭鑫培、谭富英祖孙两位,分别创成独具演唱风格的"谭派"。因此,旧日有一则笑话,并由此形成一幅漫画,内容是:谭小培在中间,一边对谭富英说:"你父亲不如我父亲!"另一边又对谭鑫培说:"你儿子不如我儿子!"洋洋自得状,溢于言表。

应该说,谭小培是把自己最大的心力用在了培养儿子上。当时京剧界传有"四大名妈",即坤伶李砚秀、吴素秋、李玉茹和现居台湾地区的梁秀娟的母亲,这四位的母亲很能干,终将自己的女儿培养成材。还有"四大名爹",即谭富英、李万春、李少春、荀慧生的父亲,这四位的父亲亦很能干,很早就将自己的儿子培养得出类拔萃。

谭富英生就一副甜亮清脆的好嗓子。而且,练武功,肯吃苦;学文戏,一点就透。尽管这样,其祖父谭鑫培还是说:"孩子不能让他总在家里学,究属管教不严,必须让他进科班坐科!"父亲谭小培说:"眼下科班,以富连成最好,我向班主叶春善提过,可他说不收名家子弟。"谭鑫培说:"明儿你把春善请家来,我见见他。"后来,叶春善毕竟碍于谭鑫培的面子,又加以谭小培的诚意,只好破例答应,但是却提出"约法三章":

第一,与所有学生同样待遇,决不特殊照顾;第二,家里人不能常来看望,也不许随便回家;第三,够什么材料学什么行当,不能挑拣。

这且不算,随后又由谭小培立下"关书"。文字如下:

> 立关书人谭小培,今将长子裕升,现年十二岁,情愿投在叶师门下为徒,学习梨园,六年为满。言明四方生理,任凭师父代行。六年之内所

进银钱，归叶师收用。无故不准告假回家，倘有天灾病孽，各有天命。如私自逃走，两家寻找。年满谢师，但凭天良。日后若有反悔者，由中保人一面承担。空口无凭，立字为据。

当时富连成正值"富"字辈一科，故"富英"由此而得。他先学武生，后改老生，深得萧长华、王喜秀、雷喜福等先生传授。坐科时已属"尖子"，有"科里红"之誉。谭富英十八岁出科，其时祖父谭鑫培已去世，父亲小培又令其拜在得"老谭"真传的余叔岩门下，终创出自己的风格，为区别"老谭"而称"新谭"派。有趣的是，后来，谭小培之女嫁给了叶春善之子叶盛长，二人又成了儿女亲家，那是另外一回事了。

盖叫天拒唱堂会

盖叫天有"江南活武松"之称,他拒演"堂会"的事,在梨园界传为美谈。

清末,宫中常招名角入宫演戏,并给予优厚俸银。那时盖叫天在南方已有名声,杭州的织造局和上海的洋务局都向清廷推荐他,清廷也拟召他入宫"供奉",但被他拒绝了。因为他居住在租界,所以清廷也奈何他不得。

后来,北方有三次盛大的堂会:一次是清逊帝宣统娶妃,一次是张作霖做寿,一次是曹锟贿选。这三次都邀请南北名角作庆贺演出,盖叫天都拒不参加。

上海抗日战争前,杜月笙新建的杜家祠堂落成,举行了规模空前的大堂会,由上海张啸林亲任演出的总提调,南北名伶云集。但在这次盛会中,南北各有一位名角没有参加,那就是北方的余叔岩和南方的盖叫天。

后来,张啸林做六十大寿,杜月笙为了回报,也给他担任大堂会的总提调。由杜出面提调,谁敢不来?但依然有一个人不来,那就是盖叫天。

  盖叫天为什么对堂会如此反感呢?据他自己讲,他少年在科班时,有一次在官府中唱堂会,主角是谭鑫培、汪桂芬、孙菊仙,三人同台,而以他们的科班作班底。老师对盖叫天说:今天的戏要认真地看,这三位都是赫赫有名的角儿,三人合演,真是千载难逢的好机会。盖叫天跑完龙套,在台边找个比较隐蔽的角落,全神贯注地看戏。他从未看过谭、汪、孙三位的戏,心想:今天可有好戏看了。谁知他们在台上唱,台下的老爷太太们却在猜拳行令,只顾饮酒应酬,台上的戏很少有人注意。因此这三位名角也就草草终场。少年盖叫天失望极了,更使他反感的是这帮阔佬根本没把艺人的技艺放在眼里,演戏仅仅是为了给他们摆阔装点门面而已。所以长大后,他给自己立下一条规矩:不唱堂会。

名净金少山说隐情

1937年,著名剧作家翁偶虹结识了京剧名净金少山,两人一见如故,翁偶虹为这位"十全大净"写了全部《钟馗传》。

一次,翁偶虹提及社会上有关金少山的一些传闻。金少山闻之,叙说隐情。他道:"我一个唱戏的,高攀了你这位老夫子,你又这样真诚待我,我真有一肚子话想跟你说说。我从小在戏班里滚,称得上'菜里虫,菜里烂'。我恨透了经励科(经励科是约角组班的戏蠹),他们手里拿把剃头刀,嘴里没有准舌头,对我们唱戏的大耍花手心,喝我们唱戏的血!

"可咱们又离不开他们,我之所以常常误场,就是要故意耍耍他们,叫他们着急出汗,更叫他们知道我金少山的血不是那么容易喝的!"

金少山说:"有一次在上海大舞台演出,麻皮金荣(即黄金荣)当老板,我是他手下每月六百元的'底包'。演就演吧！可是，每到星期天昼夜派我独挑二本'连环套'，拿我卖肉，铁门早就关上了（上海各戏院当年演出预售票若客满，叫"关铁门"），我呀，我就到上海跑马厅看赛马去了。他们一次一次地派人去叫我，比宋王给岳飞下的十二道金牌还厉害！一下子催急了我，我干脆回复他们：'今天我不唱了，退票！'我金少山说到做到，那天真的回了戏。这样一来，麻皮金荣气坏了，他把手枪摔在桌子上，大声骂道：'他妈的！不要他，不要他！'这时有人出来打圆场，下星期仍是让我唱'连环套'。我只好答应。

"既然答应了，我就认真唱。那天，我规规矩矩地按时到了后台，精精致致地画了脸，扮了戏。上台第一句'点绛唇'的'膂力魁元'我有意盖着唢呐唱，安慰安慰观众。这一下真引出了效果，台下观众疯狂地叫好、吹口哨。当时，麻皮金荣也在花楼看戏，闹得他哭笑不得。他跺着脚说：'娘的！还是他！'通过这次演出，麻皮金荣不仅没有辞我，还给我长了二百块包银。

"还有一次，汉口一位国民党大员叫我和梅大爷（梅兰芳）到汉口演义务戏《霸王别姬》。让我们坐飞机去，次日就必须走，下了飞机就得唱。我想，凭一个大官的势力，竟拿我们唱戏的当泥人玩，不行！于是我提出：'坐飞机不行，我害怕坐飞机。'联系人听说我不坐飞机，马上威胁说：'必须坐飞机去。如果不坐飞机，时间赶不上。要是误了演出日期，我无法交代！'

"第二天,我拉着我的'傻黄'(蒙古狗)到了飞机场。去的其他人,一个个上了飞机,我就是不上飞机,故意拖时间。我对联系人说:'我决不上飞机,怕摔死。'任何人劝我也不行。这时,联系人想要动手硬拉我上飞机,可是我的'傻黄'站在我的面前,联系人刚走过来,那'傻黄'就扑上去咬他,把他吓坏了,只好答应我坐船去。这样我们改坐了轮船,演出延误了两天。

"我对他们之所以这样做,是因为我恨这些官僚大员,因为他们奴役我们。若是同行同业约我义演,我决不会这样做!"

汪笑侬、李洪春联袂演出

汪笑侬是清代末年一位出身满族的京剧演员。他生于1855年,卒于1918年。汪笑侬并非京剧科班出身,而是个"下海"者,当京剧演员前是举人出身,做过两任知县。他在官场上被人参倒后,不以失官为意,反以演戏为荣,正式"下海"。

汪笑侬"下海"后,不仅登台演戏,而且编演了许多时装新戏。其中有一出名为《采茶奇案》。这出戏说的是大哥怀疑兄弟与自己的妻子有奸,酒醉误入茶馆,杀死卖茶母女;回家后见兄弟正在读书,方知错杀了人,不久就被官府捉拿。在这出戏中,汪笑侬演弟弟,名伶李洪春演大哥。李洪春时有"活关公"之誉,唱做俱佳。这两位名角联袂演此剧,档次很高,然而却闹了许多笑话。

他们演出那天,正赶上下大雪,偌大的戏园子里,只卖出九十多个座。剧中有一场戏叫"哭监",内容是弟弟到监牢中探望大哥,痛哭不止。扮演弟弟的汪笑侬有一段"二六"板唱腔，共一百多句唱词，要唱很长时间。汪笑侬这一唱，没完没了，可把坐牢的李洪春扮的大哥冻坏了。在场上，汪笑侬穿的是皮袄、马褂、棉鞋，他不紧不慢，暖暖和和地唱；李洪春穿的是单布罪衣、罪裤、草鞋，坐在那里哆里哆嗦地听着，冷得动弹不得。等汪笑侬把一百多句唱完，李洪春本应接唱两句："好汉做事好汉来应下，劝兄弟不必泪如麻。"这段戏就算告一段落。可是，当时李洪春心想：汪笑侬你也真够损的，你穿得暖暖地大唱特唱，我受得了吗？再说我的手铐、脚镣都是真家伙，冷冰冰的。台下总共就那么几十个人，你不会少唱点儿吗？李洪春想到这里，越思忖越有气，便有了主意：你汪笑侬不是"大唱"吗？好！我也不"小唱"！于是，等汪笑侬刚一唱完，李洪春马上叫板："兄弟啊！"打鼓的一听，李洪春要来"流水"板，马上开点子，李洪春现场编词，唱了起来——

兄弟二人困监衙，劝兄弟不必泪如麻。都只为我与你嫂子把架打，你不该劝架不公向着她。因此上我怒气不息离家下，去到那酒肆之中细盘查。只吃得醉醺醺又听谯楼更鼓打，左思右想火上发。也是我手拿着刀一把，只吃得醉么咕咚，糊里糊涂，马马虎虎错把茶馆母女杀。天不容被官拿，弟兄二人困监下。好汉做事好汉来应下，劝兄弟不必泪如麻。

在这段唱中,最后两句与原戏词完全一样,只是前边一大段为现编现演。虽然如此,因编得得体,还是博得台下这九十多名观众一片喝彩声。

戏演毕,二人到了后台,汪笑侬生气地问李洪春:"你怎么编出这一段来?"李洪春见汪笑侬生气了,便笑着说:"大爷,这出戏你卖派的地方是唱腔,我得捧捧你这出戏,才多唱了几句,失礼了。"汪笑侬闻之,无奈地骂了李洪春一句,也就算了。

四大名旦的竞争

20世纪20年代以后,京剧"四大名旦"梅兰芳、程砚秋、尚小云、荀慧生曾经开展过一场编演新戏的竞赛,使京剧舞台五彩缤纷,好戏连台。他们编演的四"红"、四口"剑"等剧目,在社会上广为传诵,使戏迷们大饱了眼耳之福。

这四位京剧艺术大师虽然同演旦角,但风格迥然不同:梅派端庄华贵,程派含蓄深沉,尚派婀娜刚健,荀派妩媚活泼;他们在艺术上推陈出新,各人独树一帜,互不相让。

这一时期的竞争是以四"红"拉开序幕的。所谓四"红",是指以"红"字为首的四出剧目。梅兰芳率先推出《红线盗盒》,接着程砚秋创演了《红拂传》,尚小云创演了《红绡》,荀慧生创演了《红娘》。很快,社会上掀起了一股"红"热。

不久,四大名旦又推出以"剑"字为尾的剧目。梅兰芳演出《一口剑》，程砚秋推出《青霜剑》。在梅、程密锣紧鼓之际，尚小云推出《峨眉剑》，荀慧生推出《鸳鸯剑》。这样，四"剑"寒光闪闪，京剧舞台又起高潮。

"剑"热一过，四大名旦又各自演了一出带有旦角"反串"小生行当的戏。梅兰芳首先上演《木兰从军》，接着程砚秋上演《聂隐娘》，尚小云上演《珍珠衫》，荀慧生上演《荀灌娘》。

当然，四"红"、四口"剑"和四"反串"的相继出现，既不是偶合，也不是凑趣，而是四位艺术家明显的艺术竞赛。这次竞赛促进了四大名旦艺术风格的形成和发展，也促进了京剧事业的繁荣。

四大名旦虽然在舞台上互为竞争对手，在台下却是挚友。程砚秋曾师从梅兰芳，所以即使后来成名了，对梅兰芳仍是恭恭敬敬，礼貌有加。而梅兰芳也不以师自居，他钦慕程砚秋在《金锁记》中的表演和唱腔，逢人便说他演这个戏不如程砚秋，并真的放弃了这个戏。尚小云原来的拿手杰作是《楚汉争》，但一俟梅兰芳的《霸王别姬》出来之后，他自叹弗如，在传授弟子技艺时总是直言劝诫："这个戏要学梅先生！"

"四小名旦"与"四白蛇传"

半个世纪前,经常发表戏曲动态文章的北京《立言报》,曾接到读者来信建议:继梅兰芳、程砚秋、荀慧生、尚小云"四大名旦"之后,应该有个"四小名旦",经过评选,读者一致推举李世芳、毛世来、宋德珠、张君秋四人。《立言报》负责人据此于1940年请李、毛、宋、张先后在京华的长安戏院和新新大戏院举行了两次《白蛇传》合作演出,每人一折,被称为"四白蛇传"。宋演《金山寺》、毛演《断桥》、李演《合钵》、张演《祭塔》。四人的表演珠联璧合,各展绝招,非常精彩。自此始,李世芳、张君秋、毛世来、宋德珠便被观众公认为"四小名旦"。

这"四小名旦"履历不同,各有所长。李世芳是山东掖县人,十一岁入"富连成"科班学戏,先宗尚后转梅,兼取尚梅之长。他扮相艳丽、柔媚,做工传神,有"小梅兰芳"之称。1936年拜梅兰芳为师后,艺事猛进,1938年出科,组班演于京津。张君秋是江苏丹徒县人,先拜师李凌枫，后又向王瑶卿和"四大名旦"学戏。他扮相俏丽清新，演唱刚劲委婉，亦有"小梅兰芳"之称。毛世来是北京人，十一岁入"富连成"科班学戏，艺宗筱翠花，曾先后拜梅兰芳、尚小云、荀慧生为师，初演青衣，后改花旦，扮相娇小玲珑，戏路很宽。毛世来精通武功，有的武生都比不上他。宋德珠是天津人，先在私人科班学戏，后考入北京中华戏曲学校，曾向程砚秋、荀慧生等人学艺。他的武功坚实，扮相妩媚，以演武旦、刀马旦为主，兼演青衣、花旦，挑班演于京津沪等地。

1947年李世芳罹难青岛，宋德珠亦暂时告别舞台，是年北京《纪事报》倡议再行新的"四小名旦"选举，得到戏迷们的热烈响应。当年8月1日开始投票，历时四十五天，于9月15日揭晓，结果张君秋名列榜首，毛世来居第二，陈永玲、许翰英新入选排第三、第四名。选举后，四人又在华乐戏院同台合作演出"四白蛇传"，许翰英演《游湖借伞》、陈永玲演《水漫金山》、毛世来演《断桥合钵》、张君秋演《状元祭塔》。连演三天，场场爆满，一时传为梨园美谈。张君秋也由此获得了"祭塔旦"的美称。

许翰英艺宗荀慧生，"文革"中逝世。陈永玲原名陈志坚，曾住青岛中山路三十号楼上，读书时就酷爱京剧，拜王芸芳学旦，后考入北京中华戏曲学校学戏，艺宗筱翠花派，亦得到"四大名旦"的亲传。他在花甲之年还能踩跷演重头戏《小上坟》《醉酒》《战宛城》等，被称为"集梅、程、尚、荀、筱绝技于一身"的"中国名旦""花旦之魁"。中国台湾影后林青霞、名伶魏海敏暨港上名票邓宛霞等,均为他的学生。

琐忆京剧女武生

近年,梨园界出现几位女武生,深得人们的赞赏。知名的有宁夏京剧团的前鉴,河北梆子剧团的裴艳玲,上海京剧院三团的潘瑛和武汉汉剧院的邓敏等。

过去在女演员中能串演武生戏的也大有人在。我看过白玉薇串演的孙悟空,言慧珠串演的《连环套》中的黄天霸。云南京剧院的关肃霜则更是文武全才,武生戏能串演《八大锤》之陆文龙、《金钱豹》之豹精、《三岔口》之任堂惠等。

早期活跃于北京舞台上的女武生,最有名气的当推于紫云。她的短打戏有《恶虎村》《四杰村》《花蝴蝶》等三十余出,长靠戏有《冀州城》《挑滑车》等二十余出,文武老生戏有《潞安州》等。其扮相英武,武功扎实,起打勇猛,而且嗓音圆润明亮,唱、白均颇有韵味,为当时女伶中的佼佼者。稍后的女武生有赵紫云,曾搭刘喜奎班演唱,也常与刘配戏。她扮相英武,凛然有丈夫气。

再一杰出女武生为梁春楼。她起打猛烈火暴，动作如疾风骤雨，几令人不敢直视。拿手戏如《金钱豹》《夜战马超》《战冀州》《挑滑车》《白水滩》等，称绝一时。

20世纪20年代，还有一位活跃于济南舞台上的女武生筱月山。她体型较胖，演《铁公鸡》之张嘉祥，斜露半边膀子，气势威猛，翻打扑跌无所不能。"开打"时真刀真枪，火炽惊险。

30年代，在济南等地的女武生韩月樵，能演《长坂坡》《四杰村》《连环套》等戏，《挑滑车》更是她的代表作。

40年代活跃于山东青岛、潍坊、淄博、济南等地舞台上的女武生王虎宸（原名樊斌卿），能演《驱车战将》《卧虎沟》《四杰村》《连环套》及《八大拿》等戏；她身手勇猛矫健，走"扫堂""旋子"又冲又帅，演《淮都关》耍大刀背花，风掣电闪，动人心魄。

此外，沈阳文武生陈麒麟，扮相英武、身材高大、嗓音洪亮，曾与袁世海合演《连环套》。

名家救戏佳话

在戏剧舞台上，演员的对白、唱段和表演动作，都在众目睽睽之下展现，因此一旦出现误差，比如忘词、漏唱或发生意外现象时，就有可能"坍台"。但是不少名家在遇到上述情况时，则能随机应变，加以弥补，使全剧善始善终，甚至取得更好的效果。

著名京剧大师梅兰芳，有一次演出《贵妃醉酒》，当他把高力士的帽子戴在自己的凤冠上，唱到"冠上加冠"时，一不小心，帽子突然掉在台上。这时，如果弯腰去捡，就要遭到观众哄笑，甚至会喝倒彩。梅兰芳没有去捡，而是向扮演高力士的萧长华作了一个手势。萧长华心领神会，马上添了一句词儿："娘娘，您的帽子掉到哪儿啦？"梅兰芳听到这句道白，便以醉步向帽子走去，高力士将帽子捡起来，给了娘娘。两个机智聪敏的艺术家，不仅巧妙地弥补了这一漏洞，而且更充分地表现了杨贵妃的醉态。

四大名旦之一的荀慧生,有一次演出荀派名剧《红楼二尤》,演到王熙凤借秋桐之手害死了尤二姐初生的婴儿,尤二姐唱那段二黄原板时,唱到第五句:"诉不尽心内的苦,珠泪难忍!"一失神,把最后一句唱词忘了。他灵机一动,赶紧把已死的婴儿抱起来,现编了一句:"想必是我的儿,他……他又复生!"算是把忘的那句词补上了。事后很多熟人都说,他这句改得好,更充分地刻画出了尤二姐遭受迫害后精神错乱的形象。他自己也觉得这临时诌出来的词比原词还生动,从此就按这句唱下去了。

京剧之外,其他形式的舞台演出也有类似者。如弹唱名家马如飞,一次在弹唱《珍珠塔》时,不慎把"丫鬟移步出了房"唱成"丫鬟移步出了窗",观众听后哄堂大笑。

马如飞知道唱错,但他毫不惊慌,镇静自如地补上一句:"到阳台去晒衣裳。"听众一听这巧妙的补白,都报以热烈的掌声。

谁知一疏忽,又把"六扇长窗开四扇"唱成"六扇长窗开八扇"。这时观众不再喧哗,静静地听他如何补漏。马如飞不慌不忙,依然如故,以他丰富的舞台经验,继续唱道:"还有两扇未曾装。"台下顿时掌声满堂。

裘盛戎误场赏肉记

京剧界常说"无净不裘"。裘,即裘派创始人裘盛戎。他后来自然是卓然成家,但早年在富连成科班学艺时却是极艰苦的。

1932年秋,北京前门外鲜鱼口富商丁老太太大办六十寿宴,邀请富连成科班在鲜鱼口庆丰堂唱堂会。那天堂会的戏比较多,从中午一直演到深夜。大轴戏是《鱼肠剑》《刺王僚》,胡盛岩演伍子胥,刘盛通演姬光,裘盛戎演姬僚,叶盛茂演专诸。

当时戏班讲究"饱吹饿唱",因此不管演出的戏码多少,只吃一顿午饭,等演完戏再回来吃夜宵。当堂会戏演到"掌灯"时,裘盛戎感觉肚子饿得慌,他乘人不备就溜出了庆丰堂大院,先到打磨厂后河沿吃了一盘灌肠,接着,又跑到大栅栏门框胡同吃了一碗卤煮火烧,还溜溜达达逛了几家铺子。这会儿他琢磨出来的时间不短,也该回去勾脸了,可他刚一迈进庆丰堂的门口,就被科班教师郝尧伦先生抓住，拽进了后台。裘盛戎一眼就瞧见原先扮专诸的叶盛茂在那里勾姬僚的脸谱，他明白自己误场了，要大祸临头。这时怒容满面的郝尧伦手里还拿着一根三尺多长的戒尺，拉过来一条长板凳，叫裘盛戎躺在上面。就在郝尧伦的戒尺要打下来的一刹那，一位老先生拉住了郝："尧伦，等等，您先压压火，消消气，您能不能让他先去勾脸、扮戏，有什么事等完了戏回去再说。今儿晚上的演员名单，是本家看过点头的，咱们要是临时换人，恐怕'寿星老'不高兴。我看不如先上《刺王僚》，再演《斩马谡》。"裘盛戎偷眼一瞧，原来是萧长华先生为自己求情。

萧先生的面子不能驳，郝尧伦总算暂时放过了裘盛戎。裘盛戎心想：今儿晚上说什么也得"卯"上，假如"奔"不下来"好"，回去这份罪是够我受的。

《刺王僚》开演后，裘盛戎扮演的姬僚上场，头一句念"大引子"："大地山河，图霸业，一统吴国"，就先声夺人，得了一个满堂彩。当时台底下有一位年长的顾曲者，竟兴奋地冲到台上说了一句："这小子还真有点儿他爸爸（裘桂仙）的意思！"一句话引起了听众一阵笑声。接着，裘盛戎在"西皮导板""原板""二六板""快板"的唱段里，以他那优美的唱腔，又连夺四个炸窝好。本家丁老太太乐得合不拢嘴，连说："这孩子唱得真不赖，有味儿，好听！"《刺王僚》刚下来，老太太就让账房先生写了一张红条子送进后台。上边写着：

"赏给小姬僚肉丁包子一千五百个!"

由于裘盛戎的精湛技艺,那祸到临头的二十板,反而化罚为奖了。

京剧男旦艺术的兴衰

男旦在中国京剧舞台上曾经盛极一时,梅兰芳、尚小云、程砚秋、荀慧生"四大名旦"的出现,使得京剧男旦艺术达到高峰。但自"四小名旦"之后,京剧男旦急剧衰落,如今只剩下梅葆玖、宋长荣、王吟秋、吴吟秋、温如华等五位,而真正活跃在舞台上的仅宋长荣一人。京剧男旦几近绝迹。

据记载,男旦在唐宋就已经出现,明清之际有了长足发展。乾隆年间涌现出以蜀伶魏长生为代表的男旦群。四大徽班进京之后,在中国当时所处的封建时期,女性不允许登台表演,女性角色只能由男性出演,于是涌现出以陈德霖、梅巧玲为代表的一批京剧男旦。但当时的京剧从剧目到角色都是以老生为主,男旦表演刚劲有余而柔美不足,之后,王瑶卿潜心钻研,使男旦表演更趋完美,经他培养的梅兰芳、尚小云、程砚秋、荀慧生在表演上各自形成了自己的风格。

"四大名旦"的出现，使得京剧男旦表演艺术炉火纯青、精妙绝伦，从而彻底扭转了京剧以老生为主体的格局，使男旦上升到极为突出的地位。男旦表演艺术进入鼎盛时期，涌现出了以李世芳、张君秋、毛世来、宋德珠"四小名旦"为代表的一批男旦演员。随后，梆子戏中开始出现女演员，不久，新艳秋、言慧珠、顾正秋等一些女旦演员开始出现在京剧舞台上。

新中国成立后，赵燕侠、杜近芳、孙毓敏、刘长瑜、李维康等一批接一批的女演员在旦角表演艺术上日趋成熟，活跃在京剧舞台上，观众也接受了旦角女演员的表演水平，男旦逐渐淡出舞台，各戏校也不再培养京剧男旦。

其实，男旦在中国的出现和走向消失，也是现实社会观念的真实写照。在以往的封建社会，女人大门不出二门不迈，登台演出乃至抛头露面都被认为是大逆不道有伤风化。京剧艺术的发展促使了男旦这个行当的出现，这也是迫不得已的事。男旦的出现又促进了京剧艺术的发展，包括涌现出梅兰芳这样享誉世界的艺术大师。当然随着社会的进步，女演员逐渐走上舞台，并在舞台上立住了脚，于是"男旦"这一名词逐渐成为历史。

尽管男旦的出现体现了特定历史时代的一种畸形审美，但梅兰芳这批艺术大师通过自己对艺术的再加工，为世人留下了许多精湛和值得回味的传世佳作。有趣的是，在京剧票友中，男旦爱好者经久不绝，至今仍有许多男旦票友乐此不疲，倒也有意无意地将男旦艺术继承了下来。

京剧名伶"四大怪"

民国初年,京剧名伶有"四大怪",这四个人都是残疾人,或盲,或哑,或跛,但艺术超群,世人谓之"梨园怪杰"。他们是老生双阔庭、武丑韩中和、武生王益芳和文丑赵仙舫。

双阔庭是满族正黄旗人,艺宗孙菊仙,嗓音酷似孙,几可乱真,当年有些孙菊仙的唱片,实为双阔庭所灌制。他中年时患眼疾而致双目失明,成了"睁眼瞎子"。他为了适应舞台表演,开戏前先在舞台的台毯方位环行几周,摸清上场门、下场门、表演区。演出时,观众根本看不出他是个盲人,该喝彩之处照样满堂彩。他演《捉放曹》行路一场,上下马的马鞭放在台毯的边沿上,然后取鞭上马、跨腿打马鞭,其眼神、角度、身段有条不紊。就这样,在天津演出十余年,又到南方献艺。

另一位双目失明的武丑演员叫韩中和,他是有"河南杨小楼"称号的武生葛文玉的岳父。韩中和科班出身,自幼练就一身好武功，翻打皆精。不幸，韩中和在"知天命"之年患了青光眼，久治无效，竟致双目失明。他离开舞台后，仍天天坚持练功，踢腿、涮腰、走矮子、翻跟斗，寒暑不辍。有一年，山东曲阜衍圣公举行祭孔活动，韩中和自告奋勇参加演出。三场戏中他演了两场，一场《偷鸡》，一场《盗甲》。演出中，矮子照走，跟斗照翻，登高上椅子应有尽有，一时传为奇谈。

王益芳别号"王哑巴"，工武生，兼武花脸，他是清末天津名净王庆云之子，长靠短打无所不精，《白水滩》《金雁桥》《花蝴蝶》《十字坡》《艳阳楼》都是他的拿手好戏。他是由于演出失手而致哑巴的。在茶园时代，武戏演员讲究出场后在铁梁上露两手"绝活儿"。一天，王益芳在绘芳茶园演《四杰村》（扮余千），当上场走边时，照例蹿上铁横梁表演绝技，就在他在铁梁上施展"珍珠倒卷帘"的一刹那，稍一失神摔了下来，伤及颈部和声带，造成了半哑而不聋，锣鼓点照样听得清清楚楚，武打亮相毫无破绽可寻。因武生戏一般没有大段念白，即或有时加以省略，观众也能理解。他后来改为"硬里子"（即主要配角），扮演《艳阳楼》之花逢春、《白水滩》之青面虎、《金钱豹》之孙悟空、《金雁桥》之张任等角色，均十分精彩。除演戏外，王益芳还辅导其外孙唐韵笙习艺，后来唐韵笙成为与周信芳、马连良齐名的名伶，世称"南麒北马关东唐"。

跛腿名伶赵仙舫（也称大鼻子）是医生出身，因酷爱京剧遂弃医从艺，他原工花旦，后改为文丑及彩旦。赵仙舫中年因患腿疾致残，步行颠跛，行动离不开手杖，但上场时一举一动毫无颠跛之状。赵仙舫上场前将拐杖置于台帘内，演毕下场即须取手杖代步，而演起戏来毫无拖泥带水之感。他的拿手戏是《连升店》《刺汤勤》，尤其是他的"丑角小八出"——《打花鼓》《打樱桃》《打灶王》《打刀》《打城隍》《打杠子》《小放牛》《小上坟》更是有名。赵仙舫艺德高尚，在梨园内外交游甚广，深为人们拥戴。

有趣的"对台戏"

旧时,无论大城市里的职业性剧团,还是乡间戏班子,常唱"对台戏",这种形式想来有趣,对今日剧团也有启迪。

"对台戏"又称"打对台",指的是一个班社(剧团)与另一个班社(剧团)在同一时间,并在距离相近的剧场上演相同或相似的剧目,以招徕观众,一争雌雄。当然,这两个剧团的阵容和演出水平要相差不多,否则"对"不起来。

这种"对台戏"现象的出现,有的是一方出于对另一方的报复、嫉妒、较量;有的是背后有人操纵,为了挑起事端;但更多的情况,属于艺术上的一种竞争。旧时的戏班都是自负盈亏,自生自灭,为了自身的生存,各戏班要在关键时刻拿出最佳阵容,演出最富吸引力的戏码(剧目),争取提高上座率,增加演出收入。

早年李万春和李少春的"对台戏"就很有意思。李万春与李少春乃姻亲（李万春是李少春的姐夫），两人均演武生戏，戏路也很接近。他们若在同一个城市相遇，必唱"对台戏"以招徕观众，观众好奇他们究竟谁演得好，争相购票。李万春和李少春也不计较谁的观众多，谁的观众少，反正收入都属于一家人的。

张翼鹏（武生泰斗盖叫天之子）也是著名武生，最难忘的是他与李万春的对台戏。一次他见李万春贴出海报，演出《十八罗汉收大鹏》，因剧名中有"鹏"字，张翼鹏认为李万春这是冲着自己来的，非常愤怒。一气之下，他也贴出海报，要主演《孙悟空棒打万年春》，要以此"回敬"李万春。弟兄们铆足劲儿一争高低，观众不明个中缘由纷纷购票，争相观看，双方都有很高的收入。

张翼鹏演技好，"打对台"也很有一套。有一次，他不但没有征得父亲盖叫天的同意，也没有和弟弟二鹏商量，便和二鹏唱起"对台戏"来。张二鹏也是武生演员，他的演技远不如张翼鹏，结果被拉垮。演出时，张翼鹏那边人头攒动，而二鹏这边却是门可罗雀，自家人给自家人来了个难堪。盖叫天闻知此事后，非常恼怒，认为翼鹏毫无手足之情，声言要与张翼鹏断绝父子关系。

旧时乡间红白事（结婚或出殡）也常请戏班唱戏。大户人家最少请两班，有意让他们唱"对台戏"，以讨个红火热闹。两个戏班唱起"对台戏"，往往是你唱武戏，我也唱武戏，你演文戏，我也演文戏，都拿出本戏班的真功夫。有趣的是吹唢呐,甲戏班吹一个,乙戏班就一人同时吹两个,甲戏班见状,干脆用鼻子吹唢呐,乙戏班更不示弱,干脆拿起瓷茶壶吹起来……观众叫"好"声不断,把演出推向高潮。当然唱也好、吹也好,必须有真功夫,谁好谁差,观众看得很清楚。乡村戏班中艺术造诣高的人,1949年后都被吸收进了国家专业性剧团。

"对台戏"是一种艺术上的竞争,这必然会促进艺术的创新发展。而今,内地剧团都由国家接管,这种带有竞争性的"对台戏"不见了。

用京剧唱外国戏

早在九十多年前,中国就已经有用京剧形式来表现国外题材的戏了。1904年积极倡导改良戏曲的京剧名伶、剧作家汪笑侬目睹了清政府的腐败和屈辱媚外,他激于义愤编写了一出外国题材的京剧,名叫《瓜种兰因》(又名《波兰亡国惨》),这应该说是最早演外国题材的京剧。该剧取材于波兰亡国,惨遭外国瓜分的历史,明确表现了民主思想和反抗民族压迫的倾向。同年8月5日在上海"春仙茶园"首演,蔡元培先生在他主办的《警钟日报》上发表评论,称这个戏是"演剧改良之开山""梨园未有之杰构"。汪笑侬自己也写了一首名为《题瓜种兰因新戏》的诗:

国香散尽野兰芳,七月食瓜热血凉,请就前因证后果,感情安得不心伤。

1907年6月,中国在日本的留学生组织春柳社,在日本东京演出了根据美国斯陀夫人的小说《汤姆叔叔的小屋》改编的大型话剧《黑奴吁天录》。同年秋天，王钟生在上海创办的春阳社也演了这出戏，当时没剧本，就请许啸天将之改编成京剧剧本，按京剧的形式演出。演员全部穿西装，虽然念白较多，但还是使用锣鼓，唱的是皮簧京腔，登场也有引子、定场诗，演员有潘月樵、夏月润、夏月珊等。

第二年，夏月润、夏月珊、潘月樵等受日本留学生的影响，在上海南市十六铺建起了"新舞台"，邀请了赵君玉、赵如泉等演员，演出了根据法国小仲马的小说《茶花女》改编的京剧《新茶花》，又一次轰动一时。

辛亥革命之后，有"小谭鑫培"之称的京剧演员贾洪林和旦角周蕙芳（艺名小桃红）在北京演出了《法国血手印》。贾洪林在剧中饰法国律师，西服革履，戴眼镜，留八字胡，模仿洋人口吻。这是北京舞台上第一次出现京剧外国戏。不久，上海新舞台由夏氏兄弟和毛韵珂等演出了京剧《英国血手印》。

20世纪30年代初，尚小云排演了根据一个古代印度传说改编的剧目《摩登迦女》，为了真实地反映异国生活，尚小云对剧中人物的扮相、服饰、台步、唱腔等方面作了许多大胆的改革尝试，不仅跳西洋舞，伴奏也取西洋乐器。著名琴师杨宝忠被邀拉小提琴为之伴奏，别开生面，新意迭出。在30年代北平中华戏校还排演过焦菊隐根据莎士比亚的名作《罗密欧与朱丽叶》改编的京剧《铸情》。

到20世纪40年代,天津稽古社科班张春华等演出了《侠盗罗宾汉》,这是第一个以外国题材演出的京剧武打戏,戏中使用了真剑,不少格斗拼杀场面极其激烈,惊心动魄。

新中国成立后,言慧珠于1954年根据朝鲜剧本改编演出了《春香传》,剧情揭露了官僚的腐败与残暴,具有反封建的斗争精神。言慧珠的梅派唱腔委婉动听,感人至深。

1958年,著名作家范钧宏根据蒙古人民共和国同名歌剧改编了京剧《三座山》,由中国京剧院演员张云溪等出演,该剧文唱武打俱全,还有不少蒙古舞蹈动作以及马术和京剧传统程式,风格热情奔放。

京城何处"戏子坟"

旧时称职业戏曲演员为"戏子",据说含轻蔑意,余不以为然;倘读过明代成化进士、浙江右参政陆容所撰的《菽园杂记》,便知后来所言"戏子",实则"戏文子弟"(即戏曲演员)之简称也,岂含轻蔑之意?

清朝同光年间,京剧兴起,风靡百余年,艺人生老病死,层见迭出,而北京人惯称的"戏子坟"亦逐年迭起,其著名丛冢共有四处。

北京最早的戏子坟是位于崇文门外四眼井的"安庆义园",它是乾隆时由安徽进京的"三庆班"购置的,演员病故后皆埋于此。生前相依依,死后长相随,足见乡情之重。

安庆义园渐不敷用,"大老板"程长庚(安徽潜山人)和"春台班"(四大徽班之一)台柱余三胜遂筹资购右安门内盆儿胡同土地另辟"潜山义园",以葬诸多同乡。

位于崇文门外南极庙街南极庙东侧的"春台班义地",

是全体演员集资于咸丰初年修建的公墓。满族著名"花脸"钱金福,虽不属于春台班,但却将其做"内廷供奉"时所得俸禄资助于义地,故同行皆谓其"大积阴德"。

上述三处梨园义地,因多年无人照管而化为荒冢,于20世纪40年代被夷为平地,并陆续变作房基,屡经变迁而难觅其遗址。

位于宣武门外陶然亭的戏子坟,系安徽、江苏、湖北三省演员集资修建,故曰"安苏湖梨园义地"。义地附近的"松柏庵",是梨园界的"乐园"。

今日之陶然亭公园,旧称"窑台儿",盖因窑土堆积如山而故名也。土台上有茶馆儿,名曰"窑台茶馆",其周围窑坑累累,芦苇丛生,凫趋雀跃,野景令人迷醉。梨园老少清晨皆来此喊嗓练功,而后到窑台茶馆歇脚喝茶,相沿成习,乐在其中。

自窑台茶馆西行百余步,即为松柏庵。其庵坐北朝南,乃两进院落。前院正殿五间,系吕祖殿,供纯阳祖师吕洞宾像,左右塑龟蛇二将。东配殿五间,曰"昆仑善社",程砚秋书其匾,内供"忠义神武关圣大帝";西配殿五间,供梨园界人士闲住,既非公寓又非别墅,来去自由且分文不取。

这座庙宇,尚有东西两个大跨院:东跨院设"九皇殿",供伏羲、神农、黄帝等远古之帝王,梨园公会每年在此举行"九皇会",沐浴斋戒,焚香膜拜,忏悔素日浓施粉黛、靡费膏粱之罪愆;西跨院所设为"喜神殿",每岁正月初一祀其神。

此庙之产权属于梨园公会,梨园界生、旦、净、丑各行当演员生前以此庙为聚会之地,死后则葬于庙前及其东侧的义地。被誉为"国剧宗师"的杨小楼,著名花脸"金派"创始人金少山,著名小花脸高四保及其子"高派"创始人高庆奎等名伶,皆葬此义地。

1952年2月,北京梨园公会郝寿臣、王瑶卿、梅兰芳、姜妙香等以松柏庵为校址,创建北京市戏曲学校,遂成立迁坟委员会,把安葬于安苏湖梨园义地的骸骨迁往南苑"集贤村"公墓。

梨园名流助学义举

老北京人最爱听京戏,但最腻和唱戏的打交道,对其评价是"台上台下逢场作戏,虚虚假假无情无义"。即便是梨园中人,有时亦不免自称是"无义行"。是否属于社会偏见,姑置勿论;而诸多名伶为支援办学踊跃义演的事迹,京城有识者无不钦佩,且传为美谈。

北京崇文门外花市一带,清末民初时所居贫苦回民甚多,而目不识丁者十有八九。宣统三年秋,须生泰斗马连良之父马西园、中医大夫常相臣等五位回族头面人物会商,遂于花市清真寺附近草创"文化小学"。

民国十八年(1929),文化小学更名为清真小学,共有六班学生,其校董会由创始人马西园任董事长,其子马连良、架子花脸名优侯喜瑞、清真寺阿訇哈孝先等二十五人为董事。校董们不仅慷慨解囊资助办学,而且经常莅临学校指导工作,勉励教师敬业爱校,教育学生勤奋学习、尊敬师长。该校之校训为"勤慎诚敬",而抱柱警句牌上则有楷书"我要帮助弱小的同学""我不和无心伤害我的人计较",读之感人肺腑。

20世纪30年代末期,清真小学班次遽增,原有校舍不敷使用。经校董会研究,决定以一千五百块大洋买下花市东段北侧已变为私产的灶君庙,以备扩建教学楼新址。

为筹措这笔资金,以马连良为首的回汉两族诸多京剧名角皆欣然义演。马连良因系校董,支持扩建新校舍责无旁贷,故常在公演时加演一至两出义务戏。所演义务戏,皆其拿手剧目,即以做、念为主兼重唱工的折子戏加首尾而成的本戏,如《四进士》《清风亭》《清官册》《范仲禹》《一捧雪》《串龙珠》《十老安刘》等。在其影响和带动下,梨园耆宿萧长华,四大名旦之尚小云、荀慧生以及侯喜瑞、雪艳琴、叶盛兰等十余位名角皆义不容辞联袂登台。

1937年春,马连良在东安市场吉祥戏院义演《法门寺》,由侯喜瑞饰刘瑾,萧长华饰贾桂,雪艳琴饰宋巧姣,如此珠联璧合、阵容强大之义务戏,海报贴出即告爆满,可叹早成绝响矣!彼时萧长华已年逾六旬,校董会拟于演出前派车接其前往戏院,萧先生固辞之并欣然允诺:"不必来车接我,我走着上园子,绝对误不了场。你们用不着客气,不管是哪个民族的事,只要是公益事,我都愿意帮忙!"其言也掷地作金石声,其行也深得梨园内外人士嘉尚,曾传为佳话令世人敬仰!

清真小学靠梨园名流赞助及商界筹募,于民国三十年(1941)十一月落成新校舍(两层教学楼,教室凡十二间,并有诸多办公室及操场),并更名为"穆德小学",盖取伊斯兰教创始人穆罕默德译音头尾之二字也。

一柄锣槌传三代

日前，笔者赴沪，友人宴请，座中有久负盛名的伶人吴富琴先生。吴先生于席间拿出一柄锣槌把玩，说到兴奋处，还轻轻敲击着膝关节，好像打着鼓点。经询问，方知此锣槌已传三代。

早在清光绪帝在位时，吴富琴之祖父吴永明在梨园界曾享有盛名，其锣打得出色，故有"大锣吴"之称。光绪帝雅好京剧，经常找著名演员谭鑫培、王瑶卿等人到宫里去演戏。圣旨一下，谁敢不遵？但却常常是一场辛苦，空手而归。吴永明是给谭、王二位打锣的，自然也经常入宫，为皇帝演出。

谁料，光绪皇帝爱看戏，更爱打锣。每次演出，他总要到后台去看看，特别注意是谁打锣。有一次，他高兴起来，拿过锣槌打了几下。皇帝站着打锣，庶民谁还敢坐着？这却苦了必须坐着打鼓的，也只好站起来打。从此宫中演戏便有了一条不成文的规定：打鼓的都得站着打。一场戏几个小时，打鼓的就要站几个小时。

一来二去，光绪皇帝对打锣的吴永明格外感兴趣，便提出叫吴进宫教他打锣。可是吴家境贫寒，靠打锣挣钱糊口，哪有工夫去陪伴皇帝玩耍啊，心里有苦，嘴上也不敢说。

光绪皇帝学了一阵子，问吴永明："我怎么就打不出你的那个韵味儿来？"吴永明说："这是个功夫劲儿。"光绪说："那好，你就常来教我吧！"

吴永明三天两头到宫里教皇帝打锣，耽误了演出，不能挣钱养家，渐渐家里揭不开锅了。那时候有当铺，穷人可以拿旧衣服或者别的东西到当铺当几个钱，到时候还钱付利息，再把那抵押的东西赎回来。吴永明只好向皇帝请假去典几个钱，好买粮糊口。光绪说："好吧，你先把锣留在这里，我练练工。"皇帝的话必须唯命是听，吴永明只好心疼地留下大锣，拿着一柄锣槌走出了皇宫。从此，光绪皇帝再也没有叫吴永明进宫教他打锣。

以后，吴永明将这锣槌传给儿子，儿子又传给孙子，这就是吴富琴先生手里的那柄锣槌。吴富琴今年已八十四岁了，谈起往事，不禁戚戚然。最后，他转述其父临终时嘱咐的一席话："把这柄锣槌传下去，永远记住咱艺人的苦处。"

戏曲演出中的"忌讳"

戏曲是社会生活的反映,戏中事,戏中人,往往有一定的历史根据。这样,有些戏说到了某人某事,且又是"丑化"或不恭的内容,演起来就得有所"忌讳"。尤其是历史上有些统治者,一旦认定某戏是在影射自己或与自己"冲克"时,那么这出戏就要横遭厄运了。

比如说明代故事戏《玉堂春》,"起解"一折中苏三有一句唱:"洪洞县里没好人",这本是苏三针对自己遭遇的一句气话,并非说山西洪洞县都是坏人。就因这么一句唱,多少年来,山西洪洞县不许演出《玉堂春》。

还有,有人考证说《水浒传》中的武大郎、潘金莲是河北省清河县人,生活中的武大郎为魁伟男子,还做过县令,潘金莲更是贤妻良母。而戏中却将武大郎丑化一番,把潘金莲写成淫荡之妇。所以,在河北清河县就不准上演有关武大郎、潘金莲的戏。

慈禧太后是个戏迷,常要戏班到宫里演出。但是,凡是剧中带有"羊"字的戏，如《牧羊圈》《洪羊洞》《苏武牧羊》《龙女牧羊》等一律禁演，甚至连《玉堂春》中苏三唱的"我好比羊入虎口有去无还"，也得改成"我好比鱼儿入网有去无还"。为什么？因为慈禧生肖属羊。

还有凭自己手中大权禁止某场戏演出的，也不乏其人，留下了历史的笑话。

北洋军阀曹锟是个戏迷，他原来也爱看京剧《捉放曹》。这出戏说的是曹操谋刺董卓未成而逃，董卓下令捉曹。曹操逃至中牟县，被官吏所擒。中牟县令陈宫深恶董卓专权，不忍捉曹，乃弃官与曹操一同逃走。曹锟发迹前曾多次看此剧，可是1923年他用贿选手段当上大总统后，便对剧名中的"曹"字特别忌讳。因为他怕老百姓将戏中之"曹"理解为曹锟之"曹"，使自己也像曹操那样被捉被放，因此下令禁演《捉放曹》；他对另一出《击鼓骂曹》同样加以禁演。然而这两出老生、净行角色并重的戏，观众爱看，于是艺人们只好改戏名，将《捉放曹》改为《中牟县》《陈宫计》，将《击鼓骂曹》改为《群臣宴》《庆祝元旦》，但戏的内容丝毫未变。1924年冯玉祥发动北京政变，曹锟果真被捉，软禁一年有余。1926年4月冯玉祥退出北京，曹锟才被放。这可称之为一出现代戏《捉放曹》。

张作霖是奉系军阀的头子，1927年自封为陆海军大元帅，成为北洋军阀最高统治者。然而好景不长，1928年南方革命军第二次北伐,奉军败退,张作霖只好考虑回东北奉天老家。正在这时,梅兰芳推出了新戏《凤还巢》,戏的情节虽然讲的是兵部侍郎程普的女儿雪雁、雪娥的婚姻喜剧,与张作霖毫不相干,但张作霖做贼心虚,心中思忖:"凤"即"奉"也,《凤还巢》不就是要我"奉还巢"吗?这不是公然轰我奉军回老巢奉天吗?于是,他下令禁演《凤还巢》。不过,奉军还是被赶回东北,张作霖在皇姑屯被日军炸死,而《凤还巢》却成为梅派代表作,越演越红火。

"鬼戏"面面观

在中国戏曲艺术中,"鬼戏"可以说是一个庞大的家族,历史久,剧目多。无论男鬼女鬼、哭鬼笑鬼、大鬼小鬼,或是天上的鬼、地下的鬼,应有尽有。大有《西游记》《聊斋》中的鬼,小有《探阴山》《活捉王魁》中的鬼。这些鬼,都是人格化了的,观众心中都明白,并不把它们看成本来不存在的"鬼"。舞台上的这些鬼,反映了生活中的正义与邪恶、真善美与假恶丑,故而历来受观众欢迎,"鬼戏"久演不衰。

鲁迅对这些来自民间传说中的鬼戏一向是赞羡的,他在《社戏》《无常》《女吊》中,直抒胸臆地写下了他儿时观戏的情景。他说:"我至今还确凿记得,在乡下的时候和'下等人'一同常常这样地正视这鬼而人、情而理、可怖而又可爱的活无常,而且欣赏他脸上的哭与笑,口头上的硬语与诙谐。"又说,"那带复仇性的,比一切鬼魂更美、更强的鬼魂——女吊,实在是我们戏剧的创造。"

1949年后，内地文化部门曾公布过一批"禁演剧目"，其中有一些属于"鬼戏"。从多年的实践看，有些不大健康的"鬼戏"应该禁掉，如20世纪40年代常演的《僵尸复仇记》《黄氏女游阴》等。但有不少"鬼戏"，根本没有必要禁演，如《钟馗嫁妹》《奇冤报》。《钟馗嫁妹》是京剧女武生裴艳玲的代表作，这些年曾多次来港演出。钟馗虽然是鬼，形象丑陋，但他是美的化身，是反抗恶势力的人物，值得称道。《奇冤报》又名《乌盆记》，是一出宋代故事戏，表现一个叫刘世昌的人，在外经商，携仆归家途中借宿于窑户赵大家中。赵大夫妇图财害命，杀死刘世昌及仆人，并将尸体剁为肉泥，烧成乌盆。有一个叫张别古的人以打草鞋为业，一日他到赵大家中讨债，赵大以乌盆作抵押。张别古携盆回家，刘世昌冤魂乃向张别古尽诉前情，请他代为伸冤。张别古带乌盆至包拯处告状，包拯遂审判了赵大，刘世昌的冤案昭雪。这是一出公案戏，情节跌宕，唱腔优美，许多著名老生演员都演过刘世昌。

戏中的鬼并不让人害怕，反而令人同情。刘世昌被害后上场，头戴青纱，身穿皂衣，双手下垂，是个鬼的形象，此乃戏曲舞台上悲喜剧的处理手法，不足为怪。

其实，许多"鬼戏"中鬼的形象不仅不给人可怖之感，反而给人以柔曼凄婉之美感。如京戏《活捉三郎》和《李慧娘》中的女鬼，话剧《哈姆雷特》中的洋鬼，《钟馗嫁妹》中的钟馗，观众看后往往感到神韵横生，激荡回旋。是可谓："鬼戏"美哉！

《大劈棺》和《纺棉花》

《大劈棺》与《纺棉花》这两出京剧,在20世纪40年代的平、津、沪等大城市的戏曲舞台上,曾经风靡一时。

《大劈棺》里的田氏与《纺棉花》里的王氏,都由旦角女演员饰演,所以当时的观众或戏剧报刊均以"劈纺坤伶"称之。

京剧《大劈棺》又名《蝴蝶梦》,它取材于《警世通言》卷二,及《今古奇观》第二十回《庄子休鼓盆成大道》。弋腔、秦腔、徽剧均有《蝴蝶梦》,河北梆子有《庄子扇坟》,而川剧则有《南华堂》,故事情节大同小异。

故事描述的是:庄周得道,路遇新孀扇坟,盼土快干,以便改嫁。庄周因此回家试探妻子田氏。他伪装病死,成殓后,却幻化为楚王孙,携一书童来吊唁。田氏见王孙英俊年少,顿生爱慕之心,拟嫁之。洞房中王孙假装头痛,谓死人脑髓可治,田氏乃劈棺取庄周之脑。庄周突然跃起,责骂田氏。田氏羞愧无地自容,终致自戕而死,庄周亦弃家而走。戏中田氏多由花旦行当中的"刺杀旦"应之，剧中表现田氏见庄周从棺中跃起之惊吓状，有许多扑跌身段。按旧日的表演而论，田氏与《战宛城》的邹氏、《乌龙院》的阎惜姣、《翠屏山》的潘巧云、《挑帘裁衣》的潘金莲均属于"刺杀旦"一类的角色。

《纺棉花》的剧情是：有银客张三者，离家出外经商，三年未归。其妻王氏思夫，于纺棉花时歌小曲自遣。适张三归来，在门外窃听，又抛银试之，妻为所动，开门，夫妻相会。

这出戏故事情节很简单：演者着时装旗袍，高跟皮鞋，浓妆艳抹，在舞台上以唱时代流行歌曲为炫耀（如电影《万世流芳》中的插曲《卖糖歌》《戒烟歌》等），专迎合小市民阶层的低级趣味。

20世纪40年代予居北京时，京剧界坤伶皆以演《大劈棺》《纺棉花》为招徕。当时上海报刊曾发表署名文章，以"歌场新咏"为题，写梨园打油诗六首，其中一首是咏《纺棉花》的。诗云：

> 棉花纺得软绵绵，
> 究竟坤伶玩艺鲜。
> 还有"劈棺"拿手戏，
> 斧头劈出大洋钱。

三十多年来，因《大劈棺》宣扬封建迷信，并有色情台词及表演，大陆一直未曾演出。近闻昔有"劈纺花旦"之称的童芷苓，在上海将《蝴蝶梦》改编试演，大概会有所创新，但愿将来能一饱眼福。

名伶关德咸之死

京剧在北京主要有两大科班：一是富连成，培养出了喜、连、富、盛、世、元、韵七期学员；一是中华戏曲学校，培养出了德、和、金、玉、永五期学员。

中华戏曲学校培养出来的佼佼者，如宋德珠、李和曾、王金璐、高玉倩、陈永玲等，皆大有作为。但在当年，最早走红的尖子老生却要属关德咸。在演出《四进士》时，赵金蓉扮杨素贞，王和霖扮毛朋，王金璐扮杨春，扮主角宋士杰的就是关德咸，其演出地位由此可见。

关德咸嗓音清亮，台风端庄，因其身材较胖，师兄弟们戏称其为"胖关"。

1932年冬，中华戏校首次去天津，在南开大学演出了一批传统戏，其中最引人注目的是关德咸的《马鞍山》。这出表现俞伯牙凭吊知音钟子期的戏，集中显示了关德咸的演、唱功夫。

当日的演出，关德咸唱做俱佳，颇受好评。出人意料的是，年仅十二岁的小老生王和霖扮演的配角钟子期之父更为出色，王和霖以苍劲的唱腔及惟妙惟肖的老头脚步赢得了观众的热烈欢迎，喝彩声甚至盖过了主演关德咸。王和霖由此被老师看中，一直到后来成为著名马派名伶。

且说是夜，戏校师生们在中和客栈住宿。半夜，一声"快来人，胖关自杀了"的喊声惊破寂静，人们忙不迭地奔向关德咸的居室。

原来，这场《马鞍山》的剧场效果使一直高居戏校老生榜首的关德咸受到了极大的刺激。演出结束后，关德咸一声不响，悄悄地把各个房间中的火柴搜集到一处，然后剥下火柴头，一口吞下，想以此结束生命。万幸此举被人发现，急送医院，经灌肠抢救，关德咸才脱离了危险。

此后，关德咸发愤图强，他和王和霖结为挚友。谁料变声期后，关的嗓音受到损害，再演主角相当困难。他审时度势，毅然转向"硬里子"，即向配角老生方向发展。很快，他成为了一位托红衬紫、不温不火的优秀里子老生。笔者藏有金少山、李多奎的《打龙袍》唱片，其中王延龄一角就是关德咸演唱的，唱腔老到成熟，说是标准的里子老生唱法，实不过誉。

由于环境的影响，关德咸不久即染上了赌博的嗜好，没日没夜沉迷于竹城战。豪赌必输，很快他就穷困潦倒了。为生计，他不得不辗转于京、沪、汉等地搭班唱戏，过着寅吃卯粮的生活。一年冬天,关德咸典当已尽,只好穿着胖袄(演员扮戏时穿的内衬棉衣)御寒。

1945年,二十七岁的关德咸贫病交加,逝于汉口。

成兆才与《杨三姐告状》

在河北省滦南县,有两个已作古的奇人,世称"滦南二杰":一个是舍生忘死为姐姐申冤的女强人杨三姐,一个是评剧鼻祖成兆才。

成兆才生于1874年,家境贫寒,幼年时为了识字,曾给本村私塾先生下跪,请先生讲《聊斋》。因买不起纸,遂在沙地上练字,自学成才。后投身"莲花落"(评剧的前身)戏班,并在此基础上创立了一个深受观众欢迎的剧种——评剧。

1918年夏,成兆才到唐山的表弟李兴周家做客,李向成谈起了最近家乡高沟村发生的高占英欺兄霸嫂、残害杨二姐之事。杨三姐为二姐喊冤告状,而受高家贿赂的县长牛帮审,不但不为民做主,反而将杨氏兄妹轰出大堂。杨三姐不服,层层上告,直至天津。成兆才闻之,拍案而起:"这帮无法无天的赃官们能为穷人做主吗?我佩服杨三姐的胆略,我要去采访她,为她写出戏!"表弟李兴周因怕兄吃亏而劝阻。成兆才却说:"不揭贪官,不写民意,我成兆才还写什么戏?"他回到家乡,立即赶到杨三姐家。当听完杨三姐哭诉二姐被害始末并准备上告天津时,成兆才动情地说:"好丫头,有骨气!"当即拿出几块银元,让三姐充当盘缠。

不久,成兆才就写出了剧本《杨三姐告状》。然而,剧本写到杨三姐去滦县告状,牛县长受贿一段时,写不下去了,因为他亟待杨三姐去天津的消息。此时,高家听说成兆才写戏,几次上门,软硬兼施,不让成写剧本,并说要多少钱给多少钱,成兆才说:"钱只能买通贪官污吏,怎能使我停笔!我在写戏之前,脑袋已豁出去了!"

1919年9月,成兆才写的《杨三姐告状》经几次修改,开始在各地演出,并引起轰动。但剧本只是前部,他急切盼望杨三姐去天津告状的结果。10月,他听说杨三姐回来了,赶忙跑到杨家。刚进门,杨三姐便跪到成兆才面前说:"表叔,赢了,咱赢了!"成兆才弯腰扶起三姐说:"好丫头,有骨气,赢了就好,我接着写下半截戏。"

高家坐不住了,成兆才到哪里演戏,高家就到哪里找茬:雇警察,雇打手,到戏园子里捣乱。然而,成兆才决不屈服于高家的淫威,继续到各地演出《杨三姐告状》,因此杨三姐的故事传遍京津,传遍冀东。直到今天,久演不衰的《杨三姐告状》,虽然演出时间缩短了,故事精炼了,但仍然是成兆才的原作。

戏迷逸事
ximi yishi

北京的戏迷

北京是京剧发祥地,戏园子多,戏班子也多,戏迷则更多。

北京的戏迷,不管男女老少,都是"一听胡琴响,嗓子就发痒",若不扯着嗓子唱上两段儿,浑身都觉得难受;至于瘾大者,即使无胡琴伴奏,也总喜欢"干唱"几段,并且还带道白,甚至还念着锣鼓点儿,于是不免被人取笑说:"穷得倒没把家伙当了。"

北京的戏迷,颇有"忘我"之精神,在大街上步行或骑车时,瘾头儿一上来,张嘴就唱,甚至来个花脸的"叫板",将周围的人吓一大跳。那进入角色的忘我精神,简直胜过戏台上的"角儿",那自得其乐的精神,倒也令许多人佩服。

北京的戏迷们,专爱在澡堂子里撒欢儿。赤条条地泡在池水中,借着回声与水音儿,越发显得嗓音洪亮好听,于是你一段儿我一段儿,或青衣或老生,或花脸或花旦,自我消遣、互相品评，外带聊聊梨园界的趣话。譬如金少山如何预支包银先到当铺赎行头，马连良在天津唱《王佐断臂》如何突然伸出了胳膊，得了"倒好"以致跳海河被救，言慧珠唱粉戏如何把她爸爸言菊朋气死……一段段的唱腔、一段段的笑话儿，使众多的澡客们无不眉开眼笑、乐以忘忧。

北京的戏迷们，最爱"拿蹭儿"，也最能"拿蹭儿"。俗话说"唱戏的是疯子，听戏的是傻子"，这句话并不适用于戏迷。别看戏迷们不买票而听戏，却个个儿都是非常"要四至儿"（北京土语，指严格要求，十分认真）的行家。不管你哪个科班哪个派，也不管你挂头牌还是挂二牌，只要"唱、念、做、打"够韵味够漂亮，便台上捧台下捧，不捧成"红得发紫"誓不罢休。昔日的谭叫天（鑫培）深知个中奥妙与厉害，故每次演出必事先关照前台"不许轰拿蹭的"，于是大轴戏一开锣，戏园的三面大墙便靠满了人，因此又称拿蹭儿为"靠大墙"。靠大墙者心里都明白：谭叫天此举是喜得知音，不像包厢里那些又嗑瓜子儿又喝茶的姨太太们全然不懂五音六律，更不解戏文里那高雅的内涵。

北京的戏迷们，确非等闲。上下五千年的历史，了若指掌，六七百出的剧目，如数家珍；其中更有造诣颇深的文化人，对待诗词歌赋及韵律无不深有研究，虽不肯屈尊科班为师，但对"依于仁，游于艺"的名角却不吝金玉，使之受益匪浅。余叔岩倘不加入"春阳友会"票房，李万春倘不拜涛贝勒（载涛）为师，技艺焉能大进？因此，旧时梨园中人深知戏迷中藏龙卧虎，而绝不敢妄自尊大也。

北京的戏迷们，听得多，见得广，个个都是确有真知灼见的评论家。他们耿直、求实而又苛刻，褒贬恰如其分。绝不似今日之所谓评论家，将仅会唱十几出戏的中青年演员捧上了天，而居然大言不惭，岂不可悲可叹！

张伯驹与余叔岩

近代著名收藏家、诗词家、戏剧家和书画家张伯驹先生1982年逝世时,其表弟李克非写了一首博得众口称赞的挽联,联云:

> 忆当年福全楼馆,粉墨登场演卧龙,步叔岩余韵,堪称千古绝唱;看近岁丛碧山房,群贤同观平复帖,附士衡骥尾,无愧万世留墨香。

张伯驹一生有两件最得意事,一是京剧师从余叔岩,一是得晋陆机《平复帖》收藏。上联即概括前者,后联即概括后者。

余叔岩出生于梨园世家,其祖父余三胜工老生,其父余紫云工旦角,为清末"同光名伶十三绝"之一。余叔岩自幼受家庭熏陶,七岁便开始登台,以童伶获"小小余三胜"之誉。时"同光十三绝"之一的名伶大王谭鑫培正红,艺名"小叫天",有"满城争说叫天儿"之赞语,另有"无腔不宗谭"之说,故余决心学谭。但谭鑫培一向不收弟子,所以无缘拜师,便只好每有谭戏必看,偷记工尺、腔词及做派等,并向谭之打鼓佬、检场、配角、院子、龙套等请益。为表示矢志向谭学习,余叔岩将书斋更名为"范秀轩"——谭鑫培号"英秀",取其以英秀为师表意。

余叔岩聪明勤奋,悟性又好,尤谭鑫培之云遮月嗓,学之极像,故愈唱愈红。后传至谭鑫培耳,听后果觉不错,便将余叫至家中,称赞道:"你学我算学到家了,明儿我捧捧你,陪你唱一出《失空斩》,你来诸葛亮,我来王平。"不久谭果然与余叔岩合唱了一出《失空斩》,这也算谭鑫培对余叔岩最大的恩赐了。

张伯驹结识余叔岩是袁世凯子袁寒云的引荐。原来张家与袁家籍贯皆为河南项城,系表亲关系。张之父张振芳乃袁寒云之五舅,张称袁为表兄。张振芳是前清进士出身,光绪年间曾做长芦盐运史,卸任后创办盐业银行。时张伯驹任盐业银行董事兼总稽核,平素雅好余戏入迷,结识余后,经常请余到自己的"丛碧山房"做客,余因在盐业银行存款,也经常请张到"范秀轩"说戏,二人频繁往来,除京戏外,在文物、书画、金石、收藏等方面亦多共同爱好,因此促膝倾心,关系非同一般。

余叔岩本不收徒,后偶收亦寥寥,仅杨宝忠、孟小冬、李少春等数人。且教戏极保守,就连卓有成效之女名伶孟小冬，据说也仅给她说了"三出半"，即《捉放曹》《失空斩》《搜孤救孤》和《红鬃烈马》一折，对张伯驹却是青睐有加。

张正式从余学戏时已三十一岁，每日晚饭后去其家。叔岩饭后吸烟过瘾，宾客满座，子时之后始说戏，张常黉夜三时归家，如是者十年光景。张伯驹曾自豪地说："叔岩戏文武昆乱，传予者独多！"不为妄言。曾有诗记此："归来已是晓钟鼓，似负香衾事早朝。文武昆乱皆不挡，未传犹有太平桥。"据张伯驹在《氍毹纪梦诗》中记述，余叔岩先后授张戏有：《奇冤报》《战樊城》《长亭》《定军山》《阳平关》《托兆碰碑》《空城计》《群英会》《战宛城》《黄金台》《武家坡》《汾河湾》《二进宫》《洪羊洞》《卖马当锏》《断臂说书》《捉放宿店》《战太平》《凤鸣关》《天水关》《南阳关》《御碑亭》《桑园寄子》《游龙戏凤》《审头刺汤》《审潘洪》《朱痕记》《鱼肠剑》《法场换子》《上天台》《天雷报》《连营寨》《珠帘寨》《摘缨会》《盗宗卷》《伐东吴》《四郎探母》《青石山》《失印救火》《打渔杀家》《打棍出箱》，另有《八蜡庙》之褚彪，《回荆州》之鲁肃，《失街亭》之王平，以及《别母乱箭》、弹词等，此中其他未排身段及零段之唱尚未计。为什么"未传犹有太平桥"呢？叔岩曾对伯驹说过："过桥一场，一足登椅，一足登桌，敌将一枪刺前胸，须两手持枪硬僵尸摔下。饰敌将者、检场者皆须在行，否则易出危险。"是以未传，可见余对张倾尽心力，备极爱护。

叔岩教张伯驹戏之多,实独一无二;而且授之殷殷,亦非常人所及。张伯驹向余叔岩学第一出《奇冤报》时,正值叔岩应天津剧院演出,他主动提出偕伯驹同往,一路说《奇冤报》反调。天津演出毕又一同返京,即排练身段,穿上厚底靴,走台步,滚桌子,之后又在饭庄演唱。另外,伯驹从叔岩学《战樊城》和《奇冤报》时,叔岩特意演出此二剧于开明戏院,每星期六和星期日各演一出。友人有不知此中奥妙者,烦而劝演他戏,叔岩不应,仍第一日演《战樊城》,第二日演《奇冤报》。伯驹曾回忆道:"专为予看,甚可感也。"

1937年春,正值伯驹四十岁生日,叔岩倡议以演剧为欢,另因头年河南发生旱灾,伯驹表叔李鸣钟将军亦倡议以演戏募捐赈灾,于是同时并举演于隆福寺之福全馆,本文开端引用之挽联中的上联即指此事。

开场为郭春山之《回营打围》,次为程继先、钱宝森之《临江会》,当时因梅兰芳未在京而请其高足魏连芳演《女起解》,接下去是王凤卿、鲍吉祥之《鱼肠剑》,杨小楼、钱宝森之《英雄会》,筱翠花、王福山之《丑荣归》《小上坟》。虽说是极一时名伶荟萃之盛,大轴却是《失空斩》,而此中之主角诸葛亮则由张伯驹饰演,其他配角都是显赫名伶。王凤卿饰赵云,程继先饰马岱,余叔岩饰王平,杨小楼饰马谡,陈香雪饰司马懿,钱宝森饰张飞等。当时消息、照片通载各报刊,轰动九城,人称"此曲只应天上有,人间哪得几回闻"?张伯驹为此感怀赋诗:"羽扇纶巾饰卧龙,帐前四将镇威风。惊人一曲空城计,直到高天尽五峰。"更有趣者,当年谭鑫培曾陪余叔岩演过王平,而今余叔岩又陪张伯驹演王平,堪称一梨园佳话也。

余叔岩夙患溺血病,自此次演出后,病情加剧。先经法国医院诊为膀胱瘤,割治半年后复发,又经协和医院割治,于小腹通一皮管导尿。1942年重阳后,伯驹四十五岁时,日寇疯狂侵华,社会更加混乱,伯驹拟将所藏国宝晋陆机《平复帖》和隋展子虔《游春图》等随身缝被奔赴西安。行前一日晚,往视叔岩,见状,知叔岩病不能愈,此为生离死别之最后一面。伯驹只好作寻常语以慰藉,不言离京事,恐说出彼此难免恸哭。但师友一场,伯驹终抑制不住,泪要夺眶而出,便转身佯装如厕偷拭之,复转来闲聊两小时方怅然离去。

次年3月,伯驹在西安陇海铁路局观戏,偶遇上海《戏剧月刊》主编张古愚,云翌日即回上海,便托其带给陈鹤孙一信,信大致内容是:预料叔岩兄病凶多吉少,不能久长,兹拟好挽联一副,如其去世,务望代书送至灵前为感。联云:

谱羽衣霓裳,昔日悲欢传李峤;
怀高山流水,只今顾曲剩周郎。

两个月后,接鹤孙回信,道叔岩已于5月19日仙逝,将挽联书好送到了灵前,伯驹由是而深感欣慰。

痴迷戏曲的张大千

举世闻名的国画大师张大千，对戏曲特别痴迷。在他的一生中，与众多的戏曲名伶过从甚密，并留下了大量写真戏画。

民国初年，张大千刚到上海滩，就听说名伶汪笑侬正在演出《刀劈三关》一剧，观众争相观看。张大千也想一饱眼福，没想到到了戏院门前，一摸口袋，没有带钱。为了看上这场戏。他毫不犹豫地脱下身上的马褂，押进当铺，拿了两块大洋，就进戏院听起戏来。可是散戏之后。由于张大千看戏入了迷，把当铺给的"当票"丢失了。这样，他那件价值二十多块大洋的新马褂，也就没有再赎回来。虽然损失了衣物，但张大千看了自己钟爱的戏，也觉得很值。

张大千一生中看过许多戏，对各流派的演出都相当熟悉。但是，他最为欣赏的京剧名伶乃是剧坛老前辈孙菊仙。孙菊仙原来是武秀才，三十岁后下海学戏，与汪桂芬、谭鑫培齐名。他的唱腔淳朴苍劲，大气磅礴，喷吐有力，善于表达慷慨激昂的情感，形成了独特的"孙派"风格。张大千观剧之余，专为孙菊仙写了一副对联。联曰：

别有狂言谢时望，常撞大吕应黄钟。

（黄钟，中国古代音乐十二律中六种阳律的第一律；大吕，六种阴律中的第四律，后人常以"黄钟大吕"形容演员的嗓音洪亮和高妙）

张大千与"四大名旦"之首的梅兰芳交往很深。他当初与梅兰芳见面时，曾对梅说："你是君子，我是小人。"梅兰芳闻之大惑不解，问他为何自称"小人"，张大千笑着答道："你是君子动口，擅长演戏；我是小人动手，只会画画。"说罢，二人开怀大笑，自此结下了很深的友情。

张大千是四川内江人，对川剧特别着迷。他最爱看的川剧是丑角名伶周企何的表演。周企何主演的《做文章》《请医》等剧，早已蜚声艺坛。抗日战争时，张大千住在成都，与周企何不仅交往密切，感情深厚，而且对周企何的戏每演必看。有一次，张大千看了周演出的《迎贤店》，乘兴作诗两首。一曰："青抹额，大红鞋（鞋读孩音），坐柜台。笑口开，恭喜大发财。"二曰："能令公喜，能令婆怒，咄咄尔曹非主顾，钱不来谁留尔等住？"这两首诗对周企何的表演给予入木三分的评价，且幽默诙谐，颇为风趣。还有一次，张大千看周企何的《意中缘》，觉得舞台上做布景的那幅梅花画得太差，便挥笔画了一幅梅花送给周企何。

张大千去中国台湾后，三十年来他与周企何仍有信件往来。周企何曾将自己演出的录音带托人转送；张大千也曾以自己的画册相赠。四川内江还曾排演了川剧《张大千》，剧中表现了他二人交往的情节，很是感人。

慈禧太后看京剧

清末同治和光绪两朝的实际统治者慈禧太后，不仅是个"日必观戏"的戏迷，而且还是个精通曲律、善解文词，甚至能够粉墨登场的老内行，曾在梨园界留下了许多轶事。

慈禧看戏时，手里总是拿着"贯串"（即是唱念做打、脸谱砌末以及曲牌锣经等有关这出戏的全部详细记载），边看戏边对照，一旦发现演员表演与"贯串"有误，便立即指责演员乃至降罪。她看完戏还能"过目不忘"，记下情节和程式，到晚上便关起门来，在太后宫与太监们化装串演。

慈禧太后即兴修改上演剧目，更是心血来潮。光绪二十三年三月，谭鑫培在宫里与名丑罗寿山合演《清风亭》（这是一出鞭挞知恩不报的戏），演出中慈禧忽然灵机一动，要演员在剧中增加"雷公"和"雷婆"两个角色，让台上雷电交加，把那个忤逆不孝的张继保打得七窍出血。

她认为这才符合"天意人心"。同年四月,她再传此剧进宫,看戏时又让增加"雨师"一角,这样可以充分发挥宫廷三层戏楼的优势,台上霹雷闪电,风狂雨暴,把忘恩负义的张继保打得灵魂出窍,以"教化后人"。至于她修改《玉堂春》的唱词,更是别出心裁。慈禧属羊,看戏时最忌出现"羊"字。到宫里上演的剧目,不能唱带有"羊"字的戏,如《变羊记》《洪羊洞》《牧羊圈》等。凡有"羊"字的戏词,必须改。《玉堂春》中有一句唱词"苏三在此有一比,好比那羊入虎口有去无还",为了避开"羊"字,只得改唱"好比那鱼儿落网有去无还"。以后便一直这么唱下去了。

慈禧爱看戏,却从来不把演员当回事,还百般拿演员寻开心。有一次,郎德山上演《金钱豹》里的猪八戒,她明知郎德山是回民,却让他学猪叫。郎德山一听,知道是在耍笑自己,不但不学猪叫,反而学羊叫,反戈一击。没想到一声羊叫,倒把慈禧逗乐了。慈禧就是这样一个喜怒无常的人。

有一次宫里正演《翠屏山》,慈禧下令停演,让人把戏提调叫来问道:"今儿这戏怎么唱的?你不想当差了?"戏提调莫名其妙,不知又犯了什么忌。后来向人请教,才知道是因唱词中有一句"最狠不过妇人心"。这又表现了慈禧作为女人的专横。

大清国的戏迷王爷

中国历史上的封建王朝，不遑历数，喜欢戏曲的帝王与贵族指不胜屈，《孔子家语·相鲁》即有"齐奏宫中之乐，俳优、侏儒戏于前"之记载，《新五代史·伶官传》则云："时诸伶出入宫掖，侮弄缙绅。"南朝的陈后主（叔宝）是个戏迷，唐明皇李隆基更是个戏迷，后唐庄宗李存勖还是个戏迷。可上述这些，如果比起晚清的皇帝和王爷来，简直是小巫见大巫。

中国近代史上的满族政治家、改革家，中国第一次近代化运动的倡导者恭亲王奕䜣，与其兄咸丰皇帝奕詝皆迷京剧。慈禧的儿子同治皇帝载淳与恭亲王长子载澂贝勒更迷京剧，不仅爱听，而且常粉墨登场。载淳与载澂，自幼便是一对小玩闹儿，登台演戏更没正形，专演那些插科打诨的小闹戏。一次演《一打灶》，载澂扮小叔，妃子演李三嫂，同治帝扮灶君，身着黑袍、手持木板，被李三嫂骂一声打一下，以此取乐。肃忠亲王善耆，乃不折不扣的老戏迷，他曾与具有进步思想的名伶杨小朵联袂演出《翠屏山》，善耆扮石秀，杨扮潘巧云。此戏取材于《水浒传》，根据清雍正抄本排演。写杨雄妻潘氏与僧裴如海私通，为杨义弟石秀所见，告之以杨雄，潘反诬石戏己，杨雄遂与石秀绝交，石愤而夜伺裴自潘处出，杀于道，剥其衣示杨雄。杨始悟，托名烧香，将潘诳至翠屏山，勘明奸情后手刃之，与石秀同投梁山。当巧云峻词斥逐石秀时，石秀抗辩不屈，巧云厉声呵道："你今天就是王爷，也得给我滚出去！"四座观剧者皆相顾失色，而杨小朵却谈笑自若，扮石秀的肃亲王则更乐不可支。

宣统二年（1910），各省代表以请愿国会制集聚京师，晋谒肃忠亲王。谈话间，这位王爷戏瘾大发，忽取王帽掷于案上，高声唱起："先帝爷在白帝龙归海境，传口诏教老臣常挂在心……"（《天水关》唱词）诸代表见状悚然惊异，王爷唱罢却笑道："诸君不必忧虑，咱们都是好朋友，你们也不说是代表，我也不说是王爷，横竖咱们乐一晌儿就得了。"大厦将倾，犹以唱戏为乐，实在想得开！

更有那别署"红豆馆主"的宗室溥侗，人称侗王爷，一辈子不问政治，自幼嗜剧成癖，遍投名师，文武昆乱各行技艺无所不精，六场（胡琴、月琴、南弦子、单皮鼓、大锣、小锣等六件伴奏乐器的总称）通透，能戏甚多。

这位大名鼎鼎的票友，所演老生戏《定军山》等酷似谭鑫培，旦角戏《金山寺》得自陈德霖，小生戏《镇潭州》

为王楞仙所授，花脸戏《战宛城》颇似何桂山，《群英会》兼擅周瑜、鲁肃、蒋干三角，为世所称道。著名京剧演员言菊朋、李万春等百余人均师事之。侗王爷享年八十一岁，可谓玩了一辈子，乐了一辈子。

名人客串京剧

在京剧舞台上,有许多职业性的名伶,也有许多票友,票友中的名人演京剧,说来更有趣。

著名作家张恨水在20世纪30年代初,曾担任北平《世界日报》《世界晚报》的编辑,是个戏迷,也很会演戏。在一次北平新闻界赈灾义演中,张恨水积极参加,在压轴戏《玉堂春》中扮演崇公道。他的嗓门很高,声如洪钟,未见其人,先闻其声。张以红极一时的小说家身份参加京剧演出,号召力很强,加之他表演成功,遂成为当时各家报纸的爆炸性新闻,一时成为美谈。自此,张恨水又多了一个笔名——"崇公道"。

1933年,一批新闻界人士为同事的母亲祝寿,在北平宣武门外大街江西会馆组织了一次堂会,请了许多名角演出。张恨水欣然在《乌龙院》一剧中扮演张文远(丑角)。在小锣声中,白鼻梁、头巾紧扣脑门的张恨水一出场,满口安徽、江西味,顿时引来一阵喝彩声。演出时,他的插科打诨,即兴抓哏,令人忍俊不禁。阎婆惜问宋江:"张文远是谁呀?"宋江答道:"乃是我的徒弟。"阎婆惜却逗道:"我听你说,你的徒弟可是有名的小说家呀,你怎么没有名啊?"台下哗然,笑声掌声连成一片。而台上的张文远走路却一瘸一拐的,且紧皱着眉头,下场后,别人问他怎么回事,张恨水这才边骂边笑着说:"真是岂有此理!有人恶作剧,在我靴子里放了一枚图钉,害得我好苦哟!"

1947年春节,北平新闻界举办了一次联欢演出,张恨水在《法门寺》中串演校尉跑龙套。当时,他已是《新民报》社长,他别出心裁地又邀了另外三个报社的社长一起来跑龙套。那三个社长都戴眼镜,张恨水为求统一,自己也戴上了眼镜,四个龙套、四副眼镜,引得观众捧腹大笑。

著名漫画家李滨声自幼爱演京剧。他十岁时就客串过《汾河湾》中的娃娃生薛丁山。20世纪40年代,他家居沈阳,上中学时加入一个业余京剧团,每周彩唱公演一次。后来,李滨声到北京上大学,课余参加票友活动,在长安大戏院演出过《白门楼》《罗成叫关》。当时,与李滨声在东北一块业余演戏的于玉衡(今为中国戏曲学院副教授)已"下海",拜在了"通天教主"王瑶卿门下。由于于玉衡的引荐,李滨声经常到王瑶卿家中,听王先生给弟子们说戏。

当时王瑶卿家住前门外大马神庙。王先生对李滨声讲，你到戏园子看戏，只要一提从大马神庙来的，就可以随便进。李滨声一试，果然灵。他就利用这些条件，看了许多戏。后来，李滨声与名家合演《群英会》，他在该戏中扮演周瑜。舞剑时，裘盛戎兴之所至，为之打大锣。李滨声主要演翎子武小生，他主演的《白门楼》《辕门射戟》《罗成叫关》《八大锤》《螺丝峪》等都很有名。笔者曾看过他的演出，他那起霸、耍锤、出手、开打等动作利索干净。至今在他寓所中，还有他经常练功用的大锤、翎子，俨然专业演员，而他的职业却是画漫画。

粉墨登场老报人

作为京剧发祥地,北京二百多年来一直是演员多、票友多、观众多、剧场多。

京剧者,其历史也久,其剧目也繁,其文学也深,其唱腔也美,故其魅力极大,于是乎票友的队伍,比梨园中人更见浩浩荡荡。作为一种文化现象,这或许是中国人的骄傲。

皆因京剧雅俗共赏,故很多属于纯粹文人范畴的新闻记者(亦包括某些老作家)爱之、习之、唱之,并以极大的勇气在诸多名角儿面前粉墨登场,常常产生轰动社会的效应。

20世纪30年代时,叱咤风云的新闻记者王柱宇,不仅文章写得漂亮,而且京剧唱得也颇有韵味。王公乃湖北人,其籍系汉调摇篮。清嘉庆、道光年间,汉调流传至北京,加入徽调班社演唱,逐渐融合演变而形成京剧。深谙汉调的王柱宇,学唱京剧可谓捷足先登矣。而有"须生泰斗"美称的余叔岩,因与王柱宇同乡并爱读其文章,故在唱念做上时有点拨。

旧京新闻界与文学界的京剧票友不乏其人,这些以"皮黄"自娱的戏迷们,每得闲暇必聚会于报馆或饭庄,调丝竹以清唱,并切磋道白、唱腔及身段,每有所悟必喜形于色。

民国二十五年(1936)秋,著名京剧老生马连良、华乐剧团经理万子和与萧振川等集资修建的新新大戏院,落成于西长安街六部口以西路南(今首都影院所在地)。继马连良、张君秋开幕式演唱后,北京各大名角杨小楼、程砚秋、荀慧生、尚小云、孟小冬、金少山等数十人均在此登台献艺。

以王柱宇为核心的文人票友,为过戏瘾并贺新新大戏院落成,遂于是年深秋以传统剧目《失空斩》在该剧院粉墨登场。消息刚一发出,立即轰动京城,各界头面人物为一睹大记者王柱宇之舞台风采,无不纷争红票。

全部的《失空斩》,由王柱宇扮演诸葛亮,《新民报》记者吴菊池扮演司马懿,作家唐友诗扮演马谡,诗人张醉丐及新闻记者邵采波扮演老军,戏曲作家景孤血与翁偶虹指导勾画脸谱并催戏。至于梨园界的文武场面与底包人等,皆欣然捧场,有求必应。而在戏院门口挂帅站岗者,则是内二区警察署长殷焕然。

赞助这场演出的是北京前门外丰泽园饭庄。该饭庄开业于1928年,店名出自皇帝在北京中南海游兴稼穑之所——丰泽园。创建人栾鲤庭,以经营山东风味名贵菜肴而发家,附庸风雅且喜京剧,故不吝以万金赞襄新闻记者彩唱,旨在借记者之文笔为其张目也。

王柱宇等老报人粉墨登场之夜,梨园界莅临助兴者除戏院老板马连良外,尚有萧长华、郝寿臣。侯喜瑞、红豆馆主溥侗、言菊朋、奚啸伯、筱翠花、李多奎以及因爱慕王柱宇文采,后嫁之为妻的旦角演员胡淑季(艺名傅占云)等名角儿。而王柱宇的挚友齐白石及大名鼎鼎的篆刻家张志渔,亦同坐于包厢中,不时为这位"无冕之王"极富韵味的余派唱腔频频叫好,堪称旧京之韵事也。

谭派名票韩慎先

20世纪30年代,天津有一位蜚声海内外的京剧谭派名票"夏山楼主"。他本名韩慎先,字德寿,久居天津,常往返于平津间,为钻研京剧艺术孜孜以求。他曾得陈彦衡亲传,京剧表演方面的造诣与余叔岩不分伯仲。他的拿手好戏有"三子",即《法场换子》《辕门斩子》《桑园寄子》,当年曾风靡一时,誉满平津。

当年在北平护国寺梅兰芳家里,许多戏剧界知名人士常凑在一起,谈论京剧表演和改革问题;韩慎先也是那里的常客。那时,余叔岩学习谭派唱腔的刻苦精神,是京剧界普遍传诵的,成为在梅宅聚会时谈话的资料。余叔岩倒仓休养期间,他的岳父陈德霖关心女婿的前途,就介绍他到以研究谭派唱腔著称的陈彦衡家,请其传授谭派唱腔口法。余叔岩虚心学习,受益匪浅。后来,余叔岩和陈彦衡发生误会,断了来往,但余叔岩对陈彦衡的京剧演唱修养还是赞佩的。他知道韩慎先曾从陈彦衡学过《南阳关》,

而自己却不会这出戏的谭派唱腔。一次，他和韩慎先同车赴某饭庄应酬，就向韩慎先请教，并说："你教我《南阳关》，我教你《战太平》。"两人就在汽车里一直哼着唱腔到了饭庄；宴会后，又从饭庄哼到家里。就这样，余叔岩向韩慎先学会了《南阳关》的唱腔。

韩慎先的京剧唱段，早在20世纪二三十年代，就由高亭公司灌了唱片。他对当时灌唱片的不良习气深为不满，常说："梨园行的旧习气是灌唱片时都打埋伏，不肯把真玩意儿全唱出来，怕别人学去了，其实那是错误的。"而他在灌片时，总是无保留地献出真唱腔来。

韩慎先不但对京剧有深厚的造诣，还精于古文物的鉴赏和考证。他与国画大家陈少梅先生过从甚密，形同手足，故对中国书画的笔法流派、名家题跋、收藏著录，甚至纸绢印章都有研究，对一般赝品总能识别出来。据说，20世纪50年代初，著名作家阿英任天津文化局局长时，特请韩慎先担任天津艺术博物馆馆长，韩一直工作到60年代逝世。他为天津艺术博物馆搜集了大量文物，其中以宋人张择端的《金明池夺标图》最为珍贵；在此以前，张择端的传世之作仅有《清明上河图》一件。

近云馆主女名票

前接天津寄来的讣告,惊悉著名女票友近云馆主于1986年12月23日病逝。

近云馆主本名杨景晖,字慕兰,系清末民初别号"云在山房"杨味云(寿枬)的次女,生于清光绪二十九年(1903)。近云馆主的父亲杨味云在清廷度支部做了高官,她随同母亲和大姐景昭由无锡到了北京城。辛亥革命后,全家离开北京到天津定居。二十一岁时,与北洋政府财政总长周学熙第四子周志厚结婚,近云馆主就成为周家的四少奶奶,即不久前逝世的以藏书闻名于国内外的周叔弢的叔伯弟妇。

近云馆主自幼喜好京剧,随着年龄的增长,她从师访友,多方学习,曾向老演员律佩芳、郭际湘(艺名"老水仙花")、魏莲芳学青衣、花旦,向姜妙香、徐斌寿(徐碧云之兄)、包丹庭学小生,向阎岚秋(艺名"九阵风")、朱桂芳学刀马旦,向邱富棠学把子,向昆曲名家童曼秋、包丹庭和马祥麟学昆曲。经过勤学苦练，深入钻研，近云馆主取得了允文允武、昆乱不挡的优异成就。

近云馆主有一副好嗓子，而且她十分注意在表演中以声宣意来表达剧中人的情感，所以她每演一出戏都能声情并茂，获得观众好评。这样的造诣，即使与科班出身的专业演员相比，也毫不逊色。

但近云馆主的学戏过程，特别是登台亮相，首先要冲破家庭的羁绊。因为她本来是官宦之家的"四少奶奶"，老婆母对于维护这个封建大家庭的尊严是时刻不放松的，要求她在家中的言语行动要端庄静淑，衣装打扮要稳重朴素。那时的深闺妇女都要梳理头发，结成各种发髻，而她为了便于演戏化妆，把一头青丝剪成短发，明知这是婆母所不能允许的，于是便做了一个假发髻，在家里婆母面前就扣在脑后，一离开家门学戏去就把假发髻摘下，露出短发来。

1931年"九一八"事变后，全国到处掀起抗战热潮。近云馆主应邀到北平参加在哈尔飞戏院举办的捐献飞机义务戏，以她的《贺后骂殿》压轴。这是她首次公开票演。

第二次登台，也是在北平，近云馆主在珠市口开明戏院参加义务戏票演，同德国籍女票友雍竹君合演《玉堂春》，近云馆主唱"起解"、雍竹君唱"会审"。经过这两次在北平的义演，近云馆主一鸣惊人，声震九城。

1937年"七七"事变后，近云馆主由北平回到天津，在法租界明星影院参加由老牌电影明星王元龙主办的一次义务戏，压轴为王元龙的《连环套》，王元龙饰窦尔敦。大轴是近云馆主的《玉堂春》，由"起解"到"会审"，一气呵成，唱做俱佳。这是她初次与天津观众在舞台相见。

后来，她以票友身份时常参加由常少亭组班的班中演出，并与京剧老伶工王瑶卿和梅兰芳、程砚秋、尚小云、荀慧生、姜妙香等研究剧艺，戏路益广。20世纪40年代初，天津"云吟国剧社"培养出不少京剧人才，如童芷苓、吴素秋、白玉薇、侯玉兰等都不时向她问艺。近闻年已高龄的近云馆主身体健爽、精力充沛，还曾在天津昆曲爱好者组织的迎春演唱会上清唱了一折《雅观楼》，腔调清丽，不减当年。

"票界之王"王庾生

近几年,天津的京剧演员多次来港表演,深得好评。笔者也爱好京剧,时常有同好谈起早年天津的京戏热,也常谈到"票界之王"王庾生。

王庾生,回族,父亲为清真寺阿訇。王幼年即喜京戏,当时每当老一代京戏名伶如谭鑫培、贾洪林、汪桂芬、汪笑侬等到天津演戏,他总要去戏团听他们演唱。余叔岩少年时住在天津估衣街侯家后,王庾生与他结为戏友,每天清晨相约去天津西站旷野森林间喊嗓练功,冬夏不辍。

著名武生杨小楼在天津演戏,常在北门外绘芳园戏园练功。王庾生赶奔那里,请求指点武功。其勤恳求教的热情感动了杨小楼,王因而曾多次得到杨小楼指教。后来王庾生演武生戏《长坂坡》《连环套》《落马湖》《战宛城》等,都宗杨派,盖皆得自杨小楼的亲传。

谭鑫培到天津演戏,经常住在喜好京戏的盐商巨富窦砚峰的家里,王庚生的家距之不远,他便请窦砚峰为之介绍,向谭鑫培请教老生戏。他所会的《天雷报》《御碑亭》《盗宗卷》《乌龙院》等戏,都得过谭鑫培的指点。谭鑫培对于向京剧同行传授剧艺本极保守,但见票友王庚生学戏认真,又具有可培养的资质,便热情地教了他《南阳关》和《断臂说书》两出戏。

经过多年的苦学钻研,王庚生博采众家之长,老生戏学谭派,武生戏宗杨派,兼擅旦、净、丑,能演戏三百多出。

20世纪30年代初期,是王庚生剧艺成熟、登台表演最勤的时期,他经常与京剧名伶合作表演。1930年,他与田桂凤合演的《坐楼杀惜》,与杨小楼、尚和玉合演的《八蜡庙》《战宛城》,与尚小云、芙蓉草合演的《御碑亭》,与筱翠花合演的《游龙戏凤》,与侯喜瑞、程继仙、马连昆、李春恒等合演的《连环套》《打严嵩》《打侄上坟》《群英会》等,都给当年的戏迷留下了极深的印象。1931年6月,杜月笙在上海为庆祝杜家祠堂建成,邀请全国名伶演堂会戏,王庚生也应邀赴沪,与小杨月楼合演《庆顶珠》,震动了内外行,从此扬名于全国。天津观众推选他为"票界之王"。之后,著名老生演员孟小冬、李宗义,旦角演员章遏云、丁至云等,都曾受教于王。奚啸伯、杨宝森、吴素秋、童芷玲等尊之若师,相从问艺。

天津老票友王君直

中国的京剧，兴于北京，著名的科班和名伶多在北京，但天津却出过不少著名的京剧票友，其中佼佼者莫过于王君直。

王君直，清同治六年生于天津北门里府署街大宜门口，为大盐商王敬熙之四子，原名金保，后改益保，字君直。父殁后由其兄少连继承家业，兄病逝后，王君直接替兄职任长芦京引盐商代表，其后又被选为长芦盐务纲总。

光绪末年，严范孙任学部侍郎时，王君直为严器重，曾到学部供职。居京期间，王君直常去戏园看京戏。时谭鑫培的腔调正风行一时，谭每演唱，王必去观赏，且常到春阳友会票房，同胡琴圣手陈彦衡研习谭腔，获益良多。在天津，他参加北门里的雅韵国风票房，同当时名票友窦砚峰、陈梦九、刘永奎、王颂臣、陈筱鹤等人一起研究演唱。王君直学谭能得其精髓，因而谭所拿手的《空城计》《捉放曹》《武家坡》《洪羊洞》《托兆碰碑》《打棍出箱》《击鼓骂曹》《桑园寄子》《探母回令》等，王均能胜任，且有所创新。他的行腔吐字尖团分明，嗓音高亢爽朗，鼻音、喉音、脑后音均苍劲有力，尤为动听。

余叔岩为余三胜之孙，余紫云之子，青年时艺名"小小余三胜"。当他在天津于鼓楼北元升茶园演出时，因慕王君直之名，常去雅韵国风票房，经人介绍，拜王君直为师。王常到元升茶园为小余把场。天津"八大家"之一的杨柳青石元士做寿举办堂会，王君直被邀演《空城计》，小余配演王平。小余离津时，王介绍雅韵国风的票友李佩卿随之操琴，合作十多年。余叔岩能享大名与李佩卿胡琴之陪衬不无关系。

王君直对地方公益当仁不让。民国六年天津洪水为灾，京津戏曲界在南市升平茶园义演赈灾，王君直亦参加演出，戏码是《托兆碰碑》，名净裘桂仙为其配杨七郎。民国十五年北京演义务戏，那时的王君直已年届花甲，仍应邀参加，大轴为王主演的《失街亭》，侯喜瑞配演马谡，张春彦配演王平。座无虚席，盛况空前。

以一票友，能誉满京津，被称为谭派正宗，余叔岩尊之为师实属难得。王君直对京剧艺术的修养和所得之盛誉，迄今仍为人所乐道。

票友票房探源

票友、票房等最早出现在清同治年间的北京，后及天津。到民国初期，便延及南京、上海、武汉、广州以及中国台湾和港澳等地。特别是到了20世纪二三十年代，玩票之风极盛，票友票房遂如雨后春笋，竞相而起。

票友与伶人之区别，前者为业余戏剧家，后者为职业戏剧家，伶人学艺旨在讨生活，票友学艺纯属爱好。那些业余戏曲爱好者中，有不少是造诣非凡的"名票"，他们无论在天赋资质还是唱练功力上，也无论是艺术修养还是实践经验，并不逊色于某些专业戏曲演员。据统计，早年享誉南北的名票多达数十人。仅北京一隅，就有袁寒云（即袁克文，袁世凯次子）、溥侗（即溥西园，红豆馆主，清朝皇族）、包丹庭（京昆兼能名票）、张伯驹（京昆兼能名票、诗词书画收藏家）等。此外，清光绪帝载湉，不但会唱戏，尤其能司鼓，而且还是位京、昆、弋腔的多面手，他曾不顾帝王之尊，登台演唱、伴奏。其弟载涛（溥仪之叔,皇室贝勒)更是位不囿身份与伶人为伍,并经常粉墨登台的名票,连内行也都为之赞叹。

关于"票友"一词的来源,据《辞海》等书解释,大体是说清初八旗子弟凭清廷所发龙票赴各地演唱"子弟书",为清王朝进行宣传。因他们非专业演员,又都持有龙票,所以人们称之为"票友",此称后延及民间。

据说,清雍正帝派大军征讨新疆金川地区(今四川境内)的回民,得胜还朝之日,军营中有人将欢庆胜利的情景编成太平歌词,由八旗子弟们击鼓传唱,传唱时每人发给龙票(即钱票)一张,由之得名"票友"。又传雍正就帝位前,酷爱戏曲,常与戏曲演员们同室切磋技艺。即帝位后,又命人在宫内辟出一所殿宇,安排早先结交之艺人于内,并发给他们"龙票",以区别于专职伶人。其后,凡好为歌唱且又不以此为职业的人,便被称为票友,票友们的同仁组织与活动场地,则被称为"票房"。

清末到民国初年,以至20世纪二三十年代,北平地区大小票房遍布九城,有些数人为伍或数十人一起,互约时间聚会排练消遣。最著名的票房有西城的"松筠庵票房",地安门大街的"南月牙票房"等。其中历史最久、名声最著者,当数同治末年创立的"翠峰庵票房"。

这家"票房"坐落在西直门内盘儿胡同,原址是个尼姑庵,故名。

"票房"不仅指京剧业余爱好者的活动场所,同时又是研究京剧艺术、培养京剧演员的团体。因为票友大多具有一定的文化修养，对于剧情、唱腔、戏词的研究往往要高于一般艺人。不少京剧的著名演员都是"票友"出身，例如京剧形成时期的须生张二奎、卢胜奎，花脸庆春圃，丑角刘赶三；同治、光绪年间唱须生的孙菊仙、许荫棠、汪笑侬、刘鸿声，唱小生的德珺如，花脸黄润甫、何桂仙、金秀山、郎德山，旦角孙春山、常子和，老旦龚云甫等，均为票友出身。

由业余演员转为专业演员的，称为"票友下海"。辛亥以后，票友下海的著名演员有时慧宝、金仲仁、言菊朋、郝寿臣、奚啸伯、管绍华、张稔年、李香匀、臧岚光、裘效莲等。

可以说"票友""票房"的出现，对京剧艺术的发展起到了推动作用。

生肖入戏
sheng xiao ruxi

乙亥年谈"猪戏"

乙亥年按天干、地支排序,是农历的猪年。猪年来到,想起戏曲舞台上有关"猪"的剧目,说来很有趣。

剧名中标有"猪"的剧目,当推《野猪林》。这出取材于《水浒传》的宋代故事戏,相当闻名。全部《野猪林》从宋太尉高俅之子高世德游庙起,陆谦设计使高调戏林冲妻高氏,又骗林冲持刀误入"白虎堂",被高俅诬陷发配沧州。后陆谦买通解差途中加害林冲,鲁智深暗地跟踪在野猪林相救,最后林冲在草料场杀陆谦报仇。故事跌宕,生、旦、净、丑齐全。此剧又名《英雄血泪图》,由清代名伶杨小楼编演。此前明代李开先传奇《宝剑记》、陈与效传奇《灵宝刀》,都是讲的这个故事。

由《西游记》编演的国剧,计有三十多出。凡有唐僧出场的戏,大都有猪八戒出现。但是,以猪八戒出任主要角色的,当属《高老庄》《猪八戒撞天婚》《猪八戒招亲》《流沙河》等。

《高老庄》又名《收悟能》，写孙悟空保唐僧途经高老庄，因猪八戒幻化人形，占娶高女，孙悟空降服之，同往西天。国剧、秦腔、河北梆子都有此剧目。

《猪八戒撞天婚》写唐僧师徒西天取经，黎山老母、文殊、普贤等菩萨幻化庄院，假作孀妇携三女招婿。唐僧、悟空、悟净皆不为所动，唯猪八戒百计求婚。诸仙乃戏令其撞天婚，使之薄受惩处。八戒始悟，随师西行。早年王又宸演出此剧很有名。另一出《猪八戒招亲》，则剧情时间贯穿较长，自天蓬元帅赴蟠桃会戏嫦娥被贬起，至孙悟空收猪八戒止。

黄梅戏《打猪草》是一出生活气息颇浓的地方小戏，人物只有小生、小旦。该剧表现的是一百多年前安徽宿松二郎河崔家坪发生的实事。村姑陶金花下地打猪草，顺手偷了金三矮子家两根笋子，被金三矮子发现，并将金花的篮子踩破。金花大哭，金三矮子反向金花赔礼，又掰了几根笋子送金花回家。

这出戏的故事很简单，之所以久唱不衰，关键是剧中一个个优美的唱段极富魅力。记得金花打完猪草后唱："猎草打满篮，收拾回家转。别山我不走，单往竹笋山。"到竹笋山后，又唱："篮子来放下，随手撒把沙。有人就便罢，无人就偷它。"随即，她把两眼四周一扫，发现无人，边偷边唱："笋子掰两根，放在篮中心。浮面猪草盖，神仙不知情。"戏中的"偷"，实际上是村童的一种生活乐趣，是大人们都可以容忍的一种朴实的乡风。至今回忆起来,《打猪草》仍是乡情依依。

十二生肖入戏文

我国古时用"干支"来计算年、月、日。"干"是"天干",即甲、乙、丙、丁、戊、己、庚、辛、壬、癸;"支"是"地支",即子、丑、寅、卯、辰、巳、午、未、申、酉、戌、亥。从数学角度看,天干(十个)和地支(十二个)的最小公倍数是"60",旧时人们把人的属相(即十二生肖)与地支并连在一起,各从首字排起,"天干"与"地支"乃六十年一轮回。20世纪40年代,梨园界各戏班竞相创演新剧目,以招徕观众,其中就有"生肖戏",如《访鼠测字》《小放牛》《武松打虎》《白兔记》《龙凤呈祥》《青蛇盗库》《马前泼水》《苏武牧羊》《白猿盗盒》《铁公鸡》《打狗劝夫》等。

当然,从保留下来的京剧剧目看,每种"生肖戏"都不止一出,有的多达十数出或几十出。在诸多的"生肖戏"中,有些是将生肖直接嵌入剧名,观众一看便知;有些是含在剧情或唱词中,观剧时需要体察。

"鼠戏"中多有案情

"鼠戏"中最有名的,当属宋代故事戏《五鼠闹东京》,事见《三侠五义》。该剧讲述宋时太监陈琳深感国家武将乏人,与包拯商议,保荐南侠展昭入朝。仁宗见其武艺过人,封为四品护卫,赐号"御猫"。卢芳、韩彰、徐庆、蒋平和白玉堂,异姓结拜,人称"五义",别号"五鼠",除暴安良。白玉堂闻展昭投靠当朝,甚为气恼,遂往汴梁寻展昭较量。后白玉堂杀死御花园总管郭安,韩彰等计盗庞吉不义之财,卢芳在花神庙救难女、伤恶霸……各行义举后,"五鼠"归开封。此剧为连台本戏,计八本,最早为小荣椿社本戏,旧四喜班、富连成也上演过。这出戏行当齐全,武功绝妙。此剧中的包拯、陈琳虽是历史人物,但剧情是虚构的。

另一出宋代故事戏《闹东京》,书生施俊进京赶考,白鼠精得悉,乃假扮施俊,至施俊家调戏其妻。施俊归来大怒,控于丞相王延龄。真假施俊同时到堂,王延龄不能辨，遂将此案交包拯审理。此时，五鼠精复变假包拯等人相扰。包拯请来李天王降妖，白鼠精逃走。李万春当年扮演白鼠精有绝活儿。此剧内容也是虚构的。

后来，一级编剧肖方根据《五花洞》和《闹东京》的故事，编写出《新五花洞》一剧，由女武生裴艳玲扮主角玉猫神，赴中国香港演出引起轰动。《五花洞》为早年名伶胡喜禄创作，乃早期以潘金莲为题材的"荒诞戏"。裴艳玲主演的《新五花洞》，将原《五花洞》中捉拿妖精的大法官（头牌武生应工），变成了玉猫神；原五毒精幻化的潘金莲，改为以假武大郎为首的五个千年鼠精；原真假县官吴大炮，则改为真假包拯。此剧将"猫捉老鼠"神话化，赋予了古老传说新的生命，浪漫结合现实，讽世之作也。

明代故事戏《十五贯》，是观众熟知的一出"清官平冤"戏。剧情起伏跌宕，故事的发展始终与"鼠"有直接关系，不仅"鼠衔毒饼"成为剧情发展的导火线，而且剧中丑角扮的窃贼，名字就叫"娄阿鼠"。20世纪50年代中期，江苏省昆剧院演出的《十五贯》曾轰动京华，况钟这一"清官"形象，至今令人难以忘怀；而况钟的"笔"（斩与赦，就在这一笔画不画），又成为秉公执法的利剑，为世人传颂。

这出戏的原型见宋人话本《京本通俗小说》中的《错斩崔宁》，明代冯梦龙将其编入《醒世恒言》，取名《十五贯戏言成巧祸》。后又结合《后汉书》汝南李敬的事，由清初的朱素臣作成传奇《十五贯》，最早由贾洪林编成京剧，富连成科班演出。钱静方的《小说丛考》上称："《十五贯》不必真有其事，然况太守固确有其人，盖明初循吏。"俞越的《春在堂随笔》上说："事在南宋，非明时也。疑自宋相传有十五贯冤狱。后人改易其本末，附会作况钟太守事尔。"况钟（1383～1443）是江西省靖安人，1430年任苏州知府期间严惩贪官污吏，抑制豪强，卓有政绩。"十五贯"案件由他处理，符合历史真实情况。

文武兼演说"牛戏"

京剧中的"牛戏",或人名嵌"牛",或地名嵌"牛",即使有真牛作角色,也是以马鞭代之。然而也有例外,1935年的一天,有个剧团在天津中央戏院演出《牛郎织女》时,闹了个大笑话。这出戏演的是牛郎织女的爱情故事,牛郎牵牛,是剧情的需要。按通常演法,牛郎上场持一马鞭即可,可是这个剧团为了招徕观众,竟别出心裁地把一头真牛牵上舞台。那头牛平时没有受过舞台训练,一上台便被"咚咚锵锵"的锣鼓声惊吓,满台乱蹿,屙屎遗尿,出尽了洋相。另一个剧团演《牛郎织女》,也搞过"真牛上台",不过那牛平时训练有素,似通"人性",当牛郎唱罢"老牛真听话,不用呼唤"时,那牛便踩着台步,直奔下场门而去,观众一片喝彩声。

《牛郎织女》只是一个神话传说,没有什么史实根据。这出戏过去演出很多,戏中的金牛星一角,一向由花脸扮,早年郝寿臣、裘盛戎演此角都影响颇大。郝寿臣身躯高大，面带忠厚，以"憨气"取胜；而裘盛戎则以"神气"见长，他驾风前往时，搬起"朝天蹬"，三起三落，功力惊人。

传统剧目中有一出小旦、小丑的"对儿戏"，名叫《小放牛》，一般唱"山歌"调。此剧朝代不明，自然不是历史事实。该剧说的是一个村姑，一个牧童，两小无猜，放牛时二人互出题目，一问一答，兴尽而别。二人对唱的词很好听，如"天上的婆罗什么人栽，地上的黄河什么人开……"向观众传播了一些神话传说知识。这是早年名伶筱翠花的拿手好戏，他演村姑，名丑马福禄演牧童，一对名角，红极一时。这也是京剧"四小名旦"之一的宋德珠的代表剧目。宋德珠早年在中华戏校学戏，毕业后挑班，中国京剧戏班的"武旦"挑班自他始。

他于20世纪80年代初去世，生前供职于河北省京剧团，"文革"后在河北省艺术学校任教。宋先生早年扮的村姑玲珑活泼、天真可人，走"圆场"时上不晃膀、下不露足，虽疾步如飞，却稳若湖中泛舟。对比现在有些歌舞团演《荷花舞》，虽也看不见迈步，但那脚下却是靠一个圆形荷叶来遮挡，与宋先生的表演不可同日而语。

有趣的是，《小放牛》中一问一答的形式被后人继承下来，人物不变，重新填词，为时事所用。20世纪40年代初，有人编演了一出以抗日战争为内容的《小放牛》，唱词改为："什么人觊觎东三省，哪一天占了北大营？谁在卢沟桥前开了炮，谁在吴淞口外动刀兵？"以此激励万千爱国志士奔赴沙场，起到了战争动员的作用。

剧名中嵌"牛"字的剧目不下几十出，观众熟知的有《牛马栏》《牛头山》《牛脾山》《牛皋下书》《牛皋擒兀术》《卧牛山》《金牛关》《火牛阵》等。剧中人物牛皋、牛魔王等更给观众留下深刻印象。至于名角中牛姓者，有晋剧表演艺术家牛桂英、豫剧名丑牛得草等。旧时富连成京剧科班的创办人也姓牛，名子厚，培养演员很有经验。

在林林总总的京剧剧目中，最富"牛气"的要数《火牛阵》。这是一出老生、小生（还要反串旦角）、花脸、小丑都很吃功的大戏。该戏表现的是春秋时期燕昭王用乐毅为师伐齐，连破齐国七十余城，齐国的田单与田法章被冲散。田单据守即墨（今山东省即墨市），先用反间计，使燕以骑劫替回乐毅，后用"火牛阵"大破燕兵，恢复了齐国。剧中的"火牛阵"场面极为壮观。田单征牛无数，命士卒在牛角上缚以利刃，牛尾处绑上柴草、火药，牛身上画上五彩斑斓、千奇百态的恐怖图案。在月黑风狂之夜，一声令下，将牛尾上的柴草、火药点燃。刹那间火光四射、响震田野。牛群受惊，发疯似的向敌营迅跑，燕国兵将被惊吓而死，田单得复齐国。在齐国故都山东临淄（今山东省淄博市临淄区），至今还流传着"火牛阵"的传说，并留有遗迹。

这出戏有历史根据，田法章的事在《战国策》中有记载;戏中的乐毅,更是史有其人,《史记》中有《乐毅列传》。关于田单破燕的故事,《史记·田单列传》中有详细记载。

"虎戏"撷趣

京剧中与"虎"有关的剧目,计有二十多出,剧名中嵌"虎"字者居多。这类戏可分为四种情况:

一是"虎"字嵌入剧名中作地名用,如传统戏《卧虎关》《虎牢山》《三江越虎城》《牧虎关》《恶虎村》《独虎营》《虎丘山》《虎啸山》《白虎关》《白虎堂》,现代戏《智取威虎山》等。二是作道具用,如《玉虎坠》《龙虎玉》《虎头牌》《虎狼弹》《虎符救赵》等。三是作人名或喻人用,如《斩熊虎》《胭脂虎》《五虎平西》《龙虎斗》等。四是指真虎,如《飞虎山》《神虎报》《武松打虎》《虎乳飞仙传》《猎虎记》等。

还有一种情况,虽然剧名中不带"虎"字,但剧情里有真虎出现,如《除三害》《宝莲灯》等。

地名、道具、人名中有"虎"字的"虎戏","虎"只是个"符号";最有趣的当属剧中出现"真虎"(称"虎形")。

观众最熟悉的《武松打虎》,是有名的宋代故事戏。

该剧演武松去阳谷县（今山东省阳谷县）寻兄，途经景阳冈，至店中饮酒。酒醉后欲上冈赶路，酒家告以冈上有虎，劝勿行。武松拒劝，上冈果遇虎，遂与之搏斗，打死猛虎，为民除了害，猎户带武松至官府领赏。这出戏的故事情节很简单，主要是看"打虎"时的武功表演。《水浒传》第二十三回写景阳冈武松打虎，说道："那大虫拿人，只是一扑、一掀、一剪。三般捉不着时，气性先自没了一半。"舞台上的武松"打虎"一节，都要按照小说中的描绘，将"虎形"的"一扑、一掀、一剪"准确地表现出来，武松按这三个层次与之捕斗，表演相当精妙，并富有生活气息。

在这出戏中，一般都是短打武生扮武松。早年名伶张瑞云、陈桂宝扮武松很有名，随后的盖叫天、李万春扮武松更是红极一时。盖叫天是河北省高阳县西演村人，自幼习艺，功深艺精，饮誉南北，他是京剧界有名的短打武生，以演"武松戏"著称。他演"打虎"，与"虎形"的翻打扑跌精妙绝伦，成为《武松打虎》表演的"经典"。陈毅曾写诗赞誉盖叫天是"燕北真好汉，江南活武松"。

《除三害》中周处觉悟后上山杀虎，《智取威虎山》中杨子荣打虎上山，虽无真虎出现，但"虎"却是不可缺少的"剧中人"。至于《宝莲灯》中沉香在劈山救母途中，顷闻虎啸山林，便勇敢机智地将从"山"上"滑"下的"虎形"提而食之，更为真实有趣。女武生裴艳玲扮沉香，在剧坛独树一帜,捉食"虎形"时,用韵白一声呐喊:"我将它吞吃了罢!"令观众叫绝。

从《嫦娥奔月》说到"兔戏"

"虎年"岁尾,第五届河北省戏剧节开幕,在全省戏剧舞台上演出了二十七台大戏,其中由杨晓利编剧、石家庄市河北梆子剧团演出的新编神话剧《嫦娥奔月》颇为引人注目。这出戏表现的是:远古时妖兽横行,后羿为解救人间苦难,开弓射除九个太阳,惹怒天帝,赐丹丸令寒宫思过。嫦娥为让后羿留驻人间,自己吞吃丹丸奔向月宫。

这是一个伤筋动骨的"旧剧新编"。《嫦娥奔月》的故事古已有之,源于神话传说,最早出自西汉淮南王刘安及其门客编著的《淮南子》(又叫《淮南鸿烈》)和东晋史学家、文学家干宝的《搜神记》。1915年梅兰芳据此改编成京剧《嫦娥奔月》,1957年杜近芳在世界青年联欢节上主演此剧获奖。"梅本"《嫦娥奔月》演的是后羿得不死之药,其妻嫦娥偷吃后飞入月宫。从剧情看,后羿追至月宫,被吴刚率玉兔击退,从此嫦娥受王母之命,掌理月宫。这只是沿袭神话传说的俗套。杨晓利的新编本,以坚贞的爱情与博大的胸怀为主旨，没有简单停留在原传说中的"奔月"上，而是着意开掘"人的存在价值"这一深刻主题，戏文主题得以升华，显示出深邃的内涵。

因为在《嫦娥奔月》中，有"兔儿爷"和"兔儿奶奶"出场（里子角色），人们在谈"生肖戏"时，将其归为"兔戏"。

从戏文故事的时间看，源于《淮南子》的《嫦娥奔月》是最早的"兔戏"，此后的"兔戏"在舞台上也多有展现。"兔戏"适逢"兔年"演出，更增添了一种节庆气氛。

比如清代的《天香庆节》。此剧出自清宫升平署（清宫演戏的机构）昆弋本，由号称"通天教主"的内廷供奉王瑶卿改编，王还在剧中扮演玉兔一角，1914年在清宫献演。该戏演玉兔幻化女身下界，乌金羡慕玉兔之美貌暗随而至。乌金托赤兔为媒向玉兔求婚，玉兔不允，又不便直言，遂以索要聘礼为由而故意拖延。后来，赤兔向玉兔求爱反而成婚。乌金闻之大怒，遂攻打玉兔和赤兔。此剧内容虽然演的是爱情纠葛，有点儿像当今"第三者插足"的味道，但其喜剧风格和精彩的武打场面却着实令人称道。

真正在剧名中嵌入"兔"字的，是表现五代故事的《白兔记》。该剧为元末明初"南戏"四大本之一，出自元人《刘知远白兔记》，演的是刘知远、李三娘与咬脐郎悲欢离合的故事。刘知远未得志时，与李三娘结婚，但三娘之兄李洪义及嫂欲加害刘知远。刘知远赴彬州从军后，兄嫂逼三娘改嫁未果，遂令其推磨、汲水，三娘苦受折磨。一日，三娘在磨房产子，命名"咬脐郎"，却被嫂夺走投入河中，幸被窦老救生，送至彬州刘知远处。后来，刘知远以军功拜节度使，咬脐郎亦长大。有一次咬脐郎出猎，因追击一只白兔在井台与三娘相会，三娘让咬脐郎捎书信一封送刘知远。刘知远见书，回家与三娘团圆，并擒获李洪义夫妇。此剧取名《白兔记》，就是因为一只白兔令一家人大团圆的缘故。后来，京剧"四大名旦"之一的尚小云将《白兔记》更名为《李三娘》，成为"尚派"早期代表剧目。河北梆子演出此剧时，剧名为《李三娘打水》。

刘知远，史有其人，他生于895年，卒于948年，是五代时后汉的建立者，庙号汉高祖。历史上他确有战功，出任过河东节度使。李三娘也可看作史有其人。刘知远、李三娘二人的情况在《旧五代史·汉书·后妃列传》中有简单记载："高祖（刘知远）皇后李氏，晋阳人也。高祖微（落魄）时，尝牧马于晋阳别墅，因夜入其家，劫而取之。及高祖领藩镇，封（李氏为）魏夫人。"但是，戏的内容是虚构的。

京剧和某些地方戏中，还有一些表现"行围射猎"的剧目，如三国故事戏《铁笼山》，清代故事戏《连环套》，虽然称不上"兔戏"，但舞台上时有"兔形""虎形""豹形""鹿形"出现。当然，有些剧团演出时，将这些"兽形"作幕后处理，不再出场了。

历史悠久的"龙戏"

按时间说,最早的"龙戏"当推距今三千多年前的殷代故事戏《陈塘关》,即观众熟知的《哪吒闹海》。此剧取材于长篇小说《封神演义》。这是神话故事,不见正史。剧演陈塘关守将李靖生子哪吒,哪吒见龙王水淹百姓,便闹海打死水族及龙王太子。龙王加害哪吒,李靖责子,哪吒割肉还父而死。太乙真人用莲花化身使之复活,后哪吒寻父报仇,燃灯道人赠李靖金塔,解其父子嫌怨。此剧是武生戏,为早年小荣椿班编演。河北梆子、秦腔、徽剧、川剧都有此剧目。河北省河北梆子剧院女武生裴艳玲自1986年起,多次率团赴中国香港演出此剧,曾博得香港观众的极高评价。

稍晚一些的"龙戏",是演周代故事的《龙门山》和演汉代故事的《凤换龙》。

《龙门山》表现的是春秋时晋惠公当朝之际,境内灾荒,秦穆公把粮食借给晋国;后秦遇荒年,向晋索要原借之粮，晋忘恩负义，拒付。秦穆公大怒，率兵讨伐，两军战于龙门山，晋军大败，秦俘虏了晋国君臣。此剧内容有史据。《左传》载："僖公十五年，晋饥，秦输之粟。秦饥，晋闭之籴，故秦伯伐晋……壬戌，战于韩原……秦获晋侯以归。"

《凤换龙》又名《龙换凤》或《反八卦》，演王莽篡政时换太子的故事，有点儿像宋代故事戏《狸猫换太子》的剧情。戏文表现王莽杀死汉平帝后，当时汉皇后身怀六甲，王莽欲害死婴儿，斩草除根。大夫徐世英占卜皇后生男孩，上大夫蔡伯钦说生女孩。二人谁也不服谁就打赌，并定下规则：徐世英若输，贬官；蔡伯钦要输，斩人头。皇后果真生了男孩。蔡伯钦眼看自己的头要落地，急忙想对策。恰好当时蔡伯钦之妻生一女孩，蔡遂将自己的女孩换了汉皇后生的男孩，携男孩到处躲藏，王莽多次搜不到。后真武大帝因蔡、徐二人是龟蛇转世，下界收服二人，太子脱险。这是一出虚构的剧目，戏的后半部又出现了神话内容。《汉书》中的《平帝纪》《王莽传》《元后纪》，都没有王莽杀平帝的事。周信芳演出此剧扮演上大夫蔡伯钦，海阔龙腾，神采非凡。

至于取材于《三国演义》的《龙凤呈祥》，更是京剧名家们的拿手好戏。当年，梅兰芳、程砚秋、马连良、谭富英曾同台义演此剧，传为梨园佳话，成为"龙戏"中知名度最高的一出。

这里说的"龙戏",并非真龙出现,而是在诸多"龙戏"中将"龙"字嵌在剧名里,表达不同的意思,大致可分为四类:

其一,将"龙"比作皇帝、太子。如《遇龙封官》《游龙戏凤》,演的是明代皇帝的故事,为"言(菊朋)派"代表剧目;《双保龙》演晋章帝事;《打龙袍》则是演宋朝皇帝宋仁宗的故事,戏中包拯是主角,这是一出著名的"黑头戏",为裘盛戎代表剧目。

其二,将"龙"喻为武将。如《龙虎斗》《五龙斗》《五龙捧圣》等。

其三,将"龙"作地名或人名用。如《二龙山》《遇龙镇》《红龙涧》《三搜卧龙岗》《九龙峪》《乌龙院》《龙女牧羊》《龙马姻缘》等。

其四,作剧中道具名用。如《龙凤旗》《龙凤巾》《龙凤锁》《龙凤玉》《串龙珠》《九龙杯》等。

惩恶扬善说"蛇戏"

京剧中的"蛇戏"不多,仅有几出,最有名的是人人熟知的《白蛇传》。

《白蛇传》是一出朝代不明的神话戏。既是神话,当然就不是历史。演全出或单折还有《白娘子》《游湖借伞》《钱塘县》《盗仙草》《盗库》《金山寺》《断桥》《合钵》《祭塔》等剧名。这是一出流传很广的神话传说剧目,表现青、白二蛇精(小青与白素贞)下山修炼游西湖,白素贞与许仙一见钟情,结为夫妻。金山寺僧人法海破坏二人婚姻,酒致白素贞现蛇形,许仙受惊昏厥,后白为之上山盗仙草,救活许仙。许仙受法海教唆,逃至金山寺参禅。白与青赴至金山寻许,却被法海拘禁。白无奈,搬水族水漫金山,因腹胎阵痛,败走断桥。此时许仙逃出金山,在断桥与白相遇。经一番风波,夫妻和好如初。不料白产子时,法海又率兵至,将白压于雷峰塔下。小青请来三山五岳众神,烧毁雷峰塔,救出白素贞。此剧由田汉于1947年改编，后又修改。许多著名旦角都演过白素贞。旧时演出此剧，白素贞酒后现蛇形，真有一条大"蛇形"从帐帷中探出，阴森可怖。前些年拍摄的电影戏曲片《白蛇传》(李炳淑饰白素贞)，也是这样处理的。

"四小名旦"之一的宋德珠在《金山寺》中扮小青，影响颇广，至今许多扮小青者，仍宗宋。

宋代故事戏《童女斩蛇》，源自宋人刘斧的《青琐高议》，梅兰芳编演，后改为清装。这出戏演的是除暴安良的故事，没有什么历史根据。剧情有点像周代故事戏《河伯娶妇》，即观众熟知的西门豹当邺地（今河北省临漳县）县令时惩治巫婆的故事。这个戏中的何道姑，就很像《河伯娶妇》中的巫婆。此剧情节是：山西静乐县何道姑见长蛇，假称金龙大王下界，向商户诈财，建造庙宇；又假托大王生辰，用童女祭赛（赛，旧时祭祀酬神之称），致使九个女童被害。女子奇娥也被指派祭赛，她坦然愿往，暗与何道姑之女徒慕贞结识，探明阴谋，二人设计引蛇出洞，奇娥斩蛇，至县衙首告，真相大白。后县衙斩何道姑，并将大王庙产权判归奇娥，以酬其功。这是一出惩恶扬善的剧目，当年梅兰芳扮奇娥一角影响很大。此剧后来少有演出。

有趣的"马戏"

在旧传"三千八百出"之多的京剧剧目中,"马戏"比比皆是。大凡武戏,或长靠或短打,只要涉及战事,一般均有战马出场。当然,舞台上的马,均是用马鞭代之。

从剧目看,凡剧名中出现"马"字的,不下二十出。

一类是直接表现"马"的。这类戏,最早的是西汉故事戏《马前泼水》。这出戏表现的是真人真事,只是有些情节,戏与史有区别。戏演朱买臣家境贫寒,其妻崔氏逼朱写具休书,自改嫁泥水匠张三。朱发奋苦读,中试为会稽太守。朱赴任之日,崔氏恰被张三遗弃,沦为丐妇。崔迎朱马前,要求收留。朱乃取盆水泼于马前,令崔将水收于盆内,方允收留。崔羞愧撞死。此剧又名《买臣休妻》,由近代名伶汪笑侬编演。这类剧中直接出现"马"的剧目,还有演秦琼的隋唐故事戏《当锏卖马》,演梨花与薛丁山阵前姻缘的《马上缘》,宋代故事戏《孟良盗马》,崔孝亦救驾赵构的《泥马渡康王》,杨八姐偕焦光普回三关的《挡马》，以及明代故事戏《贩马记》《千里驹》，清代故事戏《窦尔敦盗御马》等。

《泥马渡康王》这出戏很有意思，演的是康王赵构留质金营，兀术认为养子。宋代州总管崔孝亦流落金营，以治马为名，赴五国城见徽、钦二帝，以血诏暗付赵构，并借射鸟的机会，使赵构逃回中原。兀术闻知追赶，大江阻路。紧急中，泥马渡赵构过江，即位于南京。这个故事，有一定的历史根据。《宋史·高宗本纪》载："肃王至军中，许割三阵地，进邦昌为宰，留质军中，帝始得还。"《南渡录》中有泥马渡康王的故事："康王质于金，与太子同射，三矢俱中，以为此必拣选宗室之长于武艺者冒名为此，留之无益，遣还，换其太子来。高宗（赵构）得逸，奔窜疲困，假寐于崔府君庙，梦神人曰：'金人追及，速去，已备马于门首。'康王惊，马已在侧，霜蹄雾鬣翘立，跃马南驰。既渡河，马不复动，视之则泥马也。"后边这段描述，只是赵构梦境中的幻象，不是史实，因为泥马不可能渡江。

再一类是人名嵌入剧名之中，"马"为姓氏。诸如：演曹操施计将马腾等四人擒杀的三国故事戏《斩马腾》；演勇士马芳率部进逼京师的明代故事戏《马芳围城》；演盐贩张文祥刺杀霸占其妻的两江总督马新贻故事的《张文祥刺马》（此剧演的是清代实事）。还有演航海家马骏与龙女杀蛟缔姻的清代戏《龙马姻缘》，以及取材于《聊斋志异》

卷十的《马介甫》等。

还有一类是剧名中的"马"字作地名用。这类戏,首推《马鞍山》,从时间上看,《马鞍山》堪称"马戏"之最。剧演周代晋大夫俞伯牙出使楚国,舟行至马鞍山,通过抚琴与樵夫钟子期结交的故事。这类戏中,还有演李白痛骂安禄山的唐代故事戏《金马门》,玄宗忍痛缢死杨玉环的唐代戏《马嵬坡》,演济公故事的宋代戏《马家湖》,取材于《施公案》表现施世纶和黄天霸故事的清代戏《落马湖》等。

慈禧忌"羊戏"

京剧中与"羊"有关的剧目,姑称"羊戏"。这类戏大致分为四种情况:

一种情况是直接表现羊的。最早的是汉代故事戏《苏武牧羊》。剧演苏武出使匈奴,匈奴王单于逼苏武降,苏武宁死不屈,被放逐北海牧羊,十五年后归汉。苏武史有其人,这出戏的基本史料,出自《汉书·苏建传》中所附的《苏武传》,但也有许多虚构。隋唐故事戏《龙女牧羊》和《牧羊卷》,也属此类。《龙女牧羊》演洞庭龙王之女三娘被谪放河滨牧羊,引出与书生柳毅悲悲喜喜的故事。戏的故事出自唐代李朝威的传奇小说《柳毅传》,不是历史。戏曲通过神话传说,反映了封建社会妇女的痛苦,故事情节曲折。《牧羊卷》演朱春登之母和妻子被其婶母逼至山中牧羊,是出悲喜剧。另一出宋代故事戏《变羊记》,竟出现巫婆变羊的场面,非常有趣。

剧名中嵌入"羊"字,作人名用,是第二种情况。这类戏中如周代故事戏《羊角哀》，取材于《东周列国志》的《乐羊子食肉》，故事曲折动人，情节起伏跌宕。《羊角哀》一剧有一定的历史根据，《关中流寓志》上记述："羊角哀与左伯桃闻楚王贤，往归之，道经岐阳，遇雪，度不能俱生，（左伯桃）乃并衣与角哀，伯桃入树（林）死。羊角哀至楚为上大夫，（楚）王备礼葬伯桃，角哀自杀以殉。"

第三种情况是剧名中的"羊"字作地名用。如演李世民的唐代故事戏《牧羊城》，演杨家将的宋代故事戏《红羊塔》《洪羊洞》（谭鑫培代表作）等均是。《红羊塔》《洪羊洞》，出自《杨家将》一书，不是历史。

还有一种情况，剧名中的"羊"字是剧中的道具。如宋代故事戏《羚羊锁》，元代故事戏《羊肚汤》（即《窦娥冤》）等。至于清代故事戏《木羊阵》，更是把"道具羊"用于战事了。"木羊阵"是一种战术，此戏出自《彭公案》，不是历史。

其实，剧名中嵌入"羊"字，作人名也好，作地名也罢，乃至说的是真羊，观众都不会介意，因为观众是看戏，看演员的表演。令人啼笑皆非的是，对慈禧太后来说，"羊"却是一生大忌。因她生于1835年，属羊，故而将"羊"列为宫廷忌字。她"听政"四十余载，颇爱看戏，不仅戏中不许带"羊"字，就连剧名中有"羊"的剧目，也禁止在宫廷演出。据说，同治年间，河北梆子名伶十三旦（侯俊山）在宫里侍演《玉堂春》，苏三"会审"前有一句唱："我好比羊入虎口有去无还。"慈禧一听大怒，立即命令停戏，并要严惩伶人。后经大太监李莲英再三讲情，才得以幸免。从那时起，宫里再唱《玉堂春》，便将这句唱词改为"我好比鱼儿入网有去无还"，避开了"羊"字。至今，许多剧团演此剧仍是唱"鱼儿入网"。近年听"荀派"名旦孙毓敏唱《玉堂春》，毅然改回"羊入虎口"，感到她很明智。因为，现在没必要忌"羊"了。

久演不衰的"猴戏"

在京剧舞台上,"猴戏"是久演不衰的剧目,以演"猴戏"著称的名家更是不乏其人。"猴戏"权威杨小楼、"南猴王"郑法祥及其父郑长泰、"赛活猴"尹凤鸣以及李万春演的"猴戏",在中国京剧史上,写下了光辉的一页。"猴戏"基本上都是演的《西游记》中的孙悟空,不是历史。

第一个出国演出的"猴王"是郑法祥。郑法祥是河北省故城县人,自幼在上海随父郑长泰(时被誉为"赛活猴")学戏。他在与名伶李春来、周信芳配戏的过程中,艺事进展极快,由三路武生逐步升为二路武生,中年终于成名。郑法祥在从艺活动中,潜心钻研"猴戏",不囿于家传,时常观摩杨小楼、盖叫天等名家演出,广采博撷,从而创立了"新郑派"猴戏,以丰富多彩的剧目和大气磅礴的风格驰誉江南。郑法祥演的"猴戏",创造了不同于他人的身法、手法、步法、棒法、唱念做功以及扮相。单就身法讲,他把孙悟空的体形概括为八点,即含胸、拔背、抱肩、弓腰、吸臀、拢胯、屈腿、藏裆。含胸，胸部往里佝，无论什么动作不能过于挺胸；拔背，把背显出来，"落似龟背，起似熊背"；抱肩，两肩往里抱；弓腰，不是折腰，要躬得圆；吸臀，走身段、亮相，小肚子提气，腰往上长，不使臀部露出；拢胯，让胯骨往里集拢；屈腿，行动坐卧腿不能伸直，把膝弯曲一点儿；藏裆，高相、矮相时，见裆不露裆。1926年，郑法祥偕小杨月楼、尹九霄等南方名家，赴日本东京演出，在日本演出了他的代表剧目《金刀阵》《水帘洞》《闹天宫》。他把京剧艺术中的精品——"猴戏"，首次带到国外。

清代"武生泰斗"杨小楼扮演的孙悟空，勾脸形象逼真，动作灵敏，舞棒圆熟，武打精到，真像一只活猴子跳跃于舞台上，攀越腾跃似有出入风云之感，故杨小楼有"杨猴子"之称。

京剧、绍剧中出过不少"美猴王""赛活猴"，而越剧中的"女猴王"却鲜为人知。20世纪30年代，越剧界确实出了一位"女猴王"，她叫商芳臣。

1935年，以越剧名旦赵瑞花为主的宁波瑞云舞台，从上海请来越剧编导李小楼，排演连台本戏《唐僧出世》，剧中"猴王"由老生商芳臣扮演。商芳臣嗓音洪亮，功底扎实，戏路较宽。她演"猴戏"的扮相与众不同：化妆上，不画脸谱，采用俊扮；服饰上，头戴一顶圆形和尚帽，身着一件绣花半长褶子，脚蹬一双白布长袜和一双和尚鞋。

她一出场就气度不凡,跌打翻扑灵活敏捷,挥舞铜棒呼呼生风,那步法、手势、眼神、面部表情,一招一式无不表现出仙猴的幽默,其诙谐之神情誉满剧坛,风靡一时。商芳臣在《唐僧出世》和续本《大唐历史》《唐僧取经》中饰孙悟空一角,从1935年演到1937年,上座率始终不衰。

不多见的"鸡戏"

在众多京剧剧目中,只有几出与"鸡"有直接或间接关系。这几出戏大致分为四类情况。

一类是剧名中出现"鸡"字,但戏里并没有鸡,"鸡"字只是作为地名用。如殷代故事戏《金鸡岭》,演周武王伐纣,纣王命孔宣在金鸡岭抵御的故事。这出戏出自《封神演义》,不是历史,历史上不会有由孔雀修炼而来的孔宣。五代故事戏《鸡宝山》,演史彦唐、高行周等随石敬瑭在狗鸡滩(又名狗家疃)合战王彦章的故事。这出戏出自《残唐五代史演义》,不是历史。清代故事戏《鸡鸣驿》(又名《迷人馆》),演宣化府九花娘桑氏擅长邪术,与母在鸡鸣驿开设醉仙楼诱惑少年的故事。这出戏出自《彭公案》,鸡鸣驿虽是河北省怀来县有名的古迹,但戏文不是历史。早年这出戏演出水平很高,据旧时报章载:文武花旦余玉琴擅演此剧。当时台高四尺,台下凹凸不平,演至徐胜追捕九花娘"男女跑台"一场,场上角色均需从台上翻下，再穿越客座疾跑，绕场一周，之后跳到舞台上。余玉琴扮演九花娘，脚上踩着"跷"，上下翻跌，极为矫健。

再一类是，剧名中的"鸡"字作人名用。如清代故事戏《铁公鸡》，演太平天国与清廷的曲折斗争，铁公鸡乃太平天国的一名勇将。这出戏一共十二本，常演的是前四本，后八本一般不演。因剧中有太平军张嘉祥假降清军而刺铁公鸡情节，故以"铁公鸡"为剧名。因其内容歪曲太平天国起义，所以此剧早已禁演。戏中的人物多实有其人，而情节是虚构的。尤其张嘉祥这个人，历史上他并未参加太平天国起义。他初为盗贼，道光二十九年（1849）降于清廷，与太平军为敌，后兵败，赴水淹死。

还有一类，虽然剧名中没有出现"鸡"字，但是鸡在剧中必不可少，甚至贯穿着全剧剧情。如观众熟知的《拾玉镯》，演傅朋与孙玉姣的爱情故事，孙玉姣在剧中的"轰鸡"情节生活气息浓郁，表演神态逼真，犹如真鸡在场。

同时，在其他一些剧目中，唱念中时有"鸡"的内容出现，增添了诸多生活情趣。如《打渔杀家》中萧恩唱："昨夜晚吃酒醉和衣而卧，稼场鸡惊醒了梦里南柯。"还有现代京剧《龙江颂》中阿坚伯给江水英送鸡汤；《红嫂》中红嫂为亲人解放军熬鸡汤，都是非常感人的情节。《红嫂》表现的是解放战争时山东省沂蒙山战场上的军民关系，剧中红嫂有一段唱，讲为亲人解放军排长熬鸡汤，词写得很优美且诗意很浓："点着了炉中火红光闪亮，一样的家务事非同往常。平日里只煮过粗茶淡饭,今日我为亲人细熬鸡汤。续一把蒙山柴炉火更旺,添一瓢沂河水情深意长……"石家庄市评剧院尚丽华演唱这个唱段时,第一句套用京剧的旋律,到第二句"非同往常"时,很自然地归韵评剧唱腔,非常好听。

别出心裁的真狗上台

京剧或一些地方戏中,有不少涉及狗的剧目,这些剧目姑且称之为"狗戏"。一般情况下,舞台上的狗均以"狗形"出现。"狗形"即演员扮演的狗。

最早的"狗戏",当推反映周秦时代的剧目《闹朝扑犬》。本事见《东周列国志》,史迹载《左传》之"宣公二年"。戏演晋灵公时,楚国争霸,灵公命上卿赵盾之弟领兵伐崇,以要挟秦国合力御楚。是时,晋灵公宠信的屠岸贾,投其所好,建桃园诱灵公游戏,并以弹击行人取乐。赵盾闯园规谏,并殴辱屠,因而结怨。屠遂与灵公设计,召赵盾入宫,嗾使獒犬啮之。赵盾门客提弥明见状,即将獒犬杀死,护赵盾出走。此为"袍带戏",又名《董孤笔》,提弥明与"狗形"的翻打跌扑颇见功力,早年李万春演此剧叫得很响。这是一出有史实根据的剧目,事件、人物都是真实的。

宋代神话故事戏《宝莲灯》,演士人刘彦昌与三圣母的爱情故事，他们的爱情遭到圣母之兄杨戬的挞伐。这戏没有历史根据，剧名中虽无"犬"字，但剧中有一条跟随杨戬的"哮天犬"，是个举足轻重的"人物"。这个"狗形"，由短打武生扮，助杨戬盗取三圣母的宝莲灯，开打时翻打跌扑，非一般武生演员所能胜任。河北省河北梆子剧院刘小乐20世纪60年代扮"狗形"出演此剧，颇有功夫。

故事性很强的《人不如狗》，演的是山东施员外素日行善，从一僧人那里得知将有洪水为灾，他遂广造船只，以防洪水。后洪水果至，施员外救生多人。无赖王恩夫妇及一犬被救，后来，王恩却恩将仇报，串通江洋大盗欲害施员外一家。施无奈，欲往郊外寻死，被前所救之犬阻之。这是一出表现因果报应的戏，此剧本事见《包公案》，不是历史。

另一出《义犬记》，剧中的狗颇通人性，也很有意思。苏州阿大与扬州阿二，共盗一犬，欲杀而食之。商人将犬买下，劝二人改过。阿大不听，后被犬咬死。犬随商人归家后，一日商人携银两外出，误搭贼船，被推落江中，义犬将商人救回。此剧朝代不明，与史实无关。

早年还看过一出《杀狗劝妻》，又名《曹庄杀妻》。演的是曹庄之妻萧氏不贤，虐待婆母，曹庄不能忍耐，买来钢刀一把，佯称杀狗，实欲杀萧。萧跪地求饶，后全家和好。此剧朝代不明，也不是历史。

民国初年，上海武行名角李仁杰喂养的一条狗，能登台演戏。此狗腰长腿短，人称"板凳狗"。在头本《西游记》中，狗饰哮天犬，李天王派将时，它与众将一样规规矩矩地在台上"站门儿"，俨然天宫神犬。派将毕，在"三冲头"锣鼓声中，此狗每个"冲头"都按剧情大叫三声，且一次比一次声高。二本《西游记》中，有唐太宗魂游地府的情节，此时这条狗又充当看守地府的恶犬。当唐太宗被兄长李建成追逐时，狗为解太宗之危，在"急急风"锣鼓点中，疾速冲上去与唐太宗、李建成在舞台上"编辫子"，不仅锣鼓点儿踩得准，而且尺寸走得合适，完全符合剧情要求和动作规定。

无独有偶，20世纪30年代，关东著名老生演员唐韵笙特别训练了一条狼狗，取名"吉利"，此狗竟也能作为演员上台演戏。此狗先是在《狗咬吕洞宾》里，随着锣鼓点儿，像真事儿一样前扑后咬唐韵笙扮演的吕洞宾，吕进狗退，吕行狗追，引得观众大笑不已。此狗后又在《十二真人战玄坛》里，充当二郎神的哮天犬，它与剧中赵公明的黑虎对阵，真狗与扮演"虎形"的演员邱盛华翻腾蹿跳，斗智斗勇，配合默契而有趣，令观众大为开心。

京剧中还有一出《苴镇义犬》，按南通（今江苏省南通市）一实事编剧，据传1926年冬曾在上海新舞台演出，也是表现通人性之义犬的。此剧后来一直没有见过演出。

戏事杂陈
xishi zachen

京剧科班富连成

北京的京剧科班,从嘉庆年间直至20世纪40年代末,大大小小三十多个,其中历时最久者,当属叶春善主持的富连成科班。

富连成的前身是喜连成,喜连成的原名叫喜连升,科班的第一个字由喜改成富,是因为中途换了东家,其中尚有一段曲折的故事。

叶春善本系老生演员,1904年元月应牛子厚之邀赴吉林演唱,因忽患嗓哑而管理后台事务。牛氏见其精明干练,遂决意与之共办科班。不料适逢日俄战争爆发,吉林市民惶悚不安,娱乐场所纷纷停业,二人不违初衷,遂议定在北京筹办科班。

牛子厚是位企业家,他在吉林开设保升堂药铺,在北京开设源升庆汇票庄,企业名称皆有象征吉祥的"升"字,故所办科班则曰"喜连升"。

创办喜连升科班,初期所花经费仅三百两白银,在琉璃厂西南园租了一所三合房即告成立。

科班内的经费开支,由源升庆汇票庄随时支付,实报实销。科班业务则由叶春善全权主持。

因教授得法,一年后即应小型堂会,四年后即在广和楼(后来的广和剧场)正式演出,并更名为"喜连成"。

喜连成科班一出台,便是"挑帘红",深受各界观众好评。除本科学生外,搭班的好角儿有梅兰芳、周信芳、林树森等,颇能叫座儿,戏班在光绪、慈禧国丧期间,曾停演百余日,继续演出后益发蒸蒸日上,遂在京城享有盛名。

牛子厚虽然将其精力主要用于企业上,但是对科班所招学生必亲自甄别,对不宜学戏者则劝其退学,以免误人子弟,其培养戏剧人才抱定少而精原则,加以叶氏教学计划周密,方法得当,故成效极为显著。

民国初年,牛子厚因科班中之好角儿陆续脱离、营业不振而无意继续经营,遂将喜连成科班转给实力雄厚的外馆沈家。

沈家在安定门外所经营的外馆,主要业务是放款给蒙古王公,靠丰厚的利息收入而成为北京有名的富豪。沈家接管后,将喜连成改名为富连成,除投资并派一名会计管账外,其他一概不过问,科班事务及戏馆营业,仍由叶春善独掌。

沈家分家后,科班归沈七爷(秀水)所有,世字辈即将出科时，戏班又从沈秀水手中转给叶春善，叶氏遂成为名副其实的班主。1935年冬，叶春善病故，科班由其长子叶龙章任社长，而实际负责者则是其三子叶盛章。1943年叶氏兄弟分家，科班由其次子叶荫章接管，因用人不当、管理不善，加之敌伪时期百业凋敝，遂于1946年停办。

富连成科班历时四十二年，共办了七科，学生分别以喜、连、富、盛、世、元、韵排名，共七百余人，是近代历时最久、培养人才最多的一个京剧科班。著名演员雷喜福、侯喜瑞、马连长、筱翠花、谭福英、高盛麟、裘盛戎、袁世海、毛世来等均出身于此。

中华戏校和"四块玉"

李和曾是前"中华戏剧学校"的学员,是"和"字辈的,同王和霖同科,当年戏剧学校的情况颇有可忆者,不过这也都是五十年前的旧事了。

在过去,培养京剧演员只有"科班",没有学校,如早期的喜连成,稍后的富连成,以及尚小云办的荣春社,教授方法都是比较老式的,而且出科成为名角,要有相当长的时期,所以有"三年出个状元,三年出不了个戏子"的谚语。在20世纪20年代末,程砚秋和不少名流,筹建了一所戏剧学校——"北平戏剧学校",想用较新式的教育方式来培养一些京剧演员,还请了陈墨香、齐如山等人为教习。其实说是新式教育,在教法上也还同科班差不了多少,只是要上一些新式文化课,另外除招男学员之外,还招一些女学员。不过这是北京历史上第一个正式以"学校"为名培养京剧演员的机构,和老式的科班究竟是有差别的。老科班师傅教戏,通常以打为主,尤其是对家中穷苦、不付膳费的徒弟，更是动辄就打，戏剧学校基本上革除了这一陋规。

戏剧学校一共办了五期，按字排辈是"德、和、金、玉、永"五科，成绩办得较好，在这五科中，生、旦、净、末、丑都出了不少名角。"德"字辈中，当年较知名的有傅德威、宋德珠等，宋德珠轿工好，那时是很出名的"刀马旦"，和李世芳、毛世来等被誉为"四小名旦"。"和"字辈有王和霖、李和曾等，王和霖小时极像马连良，可惜倒嗓之后一蹶不振，再无法唱戏了。"金"字辈则有武生王金璐、沈金波等。"永"字辈中有一青衣陈永玲，也很不错。

谈到"玉"字辈，就不能不提到当时就有"四块玉"之称的李玉茹、侯玉兰、李玉芝、白玉薇。

其中，侯玉兰宗程，在戏校学艺时，就以《王宝钏》《孔雀东南飞》等戏蜚声京华，但舞台生涯似不太长。白玉薇、李玉芝均以花旦见长。李玉茹则青衣、花旦、刀马旦皆称擅长，舞台生命也最长。据报载，前两年她还以行将六十之年，率剧团自上海赴德国等国演出，所到之处，皆享盛誉。

李玉茹聪慧机敏，戏路很广。她文武昆乱不挡，梅程荀尚皆能，唱念做打，学谁像谁。从这个角度看，很难说她专攻哪行，最擅何派。而给我印象最深的，是她的花旦和刀马旦。扮演《拾玉镯》中的孙玉姣，《鸿鸾禧》中的金玉奴,《花田八错》里的丫鬟时,李玉茹一副小儿女态,出口便是荀腔,讨喜得很。

她曾与童芷苓同台演出《樊江关》,童饰樊梨花,她饰薛金莲,嫂子持重,小姑娇憨,姑嫂斗口、比剑,各尽所长而又配合默契。

这戏里,姑嫂各有一个中军,以樊江关主帅樊梨花发酒肉犒赏友军为由头,二中军闹了不少笑话,有不少出色的表演,是这出戏中不可或缺的部分。有一个中军,忆似上海戏校毕业生名丑孙正阳扮演,为姑嫂比剑做了很好的帮衬。

印象很深的一次是看李玉茹的《破洪州》,剧情是穆桂英嫁杨宗保,投宋以后与番邦的一场大战。"戏"就出在元帅穆桂英与先锋杨宗保这小两口的纠葛上。夫权思想严重的杨宗保犯了军令,按律当斩。斩自然斩不得,至少要打,但穆桂英也舍不得,在将士面前又不能徇私包庇,真是难坏了也痛坏了穆桂英。

在这出戏中,李玉茹扎靠踩跷,很见功力。

天津稽古社子弟班

近见报载,京剧名净袁世海在天津演《连环套》,特邀张春华饰演朱光祖,二人配合默契,相得益彰,受到观众的热烈欢迎。

张春华幼年学艺于天津稽古社子弟班,1943年又拜著名武丑叶盛章为师,尽得乃师绝技,成为享名海内外的武丑演员。

稽古社戏班设于天津劝业场四楼的天华景戏院内,由劝业场场主高星桥之子高渤海经营。为培养京剧后继人才,1936年底,高又创办了稽古社子弟班,招收梨园行子弟,同时吸收了北平陈富康的"普庆社"和沈三玉的"光华社"两个戏班的一部分学生。这个子弟班既有北平富连成科班功底雄厚的长处,又有北平中华戏校男女同校兼重文化课的优点。它一成立,即引起京剧界的重视。

稽古社子弟班请京剧名宿尚和玉做名誉社长,尚的弟子娄廷玉为社长、韩富信为副社长。又请出身于富连成的各科人才做教师,如武生刘连喜,武净冯连恩、梁连柱和韩富信,武旦唐连诗,刀马旦方连元和邱富棠,二路武生兼花脸陈富康等。还增聘京剧名家萧长华、叶盛章、李吉瑞、叶德风、刘永奎、李兰亭和有"天津通天教主"之称的王云卿等人参加指导。为排演新戏,还请了一位匈牙利人巴罗泰担任舞蹈教练。

1937年2月起,稽古社子弟班开始在天华景戏院演出。每天日晚两场,日场以表演传统的老戏为主,开场是老生、花脸戏,然后是小武戏、小丑和花旦玩笑戏,中间是武生短打戏、老生和青衣的正工戏,大轴是武生和武净的合作戏。晚场则以新排的本戏作号召,他们请来上海的陈俊卿到津编新戏,所演新戏计有《西游记》《三国》《八仙得道》《乾坤斗法》《双烈女》《侠盗燕子李三》等,这些戏以灯光、布景和新颖的服装、道具吸引观众,很是叫座。

稽古社子弟班本有长期设想,以"华、承、稽、古、博、学、通、今"八个字作为各科学生的排行,但到1944年停办时,只培养出"华""承"两班一百多名学生,其中较著名的"华"字班弟子有老生孙正华,红生李阁华、蔡宝华、李岭华,小生丁玉华,青衣花衫纪美华,青衣张秀华,武净刘武华、驾永华,架子花陈科华,文丑刘律华,武丑张春华等。"承"字班著名演员有青衣郗承鸾、武旦刘承鹤等。

1946年,孙立人的新一军附设的"鹰扬剧校"到平、津两地招生,因其缺少行头戏装,遂由高渤海将稽古社子弟班的全部戏箱,以六百万元的价格,售给鹰扬剧校。

旧时戏班话"班规"

旧时的戏班,都有严格的"班规"。班规内容包括演员、乐队人员、后台服务人员的职责范围以及道德规范等。当然,也有纪律、习俗、信仰和经济收支等方面的内容。

单从班规讲,京剧戏班就订有台上(演出)班规、后台班规、行当班规、经济班规以及前后台的禁忌班规等,有十项之多,俗称"十大班规"。其实,戏班的班规主要在于规范从业人员的职业道德和生活中的行为。下面是"十大班规"的具体内容:

不坐班邀班,不见班辞班,不结党营私,不吃里扒外,不吃酒行凶,不吵骂伤人,不夜晚串铺,不夜不归宿,不阴人开搅,不临场推诿。这其中的"不阴人开搅"一条,还被订入演出规矩中。

什么是"不阴人开搅"呢?戏班规定,对舞台上规定的台词、动作等,已成规矩,演员上台之后,不得故意更改，随意增删，否则对方无法演出。有的演员上台后采取卑鄙手段，造成其他同台演员尴尬，便属于"阴人开搅"。记得有一次观剧，是武旦演员打出手，她的下手（投枪者）故意扔不到位，那武旦演员无法接枪，造成失误，招来观众一片喝倒彩声。后来方知，下手只因经济问题分配不公，故意使坏，这就是"阴人开搅"。

还有的琴师故意把弦定得很高或偏低，使演唱者不能正常演唱，这属于乐队的"阴人开搅"。有的演员上台后，故意改动台词，造成对方无法对答，那就更坏了。早年观剧，记得有一位净角演员（花脸）陪一位年老而落魄的须生演员唱《捉放曹》，那净角演员凭自己年轻、嗓子好，想在台上给那位须生演员弄个难堪，他上场后故意改动唱词。按《促放曹》这出戏的规矩，扮演曹操的净角演员上场后应该唱"八月中秋桂花香"，这时，那须生扮演的陈宫应接唱"行人路上马蹄忙"。可是，那净角演员故意把上句唱改动一字，唱成"八月中秋桂花开"。虽是一字之改，却把"江洋"辙变成了"怀来"辙，那须生演员如果还按原来的词唱，必然招来倒彩。须生演员很有经验，他按照"怀来"辙，把唱词改为"行人路上打马来"，意思没变，辙口也对了，博得观众阵阵喝彩。

上述种种，都属于"阴人开搅"，是不道德的，违反了"班规"，自然要受处罚。

按旧戏班的规矩，生、旦、净、丑各行演员，从化装到表演都有固定的程式，丝毫不能混淆，就是坐下来休息，也有固定的地方。通常是文戏的老生、青衣坐大衣箱；武戏的武生、花旦坐二衣箱；其他人坐三衣箱。但是，不可坐两箱中间，因这是"老龙头"，坐这里是犯忌的（其实，根本原因是戏箱头上钉子多，怕剐破了戏装）。所谓"扮有扮相，坐有坐相"，大概由此而来。此外，打鼓的位置是不许别人坐的，据说这是皇上的位置，而三花脸却可以坐，因唐代的唐明皇就演三花脸。打梆子、敲锣的，只能站着，不能坐下，据说他们是太监，侍候人的。从这些规矩中，又可看到封建社会等级森严的痕迹和迷信色彩。

旧京老戏园子

北京早年演戏的场所，称为"戏园子"，因其性质类似茶馆，故又称"茶园"。清中叶以后，戏园子空前发展，如雨后春笋，分布于人声鼎沸、车水马龙的六街三市，诸如前门外粮食店街的中和茶园、王府井东安市场北门内的吉祥茶园、崇文门外花市大街迤西的平乐茶园……比比皆是，不胜枚举。民国以后，茶园皆改称戏院或戏园，例如西长安街的长安戏院，珠市口大街的开明戏园等。

老戏园子一不贴海报，二不写戏名，只把当天所演大轴戏的"砌末"（传统戏曲所用简单布景和大小道具的统称）往门口一摆，观众即知演何戏，如大轴戏是《玉堂春》，即摆个鱼枷；是《打渔杀家》，即摆上船桨；是《艳阳楼》，即摆上石墩和石锁；是《铁冠园》，即摆上几个竹马。

戏园子的建筑与设备极其简陋，戏台面积充其量只有三十平方米，台的右后方即"下场门"的前面，名曰"九龙口"，是鼓师座位所在地，左为琴师，右为打大锣、小锣、铙钹者，五个人外加一个鼓架，便占了戏台三分之一的面积。演出时，两三位"检场"者（旧时戏曲舞台上的服务人员）频繁地出入搬置道具、撒放火彩、帮助演员更换服装，并给演员递送茶水和毛巾，拥挤、热闹而又可笑。

台下的面积亦不大，仅能容纳二三百人。在一根根的"明柱"之间，放置一条条长桌和长凳，因桌凳都竖向戏台摆放，观众只能侧着身看戏，且总不免要"吃柱子"（北京土语，言视线被柱子遮掩）。旧时一场演出中，从"帽儿戏"（亦称"开锣戏"）到"大轴戏"，长达四五个小时，侧着身看到底，脖子和腰扭得酸疼，但戏迷们乐此不疲，毫无怨言。

台下的服务人员号称"三行"：一行曰"茶房"，一行曰"手巾把"，一行曰"小卖"。茶房负责沏茶续水，清洗茶具并打扫堂地，开戏后收茶资和小费。手巾把负责定时为观众送热毛巾，四个人在场内各站一方，相距三四丈，将几条烫手的热毛巾拧在一起，投过来掷过去，扔得准而接得稳，且不松散，其动作之迅捷、技巧之熟练、姿势之优美，可赛杂技表演，令满堂观众眼花缭乱；而台上的演员每每趁此观众视线转移的机会，接过检场者递送的小茶壶，撩起胡子饮茶。小卖脖子上挎着长方形的木盘，窜座位叫卖香烟、瓜子、糖果、蜜饯等，名角儿上场时叫卖最欢，观众听戏心切，只得破钞而购之。"三行"人皆有总管头目,其收入与戏园老板二八分成,老板除净得二成外,另收垫子钱、壶碗钱、笤帚钱。

旧日的戏园秩序极为混乱,有吸香烟的、抽水烟袋的、嗑瓜子的、吹口哨的、打榧子的、怪声叫好的,甚至还有斗殴或起哄捣乱砸戏园子的。故有权势或家道殷实者不轻易下戏园子听戏,而是将戏班请至家中办"堂会"。

老街深处古戏楼

说到北京的古戏楼,故宫的畅音阁、颐和园的大戏台,自然是富丽宏伟,但那都是皇家的;在民间有名而又保存完整的要数西河沿大街的正乙祠古戏楼了。

近报载,该戏楼已由北京市斯贝思宝业发展公司投资修复开业,头三天由名伶梅葆玖、谭元寿、孙毓敏、李维康等捧场演出,实为海内外戏迷之大喜讯。

正乙祠戏楼的前身是建于明代的一座古寺。清康熙六年由在京经商的浙籍人集资改建为银号会馆,后又扩为戏楼,距今已有三百多年历史。

戏楼坐南朝北,戏台为二层并带地下室,戏台中心有一米见方的方孔,贯通地下室和舞台上层,形成一个三维演出空间,可以供神仙鬼怪戏目演出。

戏台对面及左右两侧由二层看楼环拱,中间有上百平方米的看池,整个戏台与看台是一座歇山顶整体建筑,总建筑面积约六百平方米,顶高十余米。

中国戏楼的发展先是戏台和看台各自为单体建筑，而正乙祠内的戏楼已是十分成熟的三面看楼、一面戏台的完整建筑，所以应该说，它是中国戏楼（或剧场）发展史上的一个里程碑。

自乾隆年间徽班进京后，这里便成了京城内演出京戏的重要戏台。《梨园旧话》记有同治年间观戏剧事，程长庚、徐小香、卢胜奎、何桂山等在此演出。光绪七年二月十七日，张文达等团拜，借西河沿儿正乙祠戏楼演堂会，用四喜班底，其班主为梅巧玲，乃梅兰芳大师之祖父。

笔者尝见过一张光绪末年正乙祠戏楼的演出单，京戏名伶谭鑫培、王凤卿、王瑶卿、陈德霖、朱素云、杨小朵、姜妙香等均曾在此登台演出。据《三六九》画报载：民国八年八九月，"正乙祠堂会戏记"有王琴侬、裘桂仙、张茹庭、钱金福、程艳秋、陈德霖、王凤卿、余叔岩、李光用、李寿山等演出《二进宫》《风筝误》等剧目。"同年九月十一日，余叔岩为其母六十寿辰在此演出堂会，彩衣歌舞，蔚为盛况。"又载，梅兰芳曾在此反串小生吕布。至20世纪30年代，正乙祠还经常有行会举行堂会，言菊朋、张伯驹、鲍丹庭、陈墨香等名家均多次在此演出，盛极一时。

据历史考证，正乙祠戏楼在乾隆五十一年曾进行大修，正值"三庆班"进京的两年后。而京剧形成于清咸丰年间，正乙祠戏楼却在这时又进行了较大规模的整修，两次重要整修均与京剧发展完全同步,这绝非偶然。难怪就连京剧创始人程长庚都把在正乙祠戏楼的演出作为自己演出生涯中的一桩盛事了。

京都会馆三戏楼

过去,北京的会馆有两种,一种是地方性的,这是为了给从该地区来京赶考的举人、监生等提供食宿;如果该地人有的做了京官,也常利用会馆来联络"乡谊",进行一些官场内政治或派系性的活动。另一种是行业性会馆,多是一些手工艺人或商人组织的同业公会。以上两种会馆都具有租赁居住、聚众议事、酬神宴燕的作用。

因不少会馆里都设有戏楼而又经常演戏,故使会馆也带有文化场所的性质。百年来,由于年久失修,北京昔日的会馆逐渐坍塌,现在仅存大致完好者尚有三处:

一是坐落在虎坊桥十字路口西南角上的湖广会馆戏楼。这个会馆是清嘉庆十二年由湖南长沙籍在京官吏刘云房、李秉和等人倡议修建的。道光十年,在年初团拜时,蒋丹林与何仙槎倡议集资扩建戏楼,以作为同乡集会及公宴的地方。到了光绪二十六年,八国联军入侵北京,联军中的美国提督一度以湖广会馆作为美军司令部。民国以后，不但湖南乡亲在这里举办堂会，就是其他省籍的官绅也常常借用这个地方。孙中山和梁启超都曾在这里发表过演讲。京剧名伶谭鑫培、余叔岩、梅兰芳、程砚秋等也曾在这里演过戏。

另一个是安徽会馆的戏楼。它稍晚于湖广会馆的戏楼，同治三年由李鸿章、李翰章兄弟倡议兴建并得到淮军将领的响应，共收集到捐银万两以上，其中李氏兄弟各捐银一千两。于同治八年二月动工，同治十年八月建成。

安徽会馆戏楼面积比湖广会馆戏楼略小，二者形制大致相同。安徽会馆戏楼舞台两侧柱子上的对联是：

冠盖萃江淮，尽东南宾主之欢，扮社筵开，古谊犹存乡饮酒；
楼台演歌舞，极丝竹管弦之盛，梨园美具，世情且看戏登场。

戏楼小巧玲珑，因而观众容量少，商业价值不大，故此戏楼逐渐衰落。最有趣的是前门外东侧小江胡同的"平阳会馆"，一般人称"阳平会馆"。其中的戏楼结构和规模远远超过以上两个，可见平阳会馆当初之建，定有巨大财力作为后盾。由此推断，可能是山西临汾商人集资兴建的。在平阳会馆发现了一块未受损的匾额，上写"警世铎"三个大字，从字义上看，是写给演剧场所的，落款是"王铎"。王铎曾做过明、清两代的尚书，是个贰臣，也是有名的书法家。如此匾确实为王铎所书，可推断这个戏楼应是1652年以前建造的，因为王铎逝世于是年。

平阳会馆戏楼的特点是观众席由三个独立的双层楼围抱，再在上面加上屋顶使之完整，这一点和北京的旧会馆戏楼都不同。另外在戏台顶部开有方形孔道，方孔上留有装过吊车的痕迹。清代北京有不少戏楼的舞台顶上都装有供演员上下的孔道及吊车，如紫禁城内的畅音阁戏台、漱芳斋戏台、颐和园的听鹂馆戏台、德和园戏台以及南府的戏台等都有此设备。但是以上这些戏台，均属皇家使用，民间所用唯平阳会馆有此设备，实属罕见。

哈尔飞戏院话沧桑

现在已拆的北京西单剧场,原来叫"哈尔飞戏院",再早是"奉天会馆",说起来,有将近八十年的历史了。

张作霖年轻的时候是个家传的兽医,擅长医治马病。清朝末年,东北多匪(俗称"胡子"),而匪又多与马医相识,久而久之,张作霖也加入了"胡子"一伙。不久,张作霖受到清室管辖的盛京将军增祺的招安,成为增祺的部下,因而深得清皇室的信任。到民国以后,清朝的官员都降格为普通"平民",增祺也去职回到了北京,这时的增祺较之在东北任上时,经济当然不算富裕。

张作霖逐渐发迹,以"东北王"的身份到北京后,感戴增祺在任上时的知遇之恩,遂出手赠送增祺一张十万元的支票。当时增祺惶恐不安,不敢接受,张说:"大帅还以为我是胡子吗?"这样,增祺才收下了这笔巨款。后来,增祺举家迁往天津,临走时把自己在北京的宅邸和花园赠给了张作霖,当时张作霖在京已有了公馆,便根据张学良的建议把增祺赠的宅邸和花园改建为东北同乡的"奉天会馆"。1930年，奉天会馆易名"哈尔飞戏院"，并请了原城南游艺园主人彭秀康做经理，这位姓彭的经理很懂得生意经，他在戏院开张前后，在报纸上大肆宣传、做广告，一时轰动京城。

开幕时十分隆重。先由彭秀康报告戏院成立的经过，再由京剧界代表梅兰芳致词，他谈到最近去美国演出，以及对美国戏剧考察的情况。他还说："哈尔飞戏院改造得很好，像这种舞台的样子很合乎中国旧剧的程式……"以后，京剧名伶尚小云、侯喜瑞、杨宝森、梅兰芳、杨小楼、贯大元等及其他在京的诸名角都在这里演出拿手戏。

20世纪30年代中期，由黎锦晖主持的明月歌舞团也在这里上演过，剧目有《湘江娘》《春深了》《峨眉月》《特别快车》和以后在小学中十分流行的节目《麻雀与小孩》《可怜的秋香》《葡萄仙子》等。

以后哈尔飞戏院又增加了电影设备。到了1938年西单附近又有了"长安""新新"两大戏院的竞争，于是哈尔飞戏院就改成"瑞园茶社"，演曲艺和杂耍，著名的演员小彩舞、常连安、金乃昌等都曾在这里演出。

20世纪40年代后，瑞园茶社也实在难以维持，又改为"大光明影院"，同时约富连成科班上演京剧。勉强维持到50年代，经过整修，改为西单剧场。

天津大舞台戏园

报载，天津兴建了南市食品街，我不禁想到昔日南市西端的大舞台戏园。

过去的天津南市，戏园子很多，有丹桂、升平、广和楼、第一台等，但是论起戏园子座位多、规模大，经常有名伶演出的还要算大舞台戏园。

天津大舞台戏园，创建于民国初年，是高大而宽敞的木结构三层楼房建筑，可容纳观众三千人。走进大门，迎面是木板格扇，左右为观众进出的门。园内楼下观众席，当中是"池子"，两旁是"廊子"，放置长板凳座位。"池子"的票价比两廊为贵。迎面的舞台，面积比一般舞台宽阔，表演大型武打戏绰绰有余。二楼环绕成"U"形，面向舞台的包厢和散座，共有上下两层，上层后面是玻璃窗。

京津一带的京戏名演员大都在大舞台演出过，如杨小楼、刘鸿升、程继仙、萧长华、李吉瑞、尚和玉、韩长宝、李兰亭、七岁红、八岁红等。河北"梆子"演员小达子、小香水、金刚钻等人，也都曾献艺于此。

这些演员中留给观众印象最深的，当推天津籍老演员李吉瑞和尚和玉。以奉母至孝、戏德高尚著称的李吉瑞为人谦逊，演戏不争牌次，他在大舞台戏团演出的名作《落马湖》《刺巴杰》《翠屏山》《独木关》等戏，每演必是满座。尤其他在《独木关》中饰演薛礼"叹月"时一段"在月下，惊碎了英雄虎胆……"唱腔，多少年来一直为戏迷哼唱不衰。

尚和玉与杨小楼为一师之徒，传俞润仙之艺各具千秋。杨小楼以演猴戏著称，每逢杨到津登台，尚和玉绝不同时演《安天令》，以示谦让。因为大舞台戏园舞台宽阔，20世纪20年代前后，曾演出过多种场面火炽以招徕观众的"连台本戏"，如《包公案》《铁公鸡》《七擒孟获》《张文祥刺马》《九义十八侠》《火烧红莲寺》《狸猫换太子》《五鼠闹东京》《雍正剑侠图》《石头人成亲》和《枪毙阎瑞生》等，叫座力极强。

1916年天津发生南皮张氏姐妹因不堪恶霸欺压而服毒自杀的"双烈女"惨案，后来有人把这一案情编为新戏在大舞台戏园演出，也曾轰动一时。

后来因为在法租界出现了新建的"中国大戏院"，建筑设计和观众席位、舞台设备都比大舞台戏园要新颖得多，大舞台戏园才屈居第二位。近悉，20世纪50年代初，大舞台戏园已拆建改作他用了。

漫话昔日堂会戏

旧京之堂会者,乃权势、富贵之家操办喜寿庆典之事时,为讲排场而约戏班在家中或饭庄演唱,并设宴招待亲朋,谓之堂会,其演唱之剧目则谓之堂会戏。

堂会戏由来久矣,自康乾盛世以来逐年时兴。堂会戏种类颇多,以剧种分有京剧、梆子、皮影戏、八角鼓子、什样杂耍、十不闲莲花落等;以演出时间论,昼夜者(头天中午至深夜或翌日黎明)谓之"全包"堂会,半日或一夕者谓之"分包"堂会,全包者可由本家随意点戏,分包者则由戏班配戏。

乾隆年间,皇室与民间之堂会,皆喜用"全堂八角鼓",这种满族曲艺品种原为八旗人牧居时的歌曲,乾隆年间发展为坐唱形式,并有专业艺人演出。其曲种包括清音大鼓、岔曲儿、琴腔儿、腰节儿、马头调、拆唱以及相声、古彩戏法等。盖因说、学、逗、唱、吹、打、弹、拉等无所不包,故谓"全堂八角鼓"矣。

自乾隆五十五年起,原在南方演出的四大徽班陆续进京,名角层出不穷,于是豪门贵胄的堂会渐以京剧为主,并请"剧提调"出面,以重金广约名角联袂演出,以求珠联璧合。

京剧堂会正式上演前,先由演员扮成福、禄、寿三星,为本家寿星老儿跳加官以示祝贺,继而再演《封相》《赐福》《点魁》等几出敬神戏(俗称帽儿戏),然后才依次上演正式剧目。

正式剧目之内容,依堂会性质而各有固定之套子。如生日堂会戏,则必演《大四福》《麻姑献寿》《蟠桃会》等剧目;满月堂会戏,生男则必演《麒麟送子》,生女则必演《观音赐女》,此外尚加演《打金枝》《状元印》《御碑亭》等剧目。因本家主要成员皆为深谙京剧之戏迷,每每随意点戏,故不会五百出戏的演员,是断然不敢应堂会的。

民国元年,袁世凯在中南海怀仁堂庆贺五十三岁寿诞所办的堂会,京城梨园界名角应邀而至,为其大演特演庆寿之吉祥戏:开头为梅兰芳的《麻姑献寿》;接演《蟠桃会》,由杨小楼饰齐天大圣,范宝亭饰小猴,钱金福饰托塔李天王;大轴戏为《龙凤呈祥》,由谭鑫培饰乔玄,余叔岩饰刘备,龚云甫饰吴国太,郝寿臣饰孙权,王瑶卿饰孙尚香,尚和玉饰赵云,侯喜瑞饰张飞,萧长华饰贾化,其阵容之强大,可谓空前绝后矣。而令袁氏遗憾者,是庆寿之举并未使其享高龄，四年之后，在他尚未登上皇帝宝座时，便在举国声讨中忧惧而死。

继袁氏盛大堂会之后，满族宗室墨麒的七十寿辰堂会，其剧目之繁，规模之大，亦令人瞩目。其名角与剧目分别是：裘桂仙的《探阴山》，程继仙的《石秀探庄》，尚和玉的《挑滑车》，言菊朋的《战太平》，杨小楼、钱金福的《连环套》，言菊朋、徐碧云的《坐宫》，梅兰芳新排的《洛神》等。

民国六年，北洋军阀段祺瑞欢迎桂系军阀广西督军陆荣廷到北京，在金鱼胡同那家花园演堂会戏，名伶济济，规格很高，大轴戏定为谭鑫培的《洪羊洞》。当时，谭鑫培正患感冒，婉言谢绝，可是第二天，警察局来人，用恐吓的口气对谭鑫培说："你要是不唱这个堂会，小心明儿把你抓起来；你要是唱这个堂会，明儿连你的孙子也可以放出来。眼前摆着两条道，你看着办吧！"说罢扬长而去。谭鑫培当时处于威胁逼迫之下，只好抱病去唱堂会，唱完后回家不久便病逝了。故而当时社会上流传着这样的话："欢迎陆荣廷，气死谭鑫培。"由此可见当时军阀之霸道，艺人社会地位之低下。

富贵人家唱堂会，总是大讲排场，其开销令世人瞠目。民初满人宗室宝叔鸿，当年是北京电灯公司的襄理，其祖上敬中堂，乃清室贵宦，位高权大、广有家财。宝叔鸿为其父墨麟（号润西）七十寿辰办了一次堂会，花去六千大洋，奢华至极。当时北京一所四合院价值也不过四五百元，而宝叔鸿为其父办一次堂会，便花去十多所四合院，一般人望尘莫及。

不过，伶人演堂会的报酬也是很高的，要比平常的营业戏演出高出好几倍。有的名角遇到演堂会戏时，故意索要很高的报酬，因为举办喜庆宴会，本家是不惜出钱的。当然，有的时候，因某个演员与本家有关系，也不要酬金。梅兰芳由于名气大，他演堂会戏开价很高，但他在名画家王少农（烂柯山樵）家唱堂会戏，就分文不取。在王少农八十寿辰办堂会时，梅兰芳前去演出了一出《麻姑献寿》，演完后，王少农为梅兰芳画了一幅《梅兰图》，二人皆大欢喜。

有时，梨园子弟或票友遇到喜庆寿日，也自家办堂会。这种堂会戏，虽然只供亲友观赏，不对外，但因这种堂会戏上演的大多是在剧场里极难看到的，所以更别有一番风采。如梅兰芳新排的《洛神》，尚小云新排的《玉堂春》，都是新排出后先在友人堂会戏上演出的。还有的名角，已不在剧场营业演出了，只有堂会戏上才露面，这就更显得珍贵，如余叔岩在萧振瀛家演出《盗宗卷》即是这种情况。由于上述种种情况，所以有些京剧爱好者为了欣赏一些好戏，或为了观看到有的名伶久违了的剧目，常常给本家凑个分子，挤进堂会观看演出。至于为一睹堂会戏托亲朋、找关系的，更是不乏其人。

清末民初，办堂会戏成风，戏码也往往有针对性。如民初，孙中山到北京，段祺瑞招待孙看戏，大轴戏是《八本雁门关》，取"南北合"之意，梅兰芳、尚小云、程砚秋、荀慧生、余叔岩、龚云甫都粉墨登场。

京胡大师杨宝忠

著名京胡大师杨宝忠,琴技高超,曾为马连良、尚小云、杨宝森等多人操琴伴奏,久已誉满南北。

杨宝忠自幼爱好音乐,曾习文武老生,拿手戏《击鼓骂曹》鼓法娴熟、不同凡响。成年后因扮相、嗓音等关系,专事操琴,卒以天资聪颖、造诣精深,成为京剧界名琴师。

杨宝忠能自拉自唱,还学一手小提琴,经常演奏,颇具功底。他将小提琴弓指法运用到京胡上,听来别具韵味。早年戏园门前挂有黑地白字木牌,后又改为红线白字或金字黑字者,上书演员姓名及表演剧目,杨宝忠改行操琴后,戏班在头排演员名字下面加一行横字"特请杨宝忠先生操琴",是当时琴师中鲜见者。

杨宝忠与马连良合作多年,红花绿叶,相得益彰。他操琴不喧宾夺主,必等唱角博得彩声后,才在拉过门时拉些花腔,这样既主次分明,又可给唱角以喘息机会,极尽衬托之能事。有一次,马连良在西长安街新新戏院演出

《群英会·借东风》,前饰鲁肃,后饰孔明,由杨宝忠操琴。演到蒋干盗书一折,鲁肃到周瑜卧室放置假书信时,并无唱腔,只有一些做派,极易冷场。而此时杨宝忠用胡琴拉"小开门",施展绝技,过门越拉越快,与鼓板吻合,极为悦耳,然后由快转慢。这一切与鲁肃各种表情神态配合默契,博得全场观众热烈掌声。

杨宝忠在操琴成名以前,即已研究制琴,他以高出三倍的工资待遇,请到著名乐器工人冀振江和他一起研究京胡的进料和制作。每发现上等佳品,便留下自用,或赠友好;其余大多送到百代公司等处代为销售。当时他所制京胡大部分为京剧内行或票友购去,他制作的胡琴售价比同业高,购者也承认"货高价出头"。

杨宝忠出身梨园世家却从不高傲自大,待人接物和蔼可亲。乐器行业工人多愿与他接近,取长补短。胡琴制作名手陈绍轩与杨宝忠相交甚厚,彼此常相切磋胡琴制作技术。

某年春节,杨宝忠游厂甸,在旧货摊看到一只老竹笔筒,竹黄厚实。他以重价购得,配于常用拉二黄的胡琴杆上,发音浑厚、明亮,音色异于一般,他爱如珍宝,取名"大董"。其后,好京胡者以有无"董音"成为一时评定标准。杨宝忠在其弟杨宝森演《碰碑》《洪羊洞》《伍子胥》等看家戏时,多以"大董"伴奏。

杨宝忠已去世多年,未审"大董"等京胡落入何人之手。

马派琴师李慕良

闲暇听马连良先生唱片,不禁佩服那隽永俏皮的唱腔,更佩服那明快流利的胡琴师李慕良先生。慕良先生原名孟谔,生于湖南长沙,其父李赶三原是丑角演员。受家庭影响,孟谔从小拜董玉坤为师学老生。同时他也喜爱拉琴,十一岁便登台演戏并操琴。在武汉与"绿牡丹"(黄玉磷)同台献艺,后来孟谔变声倒仓,师父不再教他。他受此打击后并未消沉下去,而是更加努力练琴喊嗓。1928年,他在上海,买了各大流派的唱片,认真品味、消化和系统地研究,使各种唱法、拉法都烂熟于心。1935年马连良先生赴长沙演出,经介绍认识了李孟谔。马先生慧眼识英才,料定孟谔将来必成大器,于是高兴地收他为学生,并将他带回北京深造。孟谔为了表示对马先生的崇敬心情,将名字改为慕良。

慕良到北京后如鱼得水,杨小楼、梅兰芳、余叔岩、孟小冬、金少山的不少拿手戏都深深地吸引了他,同时他仍继续钻研胡琴，经常观摩孙佐臣、陈彦衡等名家操琴。

后来，在马先生的建议下，他放弃老生，专攻操琴。这不仅为慕良先生找到了一条最适合的发展道路，同时也为马先生自己完成一整套表演体系，在声腔艺术上开拓新的领域，找到了一位得力的助手。

一次，言菊朋的琴师病了，临时需要顶替者，马连良便推荐了李慕良。李"客串"三天，喝彩声大作。为此，言先生亲到马家延聘慕良与他合作一个时期。马先生欣然割爱，并将李介绍给徐兰沅当徒，以提高慕良的师承地位。有了名师指点，又与名人合作，慕良技艺大增。

十九岁时，李慕良才正式与马先生合作，那时笔者几乎天天看马派戏，且不说马先生的潇洒表演，单是看着坐在一边的李慕良，就感到精神振奋。慕良仪表潇洒儒雅，身着深色长衫，白衬衣的袖口卷起两遭；满面春风，容光焕发，透出了"精、气、神"。就连胡琴弓子也是锃亮，像主人一样光彩夺目，后来方知那是涂的"上光蜡"。

慕良先生琴艺高超，可谓"心手相印"，善于用琴声表达丰富的感情，他并不被动地托腔保调，而是有所创新。

制琴高手史善朋

早年的京城,荟萃着许多名角和琴师,他们对胡琴的质地要求很高,从而促进了制琴业的发展,也出现了不少制琴能手。在笔者记忆中,京华制琴能手当首推史善朋。

史善朋自十二岁就拜在琉璃厂老艺人马良正门下学习制琴技术。二十一岁去天津久盛斋,两年后回到北京,在李铁拐斜街立店开业,直到1939年才搬到琉璃厂。

开店伊始,他免费为一些名琴师蒙皮,因此,这些琴师便帮他联系活计。渐渐地,手中的经济宽绰点儿了,史善朋便买来了当时颇为名贵的紫竹做琴杆,琴轴用黄杨木,偶尔也用黄檀木。他做的胡琴竹质坚实,表面花纹也美观,有虎皮花、芝麻花、腰横玉带、紫袍、鳝鱼黄等花纹。

史善朋刻苦钻研制琴艺术,在传统的基础上大胆创新,在琴筒的烤干、撑圆,琴杆的擦漆、缠弦等技术上,都有独创,如琴轴雕成玉簪花形便是史善朋创造出来的。

他还经常到广和、广德等剧场观看京剧，与著名琴师合作，互相切磋，终于悟出了据嗓配音的技艺。一次裘盛戎唱戏，将开演时，其琴师汪本真突然说不上场了，裘盛戎问其故，曰："没胡琴。"问："你的胡琴呢？"回答："当了。"于是，裘盛戎便给他钱又买了一把，调音一听，极好；问汪本真是谁做的，汪本真说："史善朋。"裘盛戎非常感激，事后亲自找到史善朋面谢。

著名琴师赵济羹一次欲去上海演出，未料他琴上蒙的那块皮虽然好，但不出音，于是便去找史善朋。史善朋翻遍箱子亦未找到一块合适的好皮，于是便把原来上的那块揭下来用水泡开，又蒙第二次。史善朋告诉赵济羹说："北京使差点儿，到上海正合适。"赵济羹从上海回来，一进店门便作揖说："果然不错。"之后，其他京剧界的琴师，像屠楚材、刘洁亭、杨宝忠、何顺信、姜凤山、杜奎三、王富芝、周文贵等，也都相继让史善朋做琴。

史善朋做的胡琴，声音高亮又圆润松甜，既宽厚，又集中充实，可见他确实手艺不凡。

急管繁弦忆偶虹

20世纪三四十年代的北平,请人看戏和请人吃饭,几乎是同样庄重而又盛行的待客礼遇。那时,请人看戏,大多是在广和楼、广德楼、华乐、三庆等戏园。

戏看多了,不仅熟悉了演员,慢慢地也知道了戏曲教师、戏曲编剧的名字,笔者"认识"翁偶虹,就是那时开始的。

翁偶虹出身于北京的书香门第,幼时就嗜剧成癖。十四岁投稿《黄报》,为程砚秋演出的《文姬归汉》作序。所作序文不但文采飞扬,而且评述得体,以髫龄童子而论大师之艺,一时剧坛轰动,内外行人惊为"神童"。

稍长,翁偶虹更潜心钻研,心注戏内,文凝笔尖,开始了编剧生涯。他为程砚秋编写的《锁麟囊》,通过几户人家富贵贫穷的变化,写尽世态炎凉,倡导人们之间友善相处。该剧一经演出,便成为程派名作。他为李玉茹、储金鹏、王金璐等编写的《鸳鸯泪》,通过周仁夫妻誓死抗暴的故事，讴歌舍己助人，鞭挞邪恶势力，戏演到周仁献妻时，真有"台上一人啼，台下千人泪"的悲剧效果。还有他为宋德珠编写的《百鸟朝凤》，为李少春、袁世海、叶盛兰等编写的《百战兴唐》，为李玉芝、李玉茹、张玉英等编写的《凤双飞》等，都不落俗套，各具特色，也为他获得了"翁剧"的美誉。

翁偶虹既是编剧家，又是戏曲教育家。他在中华戏曲专科职业学校供职十年，曾任学校戏曲改良委员会主任并兼授文化课。在学校，他或编剧，或导演，或授课，或解难，成为众人景慕的博学顾问。戏校的"德、和、金、玉、永"几科学生，都得到他的绛帐春风。1940年，戏校被迫解散，一群学生身怀绝技却献艺无门。翁偶虹只身闯进梨园公会，要为学生组班，几经口舌，终于成立了以李玉茹、王金璐、储金鹏为中坚力量的"如意社"和以朱德珠为首的"颖光社"。两社阵容齐整，英气逼人，北演燕京，南下上海，一时名噪京沪。应该说，翁偶虹既以严师雨露滋润于先，又挺身组班提携于后，很有些伯乐之功。至今，在内地的傅德威、李和曾、王金璐、李玉茹等，有"台湾金少山"之称的名花脸高德松，在美国的白玉薇，在日本的李玉芝等，当是不会忘却这位师长的。

日前，友人带来内地出版的《翁偶虹戏曲论文集》，书中，翁偶虹以如椽之笔，描写了杨小楼、郝寿臣、高庆奎、程砚秋、马连良、李少春等诸多名家的艺术生涯。读之，深感翁之文笔愈显老到，记述愈见精妙。

京剧的脸谱

京剧脸谱流派很多，其中早期的净角脸谱主要有三派，即：代表正净之何桂山、裘桂仙一派；代表副净之庆春圃、黄润甫一派；代表武净之钱宝峰、钱金福一派。三派各成体系，各具风格，尤其钱金福脸谱"庄严有威，朴素大方"，被时人公认为"天下一品"。当代的侯喜瑞、郝寿臣的脸谱也很有特点。

脸谱起源于面具，其渊源可追溯到6世纪之北齐。据《旧唐书·音乐志》及唐段安节所撰《乐府杂录》载：北齐兰陵王高长恭貌美而勇武，自觉不能使敌人畏惧，故常戴面具出战，勇冠三军。

古代制作面具，先以纸糊其胎，而后以水墨丹青彩绘之。宋元古剧，上场演员头戴面具，手舞足蹈，而念白与歌唱则由在后台的演员任之。直至清末，凡神鬼诸戏，仍保持戴面具只舞不唱之陈规，最明显的就是《跳加官》。随着戏曲发展，要求演员必须载歌载舞，使唱、念、做、打统一，塑造完整之艺术形象，因而，那种妨碍念白和演唱的面具，逐渐被淘汰，代之而起的是日臻完美的勾脸艺术——脸谱。

梅兰芳缀玉轩所藏脸谱可谓中国戏曲宝库中的艺术珍品，但其色彩、线条、神态，远不如现代勾脸之美。

京剧脸谱大致可分揉脸、勾脸、破脸、抹脸四大类。揉脸，是脸膛揉色，加重描画眉目面纹，如关羽即揉红脸。勾脸，是在脸上勾绘五彩脸谱，类似面具，神妖、武将、英雄等角色常用勾脸。破脸，看起来鼻歪眼邪，用于丑陋凶残之人。抹脸，是脸上涂白粉，多含贬义，如曹操涂大白脸，以示其为奸雄。

京剧脸谱之用色，长期以来已形成了习惯。以主色而言，忠勇者用红色，智猛者用黑色，草莽英雄用蓝或绿，凶狠者用黄或白，神妖用金或银色。

脸谱之格式种类颇多：只勾眉子叫整脸，整脸加上勾眼窝、鼻窝叫三块瓦脸，复杂化的三块瓦脸叫花三块瓦脸，比花三块瓦脸还复杂而不规则者叫碎脸。腰子粉脸、豆腐块粉脸、枣核粉脸，涂粉面积一种比一种小，以分别表示奸诈机智等人物性格。

梅兰芳的第一部彩色戏曲片

京剧大师梅兰芳一生所拍戏曲影片颇多,但第一部彩色片却拍得很艰难,这就是《生死恨》的拍摄。

1947年冬,电影导演费穆和洗片技师颜鹤鸣到梅宅,与梅商量拍一部彩色戏曲片,希望当时正在上海天蟾舞台演出的梅兰芳领衔演出。

听了费穆、颜鹤鸣的计划和来意,梅兰芳很感兴趣,他说拍一部彩色片也是他多年的愿望。经过协商准备,很快成立了以拍摄《生死恨》彩色片为主的华艺公司,由梅兰芳主演,费穆任导演,华艺公司的吴性栽负责资金,颜鹤鸣负责彩片的冲洗和录音,黄绍芬任摄影指导。

梅兰芳和费穆对《生死恨》的舞台剧本又进行了修改,场次由原来的二十一场改为十九场。对于影片的布景,梅兰芳要求一定要注意京剧的特殊表演手法,从服装、化妆到全部表演都是夸张的、写意的、歌舞合一的。他又说,戏中的虚拟身段,如上马、下轿、开门、登舟,都用手势、脚步来表现实物,而电影却是偏重写实的,这就有了矛盾,如何解决?费穆说,他们打算遵守京剧的规律,利用京剧的技巧,拍成一部古装歌舞故事片,对于京剧无实物的虚拟动作则尽量避免。

拍摄思路确定后,便拉出了强大的演员阵容名单,姜妙香、李庆山、新丽琴、李春林都在剧中扮演角色。乐队中,王少卿操琴,倪秋萍二胡,王燮元司鼓,这几位乐师也都很有名。

1948年6月27日晚上九时,彩色舞台艺术片《生死恨》在上海徐家汇原联华电影公司三厂的第二号棚拍摄,那天天气闷热,摄影棚内围满了文艺界、新闻界的人士,演员们在高温下拍摄,相当辛苦。

这部片子一共拍了五个月,到1948年11月停机。看样片时,大家认为影片色彩虽不及外国的,但作为首次尝试,加之条件、设备不足,达到这种效果已是很不容易了。

然而,待拷贝从美国寄回后,大家一看大失所望,颜色走样,音响不稳,时高时低,梅兰芳非常生气,他对费穆说:"我这部片子是靠彩色产生号召力,现在颜色走了样,如果拿出去公映,对观众无法交代,只有坏的影响。美国电影公司太不负责,我们原来的底片是很鲜明的,怎么会弄成这个样子?我主张不发。"

费穆感到歉疚,托人向梅兰芳解释说:"由于小片放大，色彩就更淡了，这是没有办法的事。这次拍片是我发起的，一切责任由我来负；如果在梅先生面前交了白卷，是很遗憾的，但如果影片不公映，华艺公司将会就此破产。"

梅兰芳虽然很不满意这部片子，但想到毕竟是第一部彩色戏曲片，对舞台艺术和电影艺术的结合进行了尝试，最后还是同意上映了。

石挥的生死情结

石挥是杰出的电影与话剧表演艺术家,早年还出任过导演,他拍过的著名电影有《雾海夜航》《鸡毛信》《天仙配》等。其夫人童葆苓是一位家教有素的京剧艺术家,她是著名的"童家班"的重要成员。在她的兄弟姐妹中,以继承四大名旦中荀派著称的童芷苓和以演现代京剧《智取威虎山》中杨子荣蜚声海内外的童祥苓最为出名。

石挥是在他拍第一部自编自导的影片《母亲》时认识童葆苓的,那年童葆苓才十八岁,石挥大她十五岁。当时,童葆苓还在李少春主办的京剧科班"鸣春社"里当演员,在中国戏院演出。石挥对李万春说,他正要拍一部电影,名字叫《母亲》,里面有一个小演员,是在学唱京戏的小姑娘,请帮助找一找。于是,李万春便约石挥去看了童葆苓的演出。石挥很是看中童葆苓的可爱劲儿,以及她的演出技艺,于是当场拍板由她在他的电影《母亲》中担任角色。

石挥与童葆苓由相识渐渐地发展到恋爱的关系，是在电影《母亲》拍完之后。那时的童葆苓年轻、漂亮，言谈举止都充满了孩童般的天真，圈内人士都称她为"童不赖"，自然是颇得"话剧皇帝"石挥的青睐与爱慕。

石挥与童葆苓于1954年在北京结婚，蜜月之后石挥便回到了上海。那时，童葆苓在总政京剧团工作，而石挥在上海电影制片厂工作，几年的时间一直过着牛郎织女的分居生活。还是在一次会上周扬听说了他们的情况，才设法把童葆苓调进上海京剧团。

可是没过多久，反"右"斗争开始了。石挥遭到了批判，从批判会回来后，童葆苓问他："会开得怎样？"石挥不多说话，只是连声叹息："结棍（上海话，意思是厉害），结棍！"他还自言自语地说："要是一个人被打成了右派，这就连蹬三轮车的也不如了。"可以看得出，批判会后，石挥的心情十分沉重。

第二次批判大会，石挥没有出席，以后便传出他失踪的消息。那天下午，童葆苓要去陪同一个越南文化代表团参观上海京剧团，临出门前对正闷闷不乐的石挥说："过一会儿，家里要来一个保姆，你在家里等等她，我要去接外国客人了。"

石挥听说妻子要走，霍地站了起来，失态地一下抱住童葆苓拥吻，怅然若失的目光，一直注视着童葆苓离去。童葆苓后来才明白，石挥这是在向她作最后的诀别。

童葆苓怎么也没想到,就在这天夜里,就在她苦苦地等着丈夫回来的不眠之夜,石挥却买了一张船票,登上了"民主三号"轮船——过去他在这条船上体验过生活。也就在那天夜里,他趁着茫茫的夜色,跳进了汹涌的大海之中,结束了年仅四十二岁的生命。

吴祖光的《风雪夜归人》

著名戏剧家吴祖光走向人生旅途的第一站是南京。

1937年,抗战军兴,北平的大学纷纷内迁。二十岁的吴祖光中断了在中法大学的学生生涯,应国立戏剧专科学校校长余上沅之聘,到南京任职。该校位于明故宫机场附近,清澈的明御河从旁蜿蜒流过。

吴祖光在《睡与梦》里曾描写学校的景色:

> 我望了望窗外,江南的暮春时节是如此美丽,前面的小河涨得水汪汪的。正是新雨之后,花草是一望皆碧之中夹着几点红白,越显得娇艳欲滴……浅草间有一对蝴蝶在翩翩追逐,我面对着这暮春天气,听见树枝擦着窗棂簌簌的声音,看见那一对蝴蝶隐没在密叶丛中时,忽然想起了庄周化蝶的故事。我只觉得恍惚,轻纱似的朦胧,我也分不出究竟是人间还是梦中了。

从这段情景交融的优美文字里，可以看出吴祖光对美丽的南京的感情，也可以想见他当年的风华正茂。当时，吴祖光不仅仅陶醉于充满诗情画意的南京春光，他的内心深处，也掀起了时代的波澜。日寇入侵，给中国人民带来了巨大的灾难，也改变了吴祖光原先的生活道路。他出身于书香门第、官宦世家，居于北平多年。他从小就酷爱京剧，一心想当演员而未能如愿。当时京剧之盛如日中天，尤其在北平，更有许多世家子弟、男女学生盛行"捧角"，其狂热不亚于今日之"追星族"。吴祖光也有此好，并和一个叫刘盛莲的男花旦有深厚的友谊，从而使他有机会看到了"戏子"的真正生活。

尽管刘盛莲在年轻演员中已名噪一时，但因为在科班里尚未出师，只能靠微薄的"戏份儿"养活一家老小；在大红大紫和轻颦浅笑的背后，是世人所看不见的贫苦和辛酸。就连吴祖光和刘盛莲一道上街，也会遭到小流氓的围攻辱骂。后来吴祖光进了大学，而刘盛莲亦出了科，名声日上。不料此次吴祖光到了南京后，意外地听到刘盛莲潦倒死去的消息。这件事在吴祖光的心里，如同一潭平静之水忽起波澜，他生发了"人生本是一个梦"的感慨，也加深了他对那个动荡社会多难人生的认识和思考。

一年后，吴祖光为避战火，随学校内迁至大后方重庆。一天，他打开箱子，发现了去年春天在南京写的短文《睡与梦》，展读后百感交集。一年来的艰苦遭际，更使他觉得以往的生活真是一场梦，大有昨非而今又不是之感。他通过对过去的"梦"的艺术性升华，写出了反映艺人悲欢离合、潦倒之死的著名话剧《风雪夜归人》。该剧于20世纪40年代上演后轰动一时，并于80年代于北京重演时再获盛誉，近年还被改编拍成电影。

黄宗江在南开和燕京

当年燕京大学没有戏剧系,可是出了不少戏剧人才,可惜有的半途而废,有的早年离开人间,如今硕果仅存者只二人,其中孙道临名气最大,因为他是名演员;另一位当为黄宗江。黄近几年退居幕后,埋头编导,所以知者较少。

黄宗江1935年考入天津的南开中学,他一入学就对新剧着了迷。他受南开剧社及其活跃人物张彭春和曹禺(万家宝)的影响甚深,虽在南开读书仅两年,却决定了他一生的影剧生活。

1936年,黄宗江在南开瑞庭礼堂看了南开剧社演出的《财狂》(根据莫里哀的《悭吝人》改编),散戏之后,仍恋恋不舍,躲在台下看演员拍照。十几年后,在他的散文集《初恋》里黄宗江写道:"戏演过后,好几个黄昏,我徘徊在礼堂旁,白杨树下,是什么使我这样迷惘?……"

1937年,他第一次演戏,扮演易卜生《国民公敌》中的女主角司铎克夫人（当时南开演戏都是男生演女角），真是精彩。校刊上曾评论说："黄宗江扮司铎克夫人，背影如希腊女神塑像……是万家宝（曹禺）之后，南开最佳之（扮）女演员。"从此，黄宗江就成为南开剧社的名人。

可惜好景不长，"七七"事变爆发后，学校被敌机轰炸焚毁，南开迁往重庆，黄宗江便转入耀华中学又读了一年。这年，他在天祥市场旧书摊上，搜购了散失的全部南开剧社的戏剧书刊，视为珍宝，饱览无遗。1938年毕业后，黄宗江考入燕京大学英文系。

进燕园不久，黄宗江就锋芒毕露，他成绩优、兴趣广、多才多艺。每天早晨，未名湖畔，岛亭附近，都能听到他朗读背诵英文的声音。他还跟邓之诚学历史、从顾随学诗词，文法两院的主要课程他都学。黄宗江天资聪颖又认真苦读，在燕京大学的学习为他以后从事戏剧编导奠定了坚实的基础。

课余，黄宗江还是不忘演戏。他与孙道临等同学组织了燕京剧社，演过不少好戏。除了话剧外，黄宗江对京剧也很喜爱，他在燕京国剧社演丑角，学萧长华很有妙趣；他还曾演过《空城计》中的老军、《王宝钏》中"算粮"一折的魏虎、《赶三关》一折中的莫老将。

1941年，太平洋战争爆发，燕园沦入日寇手中，黄宗江携乃妹黄宗英等到上海演戏。其后到过重庆，去过英国，后来埋头于编导工作四十余年，孜孜不倦地献身于戏剧工作，在北京话剧界享有盛名。

孙道临从艺前后

当代大陆著名电影明星孙道临,原名孙以亮。1938年入燕京大学,从此,未名湖畔就时常可以看到他的身影。他经常身穿一件褪了色的蓝布大褂,旧西服裤脚下的两只皮鞋磨得露出白色,圆圆的脸庞,浓眉大眼,文质彬彬,一口地道的北京话,确实是个讨人喜欢的帅小伙子。孙道临沉默寡言,课堂上全神贯注地听讲,课下则打开教室窗子凭窗远眺,若有所思。

太平洋战争爆发,燕园被占,从此多数师生离别了湖光塔影,忍痛离校了。后来听说孙道临和黄宗江、郭元同、程述尧、石增祚等同学到上海演话剧去了。当时,这消息使人不大相信,因为他不是那种活跃的性格,怎么会演起戏来呢?

1943年左右,在天津出现了一个以孙道临为首的话剧团体,他们在北洋戏院演出《茶花女》。这个戏演得很成功,孙道临这个名字由此传遍津沽。因为他在天津下榻于老友张树柏家里，不久人们便得知，这个话剧演员孙道临原来就是孙以亮。他这个演戏的化名从此便代替了他的原名。每天夜场散戏后，他就手提化妆箱默默地回来；次日开演前，他又手提化妆箱默默地去戏院。他的化妆箱里，除了油彩等化妆用品外，还带有《莎氏乐府》一类的书，演戏空闲就取出来阅读，读得十分认真，像在学校临考前温书一样。演戏之余，他还常到天祥市场旧书摊上搜寻有关戏剧方面的书。他是在演戏、读书，读书、演戏中过日子，认真从事戏剧艺术的钻研，没有什么外务。

我一向不大爱看话剧，不喜欢那种矫揉造作的台词腔调，可是看了道临演戏，发现他无论演什么角色都自然大方，不像做戏，而像是剧中人物现身说法，颇耐人寻味。

抗日战争胜利后，1946年左右，他和卫禹平、黄宗英等组织南北剧社再去天津，在北洋戏院和大光明影院演出了《甜姐儿》《魂归离恨天》《泪洒相思地》，这下更加轰动天津。但他一如既往，不骄不躁，沉默寡言，还是演戏、读书，读书、演戏。

我来港后就再也没见到他，听人说，道临在上海红得发紫，追求他的女性很多，他却洁身自爱，不予理睬，近年才听说他已与越剧名演员王文娟结合了。在港也曾看过他演的影片，三十多年不见，人有些老了。人总是要老的，可是他没有虚度年华，仍孜孜不倦，数十年如一日，赢得了影坛艺术上的成就。

白杨拍《十字街头》

不久前,中国杰出的电影表演艺术家白杨去世,时年七十六岁,让我不由想起她拍成名之作《十字街头》的往事。

白杨原名杨成芳,祖籍湖南湘阴县,1920年生于北京。其父是清末举人,民国初年,为振兴教育锐意革新,曾建立新华大学,自任校长。而后日渐挥霍享乐,终致学校倒闭,家道中落。白杨有一个哥哥,两个姐姐,由于其父沉溺于吃喝玩乐,且重男轻女,故她在家不受宠爱,便由奶妈带到乡下去生活。直到九岁时才接回,入北平第十四小学插班读到四年级。

1931年,由于破产,父亲弃家不知去向,母亲病故。家里只剩下姐妹三人,大姐杨沫才念中学,二姐长相漂亮,爱唱京戏,白杨此时才十一岁。一天二姐告诉她:上海联华影业公司在北平设第五分厂,办了个"演员养成所",劝她去报名试试。可是应考那天,二姐又不知去向,原来她随京剧票友"票"戏去了,她只好一个人鼓起勇气进了考场。那里都是大学生和青年,未料,由于她的天真稚气,居然被录取了。当时考她的老师是主演过无声片《故都春梦》的王瑞麟先生。

1935年,上海明星电影公司筹办二厂,周剑云到南京招聘新演员,资深剧作家洪深郑重地把白杨推荐给他。周剑云当即和白杨订了三年的合同,头年月薪一百元,第二年一百五十元,第三年二百元。这样,白杨就成了明星二厂的基本演员。

白杨在明星二厂参拍的第一部影片就是《十字街头》。这部电影由沈西苓和凌鹤、尘无编剧,沈西苓导演。白杨刚从南京到上海报到,沈西苓和赵丹即拿着剧本找她。他们一起商量分配角色,并根据演员的姓改定角色的姓,如赵丹演的角色叫"老赵",白杨演的角色叫"杨芝瑛"。这部影片主要描写一群爱国救亡的知识青年,他们有着不同的性格,不同的生活道路,最终都失学、失业,因而他们苦闷、徘徊、彷徨,急于寻找出路,所以叫"十字街头"。

白杨扮演的杨芝瑛,从思想感情来说,与白杨所处的地位、境况相吻合,但剧中人杨芝瑛所经历的生活道路,有些是白杨未曾经历过的。当时没有条件深入生活,但白杨却很有见地地说:"一个演员是多方面的,无论哪一类型的人物的生活,我都应去体验或观察。可以扮演各种不同的角色,才能算是一个好演员;如果专演与自己相同生活的人物，那不过还是自己。"在拍摄中，由于白杨当时还缺少在镜头前表演的实践经验，有时简直是手足无措，然而，她特别虚心、用功，所以该片仍拍得相当成功。

自此，白杨的电影表演艺术颇受各方面重视。1937年4月1日，上海《大陆报》有篇评论《十字街头》的文章说："白杨女士恐将成为中国的新影后……她虽然只有十七岁，中等的身材，可就是她的美丽、魔力、风韵和艺术天才，都卓然超出于一切。"文章说她是"瑞典女星嘉宝的匹敌"。同一天的《泰晤士报》也说："许多中国影迷都觉得他们发现了一个'中国嘉宝'，那就是白杨女士了。她在最近主演的《十字街头》中，表现出和嘉宝异曲同工的特色。"

此片成功后，电影公司老板立即给她月薪加到三百元，并在大马路上为她竖起了有几层楼高的海报。此后一年多的时间里，她接连又主演了《社会之花》《神秘之花》和《四千金》等影片。

"电影皇帝"金焰

1932年,上海有家叫《电声》的小报为了扩大影响,举办了一次评选"电影皇帝"的活动。方法是每期报上印有一颗印花,读者把印花剪下,写上所选明星的名字寄给报馆。报馆不时在报上公布得票者的姓名和票数。评选结束,金焰得票最多,当选为"电影皇帝"。

金焰之所以能当选为"电影皇帝",是因为他塑造了一系列健康、朝气蓬勃的青年形象。当时,封建、堕落和神怪武侠等影片充斥影坛,国家又是内忧外患、民不聊生。金焰在开明的联华电影公司,与阮玲玉合演了《野花闲草》《爱情与义务》《桃花泣血记》等反映社会生活,具有反帝反封建思想的影片,深受观众欢迎。他以自己英俊、朴实的气质,真挚自然、热情奔放的表现风格征服了观众。

金焰1910年出生于朝鲜汉城一个医生家庭。两岁时,父母因发动并领导反日的独立运动受到迫害,不得已举家逃到中国。不久，父亲病逝，家庭生活陷入困境，金焰被一位姑娘带到上海读书，后又转到济南、天津免交学费读书。在初中时，金焰就兼勤杂工来付伙食费。十七岁那年，他毅然辍学，去上海进入由田汉领导的"南国社"，但生活仍然十分困难。一次剧团到外地演出，他留在剧社看房子，每天在弄堂口的小面摊赊一碗十六个铜板的辣酱面。两个月后，他净欠面账七百二十个铜板。面摊师傅年三十晚上来讨债，他只得脱下身上的棉袍去典当，恰恰只当到大洋二元四角，折合铜板七百二十个。坎坷的生活道路，使金焰受到磨炼，他奋发自强、刻苦努力，进入影坛不久就一举成名，被选为"电影皇帝"。

不久，他又因在《三个摩登女性》中扮演男主角获得成功，名气更大了，经济收入也多了。他鄙视当时很时髦的抽大烟、打麻将，以及寻花问柳的花天酒地生活，把精力用在练习骑马、驾车、游泳、打球等方面。他还自任队长，组织了中国第一个电影明星球队——"未名篮球队"。队员有田方、刘琼等人，领队吴永刚，球队干事王人美，拉拉队由韩兰根、殷秀岑等人组成。他们既打篮球，又踢足球，每场球赛观众都在千人以上，球队坚持了近十年，影响很大。

金焰在田汉的悉心帮助下，曾成功地主演过《莎乐美》《卡门》《回春之曲》等名剧，同时也接受了进步思想，曾发表过公开信，提出演员要以自己的艺术为社会服务，为大众效力，不做资产阶级姨太太的玩物。

金焰曾两次不畏风险，掩护田汉躲避国民党反动派的搜捕。在国民党反动派的眼里，金焰是一个左倾分子，赤色明星。他的名字上了黑名单。1938年七八月间，一位很有政治背景的日本商人指使汉奸文人刘呐鸥设圈套迫使金焰与他见面，软硬兼施，逼迫金焰组织演员为日寇效劳，遭到金焰严词拒绝。日本人正要下毒手，吴永刚等人急速帮助他离开上海去了香港。此后，直到解放，他只拍了《长空万里》等四部影片，可说是创作上的低潮，而金焰威武不屈的高尚情操，却如日月行天，光彩照人。

王莹饰演赛金花

在位于香山之侧的梅山上,有一块被苍松翠柏环绕的墓碑,那便是20世纪30年代剧坛和影坛明星王莹的墓地。

王莹1915年生于安徽芜湖,1929年参加上海艺术剧社,是左翼戏剧家联盟成员。她先后在复旦剧社、辛酉剧社、明星电影公司等单位演出过许多话剧和电影,如《酒后》《约翰曼利》《自由神》《赛金花》等都受到广大观众和舆论界的好评。尤其是《赛金花》更是轰动一时,但为演此剧,她却得罪了另一个争演赛金花的演员——江青(当时名蓝苹),从而种下她人生悲剧的祸根。

1936年初,夏衍创作了话剧《赛金花》,由业余剧人协会排演。大家估计此剧一上演,定会引起轰动。当时的二流演员蓝苹得知这一消息后,便跃跃欲试,想借此机会提高自己的身价和声望。但是,夏衍和欧阳予倩等一致提出赛金花由王莹主演最合适,蓝苹对此十分妒忌。她找到洪深说:"我对这个剧本非常感兴趣,希望先生栽培,让我扮演赛金花。"洪深说："这个角色的演员已经定了，你将来还会有机会的。"蓝苹的欲望得不到满足，竟大哭大闹，骂夏衍有私心，把王莹当成自己的女儿。

王莹见蓝苹如此折腾，深感不安，主动提出先让蓝苹试一试，如果确实不合适，自己再接替。夏衍、洪深、欧阳予倩为了平息这场风波，提出了一个折中办法，由王莹、金山演A组，蓝苹、赵丹演B组。蓝苹一听，立即拂袖而去。她说："凭什么让我演她的B角？让王莹骑在我脖子上拉屎，办不到。"后来王莹主演的《赛金花》在上海金城大剧院果然一炮打响，观众看后报以雷鸣般的掌声。王莹每次都手捧鲜花，频频鞠躬谢幕。对此，江青更是耿耿于怀，把这笔账牢牢地记在心头。

1955年春，王莹和她的丈夫谢和赓从美国回到北京，开始翻译她的两本书：《宝姑》《两种美国人》，在文坛上辛勤耕耘。可是，1966年那场浩劫一开始，已掌握生杀大权的"文革"副组长江青就说：王莹这个人很坏，我非整死她不可。因为在江青眼里，王莹当年不仅抢了她演赛金花的戏，还对她20世纪30年代的丑恶行径知道得一清二楚，必须把王莹置于死地，才能免除后患。江青给她罗织了种种罪名，什么叛徒、特务，夏衍的黑干将等。经一个多月的批斗，使王莹身心受到严重摧残，然后将其逮捕入狱。在狱中，王莹被拳打脚踢，手和脸都被踩破，鲜血直流，血压升高，一年后即半身瘫痪，不能说话了。到1974

年3月3日，王莹终于停止了呼吸。

得到王莹死亡的消息后，江青欣喜若狂地说：她死有余辜，立即烧掉，不准留骨灰。但是，一位好心的火葬场工人还是把这个编号为六七四二的囚犯的骨灰保存了下来。直到江青倒台后，北京电影制片厂才为王莹举行了追悼大会，为其平反昭雪。

一代影星阮玲玉

最近一两年，中国香港与内地演艺界对20世纪30年代影星阮玲玉的表演艺术评价颇高，连续摄制了多部关于这位影后的电影及电视剧，并排演话剧，有人还写过传记小说纪念她，使阮玲玉的名字在20世纪90年代重新响亮起来。

阮玲玉，广东人，1910年生于上海。家中并无兄弟姐妹，母女俩依靠父亲在浦东亚细亚油栈做工度日。父亲积劳成疾后来不能工作，一家三口陷于三餐不继的窘境。阮玲玉五岁那年，父亲病逝，母亲只好为人帮佣。从此，幼小的阮玲玉无家可依，母亲把她寄养在一个结拜姊妹家里。稍长，她便随母亲同住张姓主人家，做小婢女的劳作。过了两年，母亲用积蓄的一点钱送她上学，读了七八年书。可悲的是，当她长到豆蔻年华时竟被少东家奸污了。

1926年，阮玲玉十六岁，报名考入了规模较大的明星影片公司,当时中国电影尚处于无声片阶段。起初,她只充任临时演员角色,以后逐渐升为二三等演员。由于她注意观察生活、表演逼真,因而逐渐被导演和观众重视起来。

阮玲玉在明星影片公司只拍了三年戏,十九岁进了联华影业公司,一直到她不幸辞世。在"联华",她先后拍有《故都春梦》《野草闲花》《恋爱与义务》《城市之夜》《续故都春梦》《三个摩登女性》《桃花泣血记》《小玩意》《人生》《归来》《香雪海》《再会吧,上海》《神女》等影片。

对于这些影片,阮玲玉自己感到很满意,她认为这些影片是从谈情说爱、粉红色的梦走向现实,揭露人生、表达大众心愿的。

但在阮玲玉蜚声影坛、名闻遐迩的同时,她却处于极端痛苦的深渊之中。原来,那个名叫张达民的少东家,把懦弱的阮玲玉视为摇钱树,死死缠住她不放,以无赖手段敲诈她从水银灯下挣来的血汗钱,供他无度地挥霍,还百般凌辱、威胁,要毁灭她的声誉。与此同时,她又看穿了同居茶商唐季珊到处拈花惹草的丑恶面目。当时年轻柔弱的阮玲玉,既无法挣扎开恶势力的控制,又摆脱不了被人当作"玩物"的命运。她感到屈辱、孤独和绝望,1935年3月8日,终于愤而自杀,时年仅二十五岁!与阮玲玉同时期自杀的,还有在明星影片公司有"作家明星"称号的艾霞女士。这两位明星的陨落,对当时中国影坛是个沉重的打击!

阮玲玉死后,遗体殡于上海胶州路万国殡仪馆,前往吊唁者汇成了人的海洋。她的坟墓坐落在联谊山庄。

光阴似箭,日月如梭,今年(指1996年——编者注)当是这位20世纪30年代的影星逝世六十一周年了。

出于书香门第的梅熹与梅阡

四十年前上海大名鼎鼎的电影演员梅熹,曾因演《啼笑因缘》,在《家》中扮演觉新,在《木兰从军》《西施》中扮演男主角而名闻海内,红极一时。现在,他的弟弟梅阡与他同在北京影剧界工作,梅熹已近古稀,梅阡则已成为内地名导演之一了。

可是,人们也许还不知道,梅氏弟兄是天津人。原清华大学校长梅贻琦、燕京大学教务长梅贻宝,都是他的本家。人们也许更不知道,清朝嘉庆举人梅树君(成栋)是他们的曾祖,津门名士梅小树(宝璐)是他们的祖父。梅树君、梅小树都是名诗人,留有不少诗篇传世,他们广交名儒雅士,集结诗社,两代风流。

梅树君的诗,刊印的有《欲起竹间楼存稿》六卷、二册,《树君诗抄》一册。他还编辑、勘定过不少别人的诗集,如《津门诗抄》三十卷、十册,《精选五律耐吟诗》

一册,《秋吟集》一册,《黄竹山房诗抄》二册。

梅小树的诗集,有《闻妙香馆诗存稿》一册,《天津梅小树、华葵生诗抄》一册。

他们两人的诗篇,久在津门传诵。梅小树为天津鼓楼所撰对联:

> 高敞快登临,看七十二沽往来帆影;
> 繁华谁唤醒,听一百八杵早晚钟声。

真是一副脍炙人口的好对。他的诗清隽淡雅,耐人寻味。早年天津胜迹经他题咏的不少。如:

> 桃花寺外桃花口,杨柳青边杨柳青。
> 七十二沽沽水阔,半飞晴絮半飘萍。
> 丁字沽边柳万条,青青一带锁红桥。
> 帆樯纵借东风力,消息全凭子午潮。

给后人对津沽旧地"杨柳青"和"丁字沽"的探幽访古,增添了情趣。

梅树君的诗,情景交融,情深意切,诗中有画,意境清新;遣词铸句,平易自然。试举几首为例:

> 津门名胜是诗家,沽上题襟事已赊;前辈风

流摇落后,独流清韵在梅花。

——《诗家》

玫瑰入市春花尽,芍药簪并夏景来;又是一年容易过,樱头红映掌中杯。

——《卖花》

百花寒未吐,辜负此清明。帘里风将至,云黄雨未成。冬衣绵又著,春暮扫难行。薄酒陈家祭,聊申婆子情。

——《清明日大风》

梅熹兄弟出于这样的诗文世家,对他们投身艺术生活,不能说没有影响。

《红楼梦》电影话当年

电视连续剧《红楼梦》播放后,观众莫不拍手叫好。《红楼梦》故事第一次在银幕上出现,是1924年梅兰芳主演的《黛玉葬花》戏曲纪录片。1927年,上海复旦影片公司和孔雀影片公司又分别制作了故事片《红楼梦》。到1942年,上海中华联合影片公司也拍摄了《红楼梦》故事片。20世纪50年代初,中国香港长城影片公司制作了《新红楼梦》。60年代初,上海海燕电影制片厂又把越剧《红楼梦》拍成了电影。

在这几部《红楼梦》电影中,演员阵容最强的,要算是1942年在上海拍摄的那部了。周璇演林黛玉,王丹凤演薛宝钗,袁美云反串贾宝玉,白虹演王熙凤,欧阳莎菲演袭人,梅熹演贾政。这些演员在当时都是红得发紫的影坛大明星。

周璇演林黛玉,是最理想的角色,她出身贫寒,童年是在苦水里度过的;长大以后,自己又经历了爱情悲剧,所以常自称为"林黛玉第二"。她在饰演林黛玉时,浓妆淡抹,把自己打扮得雍容华贵,楚楚动人;但卸妆后,却总是穿一件阴丹士林布旗袍,不施脂粉,朴实无华。

周璇文化水平低,识字不多,既然要演林黛玉,一定要先把原著《红楼梦》通读一遍;但字里行间,经常要碰到"拦路虎",读不通,看不懂,只得借助于商务印书馆出版的《王云五小词典》。反串贾宝玉的袁美云,幼时唱过京剧,读过脚本,有些文化基础,于是与周璇一起,互相勉励,并肩攻读。她俩足足读了一个月,才把原著勉强读完。周璇对袁美云说:"一个人没有文化真是苦啊!"

王丹凤原名王玉凤,在上海爱国中学读书时,就非常喜欢观看周璇、袁美云等明星的影片。有一次,她为好奇心所驱使,跟人到合众影片公司去看拍电影,不料被导演朱石麟发现,从而踏进了电影界。她演《红楼梦》时年仅十七岁,与薛宝钗年纪相仿,那时她在影坛上已初露头角,至此更是红透了半边天。

弹指间,五十五年过去了,周璇已于1957年在上海病故,王丹凤和袁美云还健在;据说,她们看了新拍的《红楼梦》电视连续剧,赞不绝口,而且感慨地对亲友们说:"那时大观园里的姐妹们,已经所剩不多了!"

话剧、电影和小说《秋海棠》

抗日战争全面爆发之后,上海陷于孤岛时期,著名电影演员石挥,以扮演话剧《秋海棠》中的京剧演员秋海棠,一举成名,赢得"话剧皇帝"的美誉。同时,电影界也推出了《秋海棠》影片,主角由影星吕玉坤扮演,也获得了好评。

这两位著名演员都是天津人。石挥原名石毓涛,天津西郊杨柳青镇人。初在北平参加话剧活动,后到上海参加"苦干剧团"。在《秋海棠》剧中,以主角被毁坏面容后的表演最为感人,演员出场时,先是背向观众,缓步走到舞台中央后猛然转身,把一副被刀划了十字伤疤的丑面孔显露给观众,口诵昆曲《林冲夜奔》中的道白:"丈夫有泪不轻弹,只因未到伤心处!"一时全场震动,静寂中掩不住观众的抽泣声;直到终场,满场的掌声才冲破了那沉重的压抑气氛。

吕玉坤也是在天津长大的,与其父吕月樵同为京剧演员。后来，吕玉坤到上海进入电影圈，成为著名小生演员。他在影片《秋海棠》中担任主角，是以被毁容前的表演而被称道。因为他有京剧的功底，他的小生戏《罗成叫关》的几句唱腔，获得观众满场掌声。在和罗湘绮离别时，吕玉坤撩起长衫迈步和甩围巾过肩的动作，都显示一个京剧演员具有的身段特色，恰合身份。

《秋海棠》的话剧和电影，都是根据秦瘦鸥的小说《秋海棠》改编而成的。这篇小说所采用的故事，也是发生在天津。那是六十多年前军阀统治时期，军阀魔掌惨杀京剧演员的一段实事。小说作者把当事者的姓名加以变化并把情节作了艺术加工。

事件发生在1927年1月。当时在天津做直隶省保安司令、督办和省长的绿林出身的褚玉璞，先属山东张宗昌部下，后与奉军李景林组为"直鲁联军"，分据冀、鲁两省。他于1926年春进驻天津，1928年由于北伐军赶走奉军而倒台。褚在天津两年半时间，杀人不少。国共合作时期两党志士江震寰等十五人，就死于他之手。有两个从上海来的京剧演员小刘汉臣和张三奎，1926年到北方演出。在天津期间，张三奎和褚玉璞的一位年轻的姨太太发生恋情，两人时常背着褚玉璞亲密来往；小刘汉臣也未加避讳地把剧照送给了这位姨太太，存放在她屋内。后来被褚玉璞知晓后，勃然大怒，立即派人将张、刘二人捕获，以"宣传赤化、图谋不轨"的罪名秘密处死。当时报纸曾作过揭发报道。

当时，上海的小说作家秦瘦鸥即以这件事为题材，写成小说《秋海棠》，1941年在上海《申报·春秋》副刊发表。

《唐伯虎点秋香》五上银幕

两年前,中国香港喜剧明星周星驰与内地"大腕影星"巩俐联手主演了影片《唐伯虎点秋香》,我由此忆起"点秋香"五上银幕的轶事。

唐伯虎史有其人,他名寅,字伯虎,一字子畏,号"六如居士""桃花庵主""逃禅仙史",生于1470年,卒于1523年,乃明代文学家、书画家。他是江苏吴县人,少时纵酒放荡,不事科举,学画于周臣,与祝允明、沈周等相友善。后听祝允明劝,举弘治十一年乡试第一。不久,以程敏政泄试题事牵连,遂下狱,谪为吏。唐伯虎耻不就职,自放于名山大川,筑桃花坞以居,毕生致力于绘画,工山水、人物、花鸟,兼及书法,且擅诗文。

与祝允明、徐祯卿、文征明齐名,并称"吴中四才子";与沈周、仇英、文征明合称"明四家"。有《六如居士全集》《画谱》等作品留世。唐伯虎的一生,留下了许多风流轶事,多年来成为影剧家们追寻的题材。

这次周星驰与巩俐联袂演出的《唐伯虎点秋香》，乃银幕上的第五次"点秋香"，早年还有三次，近年一次。

记得第一次是在1926年，由当时上海的"天一公司"（即今日中国香港邵氏公司的前身）拍摄。导演是"天一"老板邵醉翁，主演秋香的是老板娘陈玉梅。"点秋香"首搬银幕，影响很大。

第二次、第三次都是在1940年抗战时期上海"孤岛"拍摄。有意思的是，两部影片都叫《三笑》。一部由艺华公司出品，导演岳枫，主演李丽华、严化。另一部由国华公司拍摄，张石川导演，周璇、白云主演。

1940年上海两家公司同时拍了《三笑》，实是两个公司的"擂台"产品。两部《三笑》的秋香分别由周璇、李丽华扮演。艺华公司听说国华公司的《三笑》起用周璇，他们为了出新意，遂大胆起用新人李丽华。李丽华当时没有名气，为了扩大她的知名度，公司别出心裁地制造"新闻"——在报纸大版面上刊登李丽华的"鸣谢启事"，声言李丽华丢失了巨型钻戒，又失而复得，遂登报致谢。影片还未上演，李丽华的名字已家喻户晓。待影片上映，李丽华一举成名，很快进入一流女星行列，五十余载红透内地、港台地区，被誉为"影坛长青树"。

两部《三笑》的唐伯虎，分别由白云和严化扮演。当时国华公司选定的唐伯虎的扮演者是吕玉坤，但吕玉坤在南京演剧。国华公司急电催其回沪，吕接电后，由于有戏约在身,不好毁约,又考虑国华拍片不会那么快,晚几日也无妨。一周后,吕回沪,沪市街头已贴满周璇、白云主演《三笑》的广告,影片已上映,周璇唱的《点秋香》插曲已风靡上海,使吕玉坤大为惊异。

第四次的《三笑》,是20世纪70年代由中国香港凤凰公司拍摄的,李萍倩导演,陈思思主演秋香,亦轰动一时。

"杨乃武冤案"入戏来

曲剧中有一出清代冤案戏《杨乃武与小白菜》。戏演举人杨乃武与佃户毕兰英（即小白菜）通奸后脱离关系，小白菜又被余杭县令刘锡彤之子刘子和看上，刘子和用毒药将小白菜的丈夫葛小杜害死。刘锡彤为掩盖其子的罪行，买通杭州知府边宝贤、浙江巡抚杨昌浚和钦差胡瑞澜，并采用骗诈、威逼等手段，迫使小白菜招供杨乃武是凶手。杨乃武开始也被屈打成招，致使二人皆被判死刑，等候处决。嗣后，杨乃武的姐姐赴京告状，后经上级衙门复审，查明冤情，杨乃武昭雪，凶手伏法。

这出戏是历史事实。"杨乃武冤案"是清代末年"四大奇案"之一（另外三大奇案是：张文祥、春阿氏和锔碗丁）。"杨乃武冤案"在戏曲上反映很早，早在1917年12月21日，上海就将此案以京剧形式搬上舞台，剧名叫《余杭奇案》。

《杨乃武与小白菜》这出戏，从时间、地点、人物上，基本都是真实的,历史案件与戏里所表现的,基本一致。为什么说是"基本"呢?因为戏与史在个别人名、情节上有些区别。杨乃武确实是清代末年的一名举人,"小白菜"本名叫毕秀姑,出生于浙江省余杭县仓前毕家塘村,她在戏里称毕兰英。"小白菜"名字的由来有两种说法:一说是她行为轻薄;一说她平时爱穿白鞋、绿衣,色似"白菜"。历史案件中被毒死的小白菜的丈夫叫葛品连,戏里称葛小杜(评剧)或葛小大(京剧)。

杨乃武案发生在清末1873年11月28日,这天葛品连被毒死,12月1日即革去杨乃武举人。此案发生后,引起社会上广泛关注。上海《申报》1874年1月13日就发表了题为《详述余杭某生因奸谋命事案情》的报道,明确指出这是一桩冤案。这是报纸上最早为杨乃武鸣冤的一篇报道。在监狱里,杨乃武和小白菜受尽了酷刑。当年报章上披露,杨乃武"极加五刑,使之七次昏绝";小白菜"刑讯至三昼夜,铁链之陷入膝骨而抽之复出者,至再至三","锡龙滚水浇背,火烧铁丝刺乳"。这些在戏中都有充分的表现。从杨乃武的唱词"好年华消磨在刑杖以下公堂之上,我睡不尽身下的薄草,守不暖墙上的铁窗"中就可见一斑。

此案当年曾在北京海会寺开棺验尸,最终得以平冤。

当然,杨乃武案昭雪,并不说明清末官场多么清廉,而是从侧面体现了官场上的派系斗争。当时,知府边宝贤、巡抚杨昌浚和钦差胡瑞澜均为清廷东宫的亲信,而西宫为了利用杨乃武一案翦除东宫这一帮异己势力,使得东宫也用此案做文章,为其平反。

平反后,杨乃武和小白菜的晚年生活也很凄惨,今在浙江省余杭市余杭镇的一座山上为小白菜建有墓塔。

曲艺撷枝

quyi xiezhi

漫话相声《关公战秦琼》

侯宝林说的著名相声段子《关公战秦琼》，人们大多相信所说乃韩复榘其事，也有人认为是以讹传讹。

其实这个段子并非空穴来风，实是受一个地方戏《关公战秦琼》(又名《唐汉斗》)启发而成。这出戏在20世纪二三十年代流行于韩复榘一度管辖的鲁西北一带，常由河北梆子剧团上演。

这出戏主要叙说一位书生自幼与一位小姐订婚，但书生家道中落后，小姐之父起意退婚。小姐遂与书生相约于关帝庙互诉心曲，并将饰珮赠予书生。两人分手后，庙里的关帝、周仓大为不满，认为两人玷污圣庙，关羽遂派周仓去捉拿书生，但行至书生家门时，却遇到门神——秦琼、尉迟恭阻挡。周仓于是请来关羽，引起"关公战秦琼"，直到惊动玉皇大帝出面调解，最后书生高中衣锦还乡，形成洞房花烛大团圆的结局。

这是一出文唱武打齐备，生、旦、净、丑俱全的喜庆神话戏，颇具有提倡男女婚姻自由的思想，在旧时代还是具有积极意义的。

据说最早说《关公战秦琼》这段相声的是天津曲艺家小蘑菇，而并非侯宝林。那时相声里的主人公就是张宗昌，由此看来，这段相声的成形应于20世纪30年代左右（即张宗昌1925年入鲁任军务督办被杀之后）。但是否小蘑菇创作，已不可考。据侯宝林的老搭档郭全宝谈：侯宝林20世纪50年代初对此相声段子加以改编，将张宗昌换成韩复榘，是与当时"批判"梁漱溟先生有关。因当时有"韩复榘用枪杆子杀人，梁漱溟用笔杆子杀人"的流行语，故易张为韩以加强戏剧性效果。可见，侯宝林只是一个改编者。至今台湾地区艺人在说这段相声时，主人公仍然是张宗昌。

张宗昌是臭名昭著的军阀，出身于地痞匪类，后被招安，最后混成割据一方的土皇帝。他还当过山东的"草头王"。这位满脸横肉、流氓成性的张"督办"，当时报纸上送给他"狗肉将军"的"雅号"（他也被呼为"长腿将军"，因其逢战必溃逃也）。

张宗昌入鲁任军务督办后，每年都要大肆为自己及父母妻妾祝寿，遍请京、津名角，极尽"风光"，像余叔岩、梅兰芳等都曾被"邀请"去唱过堂会。虽然据考证，在张宗昌身上并未出现过《关公战秦琼》的荒唐事，但人们往往宁信不疑，因为这个相声段子在对军阀残暴与愚昧的揭露上堪称入木三分。

至于韩复榘,他1930年入鲁任山东省主席,而其父1927年已逝于北京,所以这桩愚昧之举也无从发生。而且韩复榘出身书香门第,少时即能诗善文,尤以书法见长,不似张宗昌,不通经史,不懂戏文,只是附庸风雅而已。

金喉歌王小彩舞

据说内地十几家省市电视台正在播映根据老舍原著改编的电视连续剧《四世同堂》，其主题歌"千里刀光影，仇恨满九城。月圆之夜人不归，花香之地无和平……"是著名曲艺演员小彩舞演唱的。这位当年睥睨鼓界的金喉歌王，笔者是很了解的。

20世纪三四十年代，刘宝全、白云鹏彪炳鼓坛，其后虽有几位大鼓艺人露出头角，但技艺较之刘、白相去甚远，鼓界确有后继乏人之慨。40年代初，小彩舞露演于天津中国大戏院。她天赋甚高、音域宽广、声调感人，一时芳名大噪、听者如堵，俨然成为继往开来的鼓界后起之秀。

小彩舞原名骆玉笙，七岁时在南京学京剧，后改学京韵大鼓。她仪态端庄、嗓音清脆嘹亮，能把京剧老生、老旦唱腔熔冶于京韵大鼓腔调中，独辟蹊径，大胆革新。无论唱平腔、低腔，她都能运用自由，且韵味深厚无穷、耐人寻味。当时小彩舞做工尚未臻成熟，像武段子《长坂坡》

《古城会》《关黄对刀》等，虽能演唱，但不精致，因而这些段子不经常露演。但演唱悲柔缠绵的段子，则有突出的成就。如《糜氏托孤》《别母乱箭》《红梅阁》《刺汤勤》等，最为拿手，海报一出必然狂满。这些段子她唱得激越、悲凉、凄恻、感人至深。

小彩舞最擅长的是《剑阁闻铃》。此段为清代文人韩小窗所创，写的是唐明皇避安禄山之乱逃亡四川，行至剑阁夜不能寐，闻铃声而思念杨贵妃的情景。歌词开头"马嵬坡下草青青，今日犹在妃子陵。题壁有诗皆抱恨，入祠无客不伤情"，小彩舞唱得抑扬婉转，含悲带恨，把一个风流唐天子的爱情悲剧展现在听众面前。随后唱唐明皇对杨贵妃的思念，天子自己提出设问："自古巫山会入襄王梦，我何以欲梦卿时梦不成？"随之用了六句排比句子，一方面回答自己的提问，一方面表达了自己左右思量、心如刀绞的沉痛心情："莫不是弓鞋懒踏三更月？莫不是袖儿难禁五夜风？莫不是旅馆萧条卿嫌闷？莫不是兵马奔驰你的心怕惊？莫不是芳卿内心含余恨？莫不是薄幸心中少至诚？"小彩舞唱得如行云流水，珠落玉盘，含悲带戚，扣人心弦。接着唱："细思量都是奸臣他误国，真冤枉偏说妃子你倾城。""可怜你香魂一缕随风散，却使我血泪千行似雨倾。"歌声由低沉、如泣如诉，逐渐变得明朗、爽快，听众得到美的音乐欣赏，似乎也能体谅到误国大罪不能委之于玉环了。

相声世家常连安、常宝坤

前几年,应旅美台湾地区相声大王吴兆南之邀,中国相声代表团一行八人赴美演出,开创了海峡两岸相声演员同台演出的先河。

这个代表团中,有出身于著名相声世家的常宝霆、常宝华、常贵田等。常宝霆和常宝华是已故著名相声演员常连安之子,艺名"小蘑菇"的常宝坤之弟。常贵田是常宝坤之子,已是常家相声的第三代了。

常家相声的创业人常连安,原在北京富连成科班学京剧,工架子花脸,与著名的京剧大师马连良同属于"连"字辈师兄弟。后因倒嗓,中断了学演京剧的生涯,曾流落在街头,做过"打鼓"收买破烂旧物的营生,又摆过酒摊做小买卖,还兼为京剧票友们说戏,以之维持生活。同时,他还学会了变戏法。

六十年前的1927年,常连安带领乳名叫"柱子"的长子常宝坤到张家口卖艺。当时年仅六岁的常宝坤,跟着父亲"略地"变戏法，边表演边学艺。常宝坤天资聪明，口齿伶俐，爷俩儿在"开场"说"艺话"时，应对自如，不断博得围观顾客的大笑。张家口盛产蘑菇，当地人爱吃，因为幼年的常宝坤受人喜爱，人们便以喜爱蘑菇的心情叫他"小蘑菇"，以后越叫越响，就以之为艺名，流传于曲艺界。

常连安为培养常宝坤成才，放弃了变戏法这个行当，教导儿子学相声，父子两人一逗一捧，亦庄亦谐，配合默契。后从张家口辗转到天津，在天津为常宝坤拜了著名相声演员张寿臣为师，常宝坤时年九岁。从此，技艺大有进步，仍是父子俩表演，小小的儿子逗场，父亲捧场。20世纪30年代初，常连安和"小蘑菇"在天津各杂耍场表演，声名大噪，一天连赶好几场，观众兴趣始终不减。后来，因常连安到北京开启明茶社，常宝坤改与赵佩茹合作，两人配合得更好，声誉更高。

常宝坤说相声善于"现挂"，即当场抓彩逗场。他运用相声艺术的讽刺性质，敢于说出观众要说的心里话，但因此为日伪所嫉恨。"七七"事变后，日伪统治天津期间，常宝坤曾用"耍猴儿"没有锣，讽刺日寇迫使中国老百姓献铜献铁；说"牙粉袋儿"，讽刺日伪时期物价上涨，面粉袋小成牙粉袋；说"打轿票"，讽刺旧警察对老百姓运物过桥进行勒索等，以揭露敌伪的黑暗统治，为天津观众所器重。可惜在20世纪50年代初，常宝坤在赴朝鲜战场慰问演出时牺牲。

常宝坤的几个弟弟,还有他的儿子,均能继承家传相声技艺。

鼓界大王刘宝全

幼时常听人谈：唱戏最好的是梅兰芳，说大鼓书最好的是刘宝全。稍长，看过梅兰芳演的《宇宙锋》和《穆桂英挂帅》之后，大饱了眼福，可是刘宝全的大鼓书却一直没看过，因为刘宝全1942年就故去了，也只好听听他的唱片来过瘾。据见过刘宝全的人说，刘宝全是高高的身材，长眉大眼，隆准丰颐，举止潇洒，在台上表演时挥手目送，引吭高歌，唱做和风度融合成一个完整的艺术形象。

刘宝全原名刘毅民，河北省深县人，他幼时随父学唱弹三弦和木板大鼓，中间学过京剧老生，后来又改唱大鼓。曾拜当时的名艺人胡十（金堂）为师，并得艺人霍明亮、宋五的教益。

1900年，他从天津到北京献艺，与当时的京剧名家谭鑫培、孙菊仙交往，在艺术上又得到他二位的指点和熏陶，遂对木板大鼓加以改进，在原来的基础上吸收了京剧唱念的吐字发音、行腔走韵，并将河北的乡音改为北京的语音语调，同时借鉴京剧的表演，用于鼓书的身架、眼神，还融进了柳子腔、石韵书、马头调等的艺术成分，形成了完整的大鼓演唱技艺，从而使京韵大鼓从木板大鼓的母体中脱胎而出。

后来，刘宝全又得文人庄阴棠之助，把他原来经常用的本子《白帝城》《活捉三郎》《徐母骂曹》等作了修订，历十年的努力，获得成功，并首为京韵大鼓开宗立派，世称刘派。以后，他轮演于京、津、沪、宁、汉口一带，誉满南北，并博得"鼓界大王"的美誉。

刘宝全的嗓音好，声腔甜润清亮，音域宽广，高低兼备。他善于使高腔制造气氛，注重寓情于声，声情相融。在说唱的处理上，形成说中有唱、唱中有说的风格。在当时他与谭鑫培、双厚坪并称"艺坛三绝"。他一生曾演出了《单刀会》《华容道》《长坂坡》《群英会》《战长沙》《白帝城》《赵云截江》《大西厢》《游武庙》《宁武关》等二十三个大鼓曲目。

1939年，北京曲艺界曾举行过一次盛会，内容是北京曲艺同行欢迎"鼓王"刘宝全的联合演出，地点在鲜鱼口华乐戏院。

刘宝全在曲艺公会会长曹宝禄等人的邀请下，慨然应允连演三个晚场：第一天是他最享盛名的拿手杰作《大西厢》，第二天是《赵云截江》，第三天是《华容道》。这场盛会轰动九城，票很快被抢购一空。

"鼓王"穿着一件干净挺括的浅灰绸子大褂，白绸子裤子，系着黑色腿带，礼服呢面白千层底便鞋，白丝袜子。六十多岁高龄，显得精明强干，干净利落。

"鼓王"上场前，台下一切活动均已停止：茶房们手里的茶壶、手巾板全放下了，卖食品的挎着木盘不卖了，找个不碍事的地方面向着舞台，屏息而立，听戏的也不走动了。

这三天的确令人大饱耳福，也大饱眼福。三天的段子，各有不同的风格。"鼓王"演唱《大西厢》的特点不着重于缠绵悱恻，却在唱中突出俏皮的劲儿来，他从语气到形体主要刻画崔莺莺和红娘这两个不同身份、不同性格、不同处境的年轻姑娘，其次刻画张君瑞的痴情，惟妙惟肖。他还把京剧的身段和台步恰当地用在人物身上，唱到红娘"穿游廊，过游廊，不大会儿到了西厢"这句时，摆动腰肢，走出小脚步；唱到红娘见了张君瑞，伪装气愤地责备他"咄，书呆子，你太荒唐"一句时，脚不错步，以单臂叉腰，用手指出去，这些都使京韵大鼓的表演更丰富了。

《赵云截江》和《华容道》都是武段子，可是表演方法也有不同。演《截江》他上了"刀枪架"身段，当吴将命军士向赵云放射乱箭时，赵云"忙摆动手中枪，恰好似乌龙摆尾，怪蟒摇头，啪啪啪，把那雕翎打落在长江"一句，随着唱，刘宝全伸出持板的左手，端拿起鼓键子的右手,比作手里拿的一杆枪,左右手互相配合着动作,立刻把"乌龙摆尾、怪蟒抬头"的唱词十分形象地表现出来。《华容道》则侧重在眼神表情,配合以雕塑形的身段,刻画关羽、曹操那两个人物。表演关羽大多半合眼睛,形体松弛,但一到关键处,随着唱词猛地一睁眼,同时形体也挺拔起来,面部严峻,立刻令人感到关羽威风凛凛的舞台美。表现曹操时那面部的奸笑,形体的松坦,也充分刻画出这个枭雄的性格特点。

评书大家连阔如

评书界有几位著名女艺人,如南方以说《水浒》著称的王丽堂,北方以说《三国演义》《东汉演义》闻名的连丽如,都是家学渊源,艺有专长的。笔者曾听过连丽如的评书,感到其容貌、腔调和动作,皆酷似乃父评书大家连阔如。

连阔如1903年生于北京,满族镶黄旗人,祖姓毕鲁氏,原名毕连寿,连阔如是他的艺名。他学说评书,先拜师李杰恩学《西汉演义》,后又向张诚斌学说《东汉演义》。当时北京有一位田岚云老先生说《东汉演义》,名扬京城。听众孙昆波把田老先生书中的精华告诉连阔如,再加上他的天资和勤奋,20世纪30年代末期连阔如在东交民巷伯力威电台播讲《东汉》,声名鹊起。从此,他更刻苦地向前辈艺人学习。他还借鉴京剧表演艺术,将其融于评书中,加以马跑、马嘶等口技辅助表演,被听众称为一绝。他尝言:"说书时要做到五忘:忘己事、忘己貌、忘座有贵宾、忘身在今日、忘己之姓名。"

连阔如度日勤俭，但不吝购书。他居住在和平门外琉璃厂，是"邃远斋""来薰阁"等古书店的常客。为了考证汉献帝的"衣带诏"，曾购买和翻阅了七八种《汉书》和《三国演义》的版本。为了提高艺术水平，他不但向知名的艺术家学习，还结识了许多京剧界的朋友，如萧长华、徐兰沅、郝寿臣、谭富英、李万春、马富禄等，以京剧唱、念、做、打的功夫丰富自己的表演。犹记20世纪30年代末，京剧名伶尚小云曾邀请他为自己的科班荣春社排演全部《东汉》，在前门外中和戏院演出，倾城轰动。

连阔如不仅说书技艺精湛，而且为人正直，光明磊落，从不奴颜婢骨。尝闻吴佩孚专权时，他已小有名气。有次请堂会，吴佩孚得知座上有一说书人，便白了他一眼，连阔如见之，愤然而去。日寇侵华时，责令他在电台宣传"大东亚共荣圈"，他却之不敢，便说了一段《廉颇与蔺相如》，意在号召中国人团结抗日，结果遭到斥责。

而今连丽如承继父业，卓有声誉。据说，连阔如本认为女孩子不能说评书，但在上海见到王少堂的孙女王丽堂说《武松打虎》后改变了想法，为表达"南丽继承南王评话，北丽继承北连评书"之心情，始给女儿更名连丽如，准其说书。

艺人爱国讽时弊

20世纪40年代初,是日寇统治北平最黑暗的时期,人们敢怒不敢言,一些爱国艺人却借助演出的机会,巧妙地抒发了心中的愤懑。

那年月物价飞涨,一日三跳,钱越来越"毛"。少妇拿一分的"钢蹦儿"扎俩眼儿当纽扣使;姑娘把一元一张的伪币折叠成纸花戴在头上,都是常事。提着一口袋票子都买不回一口袋米,真是民不聊生,怨声载道。

相声艺人常宝坤(艺名小蘑菇)表演相声时说:"别看现在几十块钱买一袋白面,再来几次'强化治安'呀!白面就两块钱一袋啦!"捧哏者说:"嚯!这么便宜?"常说:"是牙粉袋呀!"

说竹板书的张海峰(艺名小蜜蜂),他手里拿着伪币,指着上面的孔夫子像说:"你看孔夫子,左手拇指和食指弓成一个圈儿,另外仨手指头伸着,右手伸食指插到左手那个圈儿里,剩下三个指头拳着,这里头有个讲究,这是说呀,一块钱哪,只能买仨烧饼。"有的听众说:"现在涨价了,买不来啦!"

他说:"是啊!还有一张哪!"于是,他又拿出一张伪币说:"你看这张,孔子把两手都揣到袖筒儿里了,就是说,连一个烧饼也买不回来啦!"接着又说:"你想,连孔圣人都急得发愣,老百姓更没法儿活啦!"

日伪政权号召献铜献铁,名曰"献",实则无异于抢劫,就连住家户上的铜环子、旧王府门上的铜帽钉子,甚至羊肉铺的羊肉床子、烧羊肉时摆羊肉的大铜盘子,全被逼着献出了。

相声艺人高德明,在说相声"拴娃娃"时,说到老员外到庙里烧香、磕头的时候,老和尚敲磬发出"啪啦!啪啦!啪啦"的声音,捧哏者说:"嗳!磬是铜的,敲起来应该是'扑当!扑当!扑当!'你怎么是'啪啦!啪啦!'的呀?"高说:"你怎不知道?不是把磬都献了铜了吗?老和尚找了个砂锅摆在那儿凑合着用呗,可不就'啪啦!啪啦!'的吗?"把侵略者的强盗行径揭露得淋漓尽致。

那时,日本人在奴化教育的方针下,还强迫中国学生学日语。冷面名丑贯盛习演《法门寺》的贾桂,演到郿邬县令赵廉看状纸时,他问赵廉:"你认识字吗?"赵廉答:"本县乃二甲进士出身,焉有不认识字之理?"贯接着说:"我以为你光学日语,把中国字都忘了呢!"把汉奸走狗的嘴脸刻画得入木三分。

荀慧生表演《丹青引》，有一次当场作画，画了幅山水"孤城落日"，他画出了人民群众诅咒日伪统治的愤怒火焰，真是"此时无声胜有声"的杰作，当即被观众买了去。

双簧艺人孙宝才

"双簧"作为一种曲艺品种,在北京已有百余年历史。它是由清咸丰、同治年间北京评书艺人黄辅臣所创。黄擅长模仿人物语言、动作和市声、鸟兽声等,以连学带做著名。晚年的黄辅臣嗓子失声,不能再演唱,遂改为两人合作,一人模拟各种表演,一人藏在后面学各种说唱。因其姓黄,故称"双黄",后来人们称它"双簧"。

20世纪30至40年代期间,北京双簧艺人中的佼佼者,当推孙宝才。这位艺名"大狗熊"的演员,确实长得膀大腰圆,而且憨态可掬,只要他一开口说唱或模拟一两个动作,便能赢得全场叫好。

孙宝才早年拜卢伯三为师,学习单口、双口相声及双簧。卢氏功底深厚,以善说"八大棍儿"(笑话选段)而享盛名。孙宝才得此高人真传,无论说唱还是表演,均具乃师风范。

孙宝才所表演的双簧节目丰富多彩,其中脍炙人口的有《售声》《罗爷》《照花台》《八大改行》等。

《售声》可以说是孙宝才的代表性节目。正月的小金鱼儿,二月的带汤豌豆,三月的豌豆黄儿,四月的杨妃芍药,五月的甜巴旦杏,六月的沙瓤西瓜,七月的各种青菜,八月的葡萄和鲜枣儿,九月至腊月依次出现于市面的草芝麻秆儿、柏树枝儿、挂钞儿,以及除夕夜纸印的财神爷,凡北京一切叫卖声,无论词句简单还是复杂,也无论腔调低沉还是高亢,他都能学得惟妙惟肖。

《八大改行》亦是他颇见功底的节目。内容包括刘宝全卖粳米粥,抓髻赵卖切糕,龚云甫卖黄瓜,郝寿臣卖西瓜,萧长华卖豆汁儿,王杰魁卖馄饨,梅兰芳卖晚香玉,白玉霜缝穷。其中白玉霜缝穷,是孙宝才自己根据这位蜚声艺坛的"评剧皇后"的悲惨遭遇改编的。

20世纪30年代初期,北洋直系军阀首领曹锟邀请色艺双全的白玉霜(原名李桂珍)打牌,被婉言拒绝。曹锟恼羞成怒,下令将白玉霜轰出北京。孙宝才当年演出这段节目时,声情并茂,颇为感人。

孙宝才表演双簧或相声,从来没有一句"脏口"(即污言秽语),因此,唯有他的场地,妇女们才敢涉足,这也是他难能可贵之处。

云里飞与大金牙

旧时,北京天桥的江湖艺人中,素有"天桥八大怪"的说法。而"八怪"之中,最负盛名的是两怪,一曰"云里飞",一曰"大金牙"。

当年,云里飞用哈德门牌香烟盒子裱糊做成京剧舞台上乌纱帽(梨园行曰"盔头"),扮演剧中角色,演来惟妙惟肖。平时在天桥及隆福寺、护国寺两庙会卖艺,声名远播。他表演时夹以村言戏语,皆成趣味,诙谐幽默,观众无不捧腹。著名相声艺人侯宝林当年就曾师从云里飞学艺,故侯老对京剧之演唱,颇有功底,张口即来。

云里飞最拿手的节目为"一赶三"《二进宫》,表演时,他一人担任青衣李艳妃、花脸徐延昭、须生杨波三个不同角色,演者忙得不亦乐乎,围观者则前仰后合,几乎笑破肚皮。

20世纪40年代,有人曾作打油诗一首,吟咏云里飞其人其艺:

父老争传云里飞，东西两庙笑微微。

村言戏语皆成趣，纸冠知音已渐稀。

大金牙在天桥，用一句老北京的俏皮话讲，可以说是"蝎子屎——独（毒）一份！"

他边拉洋片边带唱，观者甚众。大金牙用那沙哑的嗓门，唱出一种耐人寻味的怪调奇腔，颇能引人入胜。

大金牙有二女，长女为唱西河大鼓的焦秀兰，次女名焦秀云。可怜大金牙老年染阿芙蓉僻，终至犯瘾倒毙街头。当年过手金钱如流水，最后吃抽一尽，堪为一叹！

人亦有打油诗咏之：

洋片拉唱是独门，锣鼓声中己自尊。幸有双花堪媲美，可怜瘾死葬黄昏。

天桥艺人"穷不怕"

旧时北京天桥是个民间艺人荟萃的地方,素有"天桥八大怪"之说。其中一位名叫朱少文者,早年是京剧演员,唱花脸和武丑。后来改行在北京各大庙会和天桥地区唱太平歌词和说笑话,由此逐渐演变成一种新型曲艺形式——单口相声。

朱少文在演唱时,用两片竹板伴奏,竹板长五寸、宽三寸,上面刻有两句诗:"满腹文章穷不怕,五年书史落地贫。"由此,人们给他起艺名叫"穷不怕",业内人士尊为穷先生。

后来,相声界分为朱、阿、沈三派,而名声最大、影响最深的就数朱派"穷不怕"了。相声讲究说、学、逗、唱,尤其是单口相声,一人学多人的声音,要谐而不厌,非有点儿真功夫不可。"穷不怕"是单口相声的开山祖师,后来也和徒弟表演双口相声和三人相声。他知识丰富,能当场抓哏,随编随说,雅而不俗。他常以相声这种形式对当权者进行无情的鞭挞和讽刺,对劳动者进行热情的歌颂和赞美。他所创作的《得胜图》,通过讲述太平天国起义军打垮清朝统治军队的故事,深刻揭露了统治阶级的昏庸腐朽,颂扬了农民军的英勇善战,是一篇难得的好作品。

"穷不怕"有时边说边写,边写边唱,为表演增加了不少趣味性和知识性。例如,他讲一个"容"字,先写一撇,说:"写上一撇不是字,饶上一笔念个'人'",然后写出"人"字,又说:"人字头上点两点(写出"火"字),火到临头灾必临(写出"灾"字)。"又说:"灾字下面添个'口'(写成"容"字)。"最后说:"得容人处且容人。"在此点出了"劝善"之主题,让人觉得寓意深刻,又有艺术性。他多次当场写出一副对联,给人留下深刻印象。上联是:"画上荷花和尚画",下联是:"书临汉字翰林书。"其独到之处是正着念和倒着念,字音完全相同,从而妙趣横生,被不少人作为佳句吟诵。

"穷不怕"有一手众所周知的绝活——白沙撒字。他用手指捏着白土,能在地上撒出丈尺双钩大字,很有气势。他每天到天桥,先用白土撒一个大圆圈,再在中间撒出一个"福"字和一个"寿"字,且均是一笔写成。大字下面又撒几行小字,即为当日说唱内容的提要。他这种边说边写的表演形式,配合非常巧妙。有一次他在地上撒出一个"二"字,对方问:"这是什么?"他回答:"筷子。"问:"干什么的?"答:"净盘大将军。"问:"现在何处?"

答:"没事了。"问:"为什么?"答:"他太好喽。"问:"好喽?"答:"不搂盘里的菜怎么没了!"这是对贪官污吏的尖刻讽刺,表演得惟妙惟肖。因此有人用诗赞美他说:"信口诙谐一老翁,招财进宝写尤工。频敲竹板蹲身唱,谁道此人不怕穷。"

相声艺人"老万人迷"

北京早年的相声艺人中,以唱工取胜者当属"老万人迷",老万人迷姓李,名号已不可考。他有天生的一副好嗓子,基本功亦非常扎实。

早年的相声艺人,要具备说、学、逗、唱、吹、弹、拉、打等八个方面的基本功,缺一不可,因此,一个优秀的相声艺人,必须有聪颖的天资与一副运用自如的好嗓子。

老万人迷的形象丑陋而怪异:头顶与下巴均尖似塔尖儿,黄鬓独眼,两腮短髭根根直立,状如猬毛。单就这副模样儿,让人一看就会发笑,因而也就具有极大的吸引力。此公还一向不修边幅,衣若悬鹑。

老万人迷作艺时的全部道具只有一小口袋大白粉,一双前后开绽的破鞋,一副光滑红亮的竹板儿。别看这些分文不值的道具,却各有各的用处:大白粉用来划地为界,圈儿内就是舞台,圈儿外则是观众的席位;竹板儿用来充当锣鼓与檀板等打击乐器;破鞋的妙用是充当戏曲中生、旦、净、丑等各种角色的道具。

每场演出之始,老万人迷总是盘腿坐于用大白粉所画的圆圈儿中央,模仿妇女纳鞋底儿、贴饼子、抱孩子或梳头、洗脸、擦胭脂等日常生活中的动作,并加以艺术夸张;这些惟妙惟肖、近似戏剧小品的精彩表演,总能把观众逗得捧腹大笑。而那双破鞋却被主人根据剧情的需要忽而充当梳子,忽而充当镜子,忽而充当粉扑儿,忽而又充当怀中的娃娃或柴锅里的贴饼子。

老万人迷的嗓子音域很广,对京剧老生、青衣、花脸、丑等各种角色的腔调,均能学唱得很有韵味。他演唱《钓金龟》,一人同时扮演康氏和张义两个角色,其中的"小张义我的儿,听娘教训,待为娘对娇儿细说分明"等句的唱腔,乍一听还真有点儿清末著名老旦龚云甫的韵味。

最为可乐的是老万人迷演唱《二进宫》,将两只破鞋分别充当定国公徐延昭和兵部侍郎杨波;他自己扮演明穆宗的妃子、垂帘听政的李艳妃。这是一出老生、青衣、花脸唱工均很吃重的传统戏,而他却能将三种截然不同的唱腔一气呵成地唱下来,而且不时地摆弄手中的两只破鞋,如同耍木偶一般,做出许多与剧情相关的滑稽动作,使观众笑得前仰后合,其表演的迷人之处,由此可略知一二矣。

曹宝禄和他的单弦

久负盛名的曹宝禄,是老北京人非常熟悉的一位单弦艺人,他十一岁时即拜尚福春为师,学唱梅花大鼓和京韵大鼓;十三岁出师后,在天桥畅宜园等茶馆卖艺。

梅花大鼓的曲调,是清末一位别号"梅花居士"的庄亲王所创,其曲词古雅,字少腔长,委婉动听。曹宝禄当年所演唱的《黛玉悲秋》《宝玉探病》等曲目,比精于此调的北京金万昌与天津花小宝略逊一筹。他十二岁时,经著名京韵大鼓艺人白云鹏(世称白派)介绍,拜金晓珊为师,学唱单弦和联珠快书。

1937年4月,被誉为"鼓界大王"的刘宝全从天津暂返北平短期演出,曹宝禄借与鼓王同台演出的机会虚心求教,技艺遂大有长进,此后他又在"民声""华声""国华"等电台演唱,于是渐渐成名。因其艺术造诣高、名望大,20世纪30年代末曹宝禄被同行推举为曲艺公会会长。

曹宝禄的单弦艺术特色是唱腔跌宕激越，行腔流畅，韵味隽永，悠扬动听。他的传统曲目《风波亭》《续黄粱》《白猿偷桃》等唱段，脍炙人口，家喻户晓。此外，他演唱的《五圣朝天》亦给听众留下极为深刻的印象。这一曲目系单弦艺人自编。所谓"五圣"，是指龙王爷、门神爷、灶王爷、土地爷和兔儿爷。故事主要描述五圣适应不了人间的种种变革，纷纷上天朝拜玉皇大帝，诉说其在尘俗被亵渎之苦。语多诙谐，富有反封建迷信及歌颂社会发展的色彩与情致。

曹氏所表演的联珠快书，大多是取材于《列国》《如《十面埋伏》)《水浒》(如《武松打虎》)等演义小说的武段子，情节紧张，唱腔铿锵，一气呵成，如"粒粒大大小小的珠子堕落于玉盘之中"，听来十分痛快。

曹宝禄所唱的单弦岔曲，词句皆出自晚清韩小窗等文人之手，如《过扬秋景词》云：

> 一叶钓鱼舟，苇漾江头，望长空烟云荡漾，静悠悠，碧天无际月轮浮（以上岔曲头）。沽美酒、且消愁，轻摇桨，荡孤舟，月扰秋水明如画（以上南锣北鼓调）。一行征雁，远下庐州，水云乡里，载酒来游，江水千古还依旧。清风明月同长久，且把闲愁一笔勾，红尘世上空争斗（倒推船调）。绿阴深处系孤舟，晚来时芦花岸上风

儿骤,潇潇细雨秋水冷,隔断那山外青山楼外楼(岔曲尾)。

王毓宝与"天津时调"

友人从天津捎来"时调"艺人王毓宝最近的两盘录音带,一段是《放风筝》,一段是《摔西瓜》,其唱词轻松、腔调爽朗,充分表现了天津人的性格和感情。我已多年没有听过北方乡土气息浓郁的"天津时调",此次听来,觉得荡气回肠,悦耳感人。

我爱听曲艺,更爱听北方乡土风味的"天津时调"。三十多年前,我曾在天津南市玉壶春茶楼听王毓宝的时调,那时她才二十几岁,屈指算来,现在她也是六十上下了。然而,听她最近的录音仍是气力充沛、嗓音清脆,虽届花甲却丝毫不减当年,在使腔吐字上已到炉火纯青的境界。

"天津时调"是在清代末年从"靠山调""鸳鸯调"演变而来的。民国初年,爱好曲艺的文人墨客,把已经流行的时调段子加以整理,去粗存精并加以润色,定出"慢板""二六""快板"三种板式,又丰富了春、夏、秋、冬、风、花、雪、月的内容，可谓雅俗共赏；共计改编出《七月七》《青楼恨》《撒大泼》《下盘棋》《叹五更》《踢毽》等段子。因为曲首多有"正月里""秋季里""一更里"等时间性的词句，因而取名为"时调"。

第一个登台演唱时调的女艺人叫赵宝翠，此人原是唱京韵大鼓"宝"字辈的，后来兼唱时调。赵氏声韵铿锵，响遏行云，一唱就唱红了。与此同时，又出现了高五姑和秦翠红两人，高五姑属女中音，她根据自己的嗓音条件，创造出一种疙瘩腔，极有韵味。秦翠红属女低音，嗓子宽厚，气力充沛，余音绕梁，后味无穷。以上三人，可以算作表演时调的第一代艺人吧。其后，又出现了姜二顺、赵小福、谢韵秋三人，唱词也都清脆甜润、板眼明晰，而且表情真切，声情并茂。这是第二代时调艺人。

王毓宝登台是20世纪40年代的事，她天生的一副好嗓子，又肯于努力，演唱悲剧、喜剧、闹剧各种段子都能表达不同的感情，使听者动容。跟一、二代人比，她把时调的演唱艺术进一步发扬光大。当年我在天津听她演唱时，只有韩师傅的三弦和李墨生的四胡伴奏。最近听录音，又增加了琵琶、扬琴和笙的伴奏，有丝有竹，更加悦耳。听说又有较年轻的演员二毓宝已能接替王毓宝的技艺，我于天津时调又有传人，甚为欣慰，更祝王毓宝的时调艺术永葆青春。

白派京韵忆云鹏

往昔谈京韵大鼓,最负盛名者首推"鼓界大王"刘宝全。刘以嗓音清脆高亮、道白韵味醇厚并长于刀枪架功夫而享名,为鼓界一代宗匠,世称刘派。与刘宝全称鼎足者,尚有白云鹏、张小轩两派。

张小轩之艺,世称武大鼓,其唱腔急促、表演火炽,惜在20世纪30年代初即逝世,再无传人。之后与刘宝全堪称伯仲者,唯白云鹏一人。白嗓音低沉而甜润,唱腔委婉,缠绵悱恻,道白略带怯音而字音清晰如娓娓清谈,擅演《红楼梦》小儿女情事段子,如"探晴雯""宝玉探病""黛玉焚稿""双玉听琴"等,皆称绝响。

20世纪30年代津门曲艺极盛时期,白云鹏与刘宝全间替在天祥市场"大观园"曲艺厅唱大轴。白氏的"冷雨凄风不可听,乍分离处倍伤情"(《探晴雯》)及"孟夏园林草木长,楼台倒影入池塘……"(《宝玉探病》)之句催人泪下,誉满曲坛。30年代末期刘宝全谢世,白云鹏为京韵大鼓硕果仅存之人物，长期在津演出，叫座率始终不衰。20世纪40年代后期天津因受长期战乱影响，百业萧条，娱乐场所亦不景气，征歌逐曲之徒虽仍不乏人，但均为新贵及暴发户，出入于曲艺戏院者大多以女艺人之色貌为矢的，技艺之高低遂无论矣。

犹忆1948年中秋前后，余过津门，偶经友邀，听歌于天祥市场之"大观园"，白云鹏与其女徒弟阎秋霞同台演出。阎秋霞正值绮年玉貌，艺虽未精，而捧者甚众。是日虽秋雨连绵，而上座仍满坑满谷，但阎姝歌毕，散者大半，待白云鹏登场，台下只留不足二十人。白氏环顾台下凄然曰："古人之得一知己不易，得一知音更难。我鬻艺一生，而不及少女！今观众虽寡，证明不仅为知己更为知音也。愿尽平生之艺，以答知音……"言辞凄楚，不忍卒听。时白云鹏已年逾古稀，生活亦甚困窘，一代曲艺大家，晚景若此，实可哀叹！屈指往事，三十五六年矣，未悉白氏何以终其老年？

去岁，相声巨匠侯宝林来港献艺，余在宴会上得相会晤，话及往事，据云白云鹏虽作古多年，但在50年代以老艺人身份很受尊重，薪资亦高。老年得享优越待遇，殊可称庆！传其艺者有阎秋霞、闻书屏二人，均负盛名。

滑稽大鼓艺人富少舫

抗日战争胜利后,名作家老舍在美国讲学期间写了两本小说,一是《四世同堂》,一是《鼓书艺人》。《四世同堂》写北平沦入敌手后的情况,内容多是根据其夫人胡絜青于1942年携全家南迁重庆后提供的北平情况而来,现已在大陆编成电视连续剧放映。《鼓书艺人》写重庆的市民生活,为老舍所亲身经历。书中男主人公鼓书艺人方宝庆,有一部分材料采择了老舍在北平旧识的滑稽大鼓艺人、艺名"山药旦"的富少舫的生活经历。富少舫于"七七"事变后在武汉与老舍相遇,此后,常演唱老舍创作的宣传抗战的鼓曲,闻名于大后方。

滑稽大鼓是京韵大鼓的一个支派。民国初年,刘宝全、白云鹏、张小轩形成京韵大鼓的三派鼎立之势,另有京韵大鼓票友张云舫和艺名"老倭瓜"的崔子明师徒二人,崔氏避开刘派的豪放、白派的缠绵、张派的粗犷,开创出一种夸张、滑稽的唱法,被称为"崔派",即滑稽大鼓。

张云舫原为北平的名士、票友,喜鼓曲,"五四"运动后，他以世事国情，编写了宣传爱国思想、劝世济人的幽默鼓词，交与艺徒崔子明演唱。其中宣传革命的《孙总理伦敦蒙难》、宣传储蓄的《大劝国民》、劝诫嫖赌的《醒世金铎》等，很受听众欢迎，逐渐形成鼓曲的新流派。其艺徒除崔子明外，还有富少舫、叶德林（艺名"架东瓜"）、杜玉恒（艺名"大茄子"）等人。

崔子明，京东通县人，因酷爱鼓曲，拜张云舫为师，以幽默的唱词、唱腔创新流派。其出名的段子有《吕蒙正教学》《蒋干盗书》《蓝桥会》《改良灯下劝夫》《刘二姐拴娃娃》等，现有高亭公司和蓓开公司灌制的唱片传世。

滑稽大鼓的传人不多，富少舫是第二代传人中的佼佼者。抗战前他常在沪宁一带演出，抗战期间富少舫由鄂入川，在重庆设有"升平鼓书场"，他自己经常演出，并开办"升平鼓曲班"培养艺徒。那时，在老舍等作家帮助下，他常有新的鼓词演出，因而成为抗战时期群众文艺中一支力量。抗战胜利后，富少舫重返上海，与其养女富淑媛（艺名"富贵花"）和刘宝全的女弟子章翠凤、相声演员刘宝瑞等同台演出。

富少舫为北京旗人，头大嘴阔，衣着袍肥袖长，姿态逗人；他演唱时动作幅度大，留有张（小轩）派京韵"连蹦带嚷"的狂放形迹。虽不长期在平津演出，但每次富少舫在天津书场上出现，必赢得满场喝彩。

富少舫的事迹，除在《鼓书艺人》中有所采用外，老舍在其《方珍珠》小说中，也多有采用。后者在20世纪50年代被拍成电影。

周汝昌新作《秋窗风雨夕》

春节前，友人送我一盘由红学专家周汝昌新作曲词、梅花大鼓著名演员花小宝演唱的《红楼梦》新段子《秋窗风雨夕》的录音磁带。久未闻家乡曲艺，得此新曲，殊可慰我乡思。

梅花大鼓的曲目，除《昭君出塞》《杏元和番》《目莲救母》等几段外，绝大部分出自《红楼梦》，如《黛玉葬花》《宝玉探病》《探晴雯》《遣晴雯》《别紫鹃》等等。现在由周汝昌新作的《秋窗风雨夕》，内容以宝钗和黛玉的对话为主，笔法生动，情节感人。由花小宝设计的唱腔，在梅花调的基础上，作了许多创新，按词谱调，珠联璧合，非同凡响。有亲友来访，偶一播放，大家同听乡音，赞不绝口。

据说，早在1962年，北京文联为纪念《红楼梦》作者曹雪芹逝世二百周年，举办了一场红楼曲艺会演，邀集演唱《红楼梦》曲目的梅花大鼓名演员于一堂，各露拿手杰作，红学家周汝昌也应邀出席。出人意料的是周恩来总理也光临听曲，他不坐贵宾席，而是悄悄地坐在普通观众席里。终场后，周恩来向这场会演的主持人和曲艺界人士建议，多多撰写红楼鼓曲新词。自那时起，周汝昌即想在旧段子之外另选情节进行创作，经多年润色，终写出《秋窗风雨夕》来。

梅花调是大鼓书的一种，流行于北京和天津，原有金万昌和卢成科两派。金万昌派早已脍炙人口；卢成科是盲人琴师，虽不能唱，却在三弦伴奏上有超人的技艺，为梅花调的翻新作出很大贡献，由他培养出的梅花调演员，多取得观众的欢迎，享盛誉于曲坛，如花四宝、花五宝、花小宝等。因为她们的艺名多用"花"字，所以也被称为"花派"。花小宝是卢成科的高徒，又向金万昌学过鼓板，得两派之长，为当代梅花调演员之佼佼者。周汝昌写成《秋窗风雨夕》之后，选中花小宝演唱，可谓得人。花小宝在咬字吐音上不松不泛、不黏不钝，缠绵悱恻，悦耳感人。

《秋窗风雨夕》的情节是宝钗到潇湘馆看望黛玉，在风雨之夕，两人倾诉心声，引起黛玉的愁思。不料宝玉也在风雨中到来，此时黛玉既忧又喜的矛盾心情，成为这段曲目的高潮。

接着花小宝唱道："这姑娘喜极反落伤心泪，那纱窗外犹兀自阵阵风声和雨声。这一回风雨秋窗来相会，到后来玉碎珠沉,他们抱恨无穷!"以《红楼梦新证》一书闻名于世的周汝昌,不仅在考据方面功底极厚,在诗词创作上也是大手笔。

扬州评话说《水浒》

中央电视台播放的电视剧《水浒》风靡了海内外，这使笔者想起影响深远的扬州评话《水浒》。

扬州评话改编的《水浒》由来已久。明末清初人张岱的《陶庵梦忆》记载，说书艺人柳敬亭在南京表演"武松打虎"的段子：

> 与本传大异。其描写刻画，微入毫发，然又找截干净，并不唠叨。说至筋节处，叱咤叫喊，汹汹崩屋。武松到店沽酒，店内无人，暴地一吼，店中空缸空甓皆瓮瓮有声。

经过扬州评话艺人世代努力，到20世纪三四十年代，王少堂的评话艺术已登峰造极。

王少堂所说《水浒》只是"武（松）十回""宋（江）十回""石（秀）十回""卢（俊义）十回"四部分，仅"武十回"就有百万字，大大超过这部分原著的约八万字。王少堂之父是清末说《水浒》名家。他本人七岁学艺，十二岁走江湖，博采众长，自成一家；再加上长期置身小市民阶层和三教九流人物之中，阅尽人间百态，而且自己也曾遭迫害，坐牢八九个月，所以他所说的《水浒》贴近生活，揉入亲身感受，特别加重了对世间丑恶和官场黑暗的揭露和鞭挞。

如原著很简略地带过了阳谷县令将武松的死罪减成活罪。王少堂合理想象，大胆创新，演绎了"陈洪辩罪"这个段子。说的是西门庆的两个舅子把姐姐送给阳谷县令史文奎的两千两银子据为己有，陈洪得知后就把变卖武松衣物的五百两银子上下打点本县衙门和"省里上房"，为武松力求减刑。陈洪对县令说："太爷，只要在详文中改成'见奸杀奸，杀奸赶奸，追奸杀奸，故而尸分两地，又兼替兄报仇……'现在外面的人都说太爷得了西门庆家两千两银子，可恨那狡猾的二生员已从中短了路。您如今反而把武松改成活罪，外面的人一定说您未曾得到赃银，这样不但保全了武松的性命，又保全了您的声誉。"说着一躬到底。其实陈洪打躬是假，玩钱是真。他把手帕解开，两手捧着三百两银子，很吃力地往案上一放。"'哗啦啦！'史文奎眼睛一亮，说：'这是什么？'陈说：'这是武松家发卖的烂产，几钱银子，孝敬老爷，买点心吃。'说得轻巧！三百两银子买点心吃，不要撑死县太爷！史文奎说：

'陈洪,本县原来是不要,可对不起你。你这么大的年纪,晚上天乌黑的。高一脚,低一脚,满重的!好吧,收下罢!至于详文,就照你说的那样改罢——来人,搬到后头去!'"这段子堪称活生生的"官场现形记",令人捧腹,引人深思,使人共鸣。

王少堂说《水浒》闻名于大江南北。直至20世纪50年代初,南京人想去夫子庙听他说书,十有八九要买加座票。他孙女王丽堂将乃祖的技艺发扬光大,于粉碎"四人帮"后在电台播出《水浒》,再次征服了广大听众。

评书名家陈士和

提起一代评书名家陈士和,津门的老书迷至今仍痴迷神往,津津乐道。

陈士和原是北京人,自幼喜听评书,后拜擅长说《聊斋》的张智兰门下学说《聊斋》。他白天随师到书馆听书,晚上从师学习"书"和书中的各种诗、词、歌、赋以及公文诉状为"贯口"。由于刻苦钻研,后来又在《聊斋》原作基础上,发挥改编创作才能,陈士和编纂出不少个人独有的聊斋书目,因而赢得听众的喜爱,从此成为北京书坛的新葩。

民国七年(1918)前后,陈士和应邀赴津说《聊斋》。当时天津茶楼书馆说《聊斋》的为数很少,即使有也水平有限。因此陈士和到津后,以讥讽戏谑利欲熏心、好逸恶劳的《崂山道士》为打炮书目,博得了开场红。当时津门的单弦圣手德寿山围绕故事主题,特为他编了一首定场诗:

贪贪贪，为人贪得无厌；

厌厌厌，厌其妄想白沾；

沾沾沾，沾沾自喜天天盘算；

算算算，算计着学道求仙，一生登天；

天天天，天天盼着发财致富腰缠万贯；

贯贯贯，贯足气力脑袋尖尖儿愣向墙壁上钻；

钻钻钻，只钻得鼻青脸肿脑壳白流鲜血一滩；

谁叫你痴心妄想贪贪贪！

每次他说这首定场诗时，都博得碰头好。陈士和感慨地说："话儿开得对，道儿领得好，不愁书座儿门儿上找！"

其实天津书坛高手如云，人才济济。如说隋唐号称"活秦琼"的张诚润、声若洪钟的金杰丽、赛济癫的孙伯珍等都名声显赫。初露锋芒的陈士和能与这些前辈鼎足而立实属不易。

爱好评书的一些人，对当时的说坛是这样评说的：陈士和能把鬼说活，孙伯珍装疯卖傻赛济癫佛，张诚润的隋唐说得精，金杰丽拿手的段子是闹东京。

陈士和的书座范围很广，上自达官富绅、遗老名流、骚人墨客，下至军警商学、梨园名宿、贩类杂家，陈对这些书座都尊若神明，敬如师长。他认为这些人是他提高说书才能、丰富社会知识和人情世理的宝贵源泉。

有一次他正说《聊斋》的毛大福一段："一到狼窝，狼眼一扫就看出哥儿俩是衙门口马快班头。用鼻子一闻，身上带有依权仗势，敲诈勒索，进饭馆儿白吃，听书看戏不但不给钱，临走还得捎走几套烧饼夹牛肉的邪味儿。"刚说到这里，台下就有人大声嚷道："别说啦！我看你有点儿找不肃静！"陈一看，是一个叫扁食的特务王金才。他原来是饺子馆的伙计，后来认了个青帮头子当干爹，做了特务，尽干为非作歹的事。眼瞅着这家伙要闹事，又听有人说：

"什么混账东西，敢对陈先生如此无礼！你不让说，你爷爷爱听！先生说你的，看他敢把你怎样！"王金才一看，说话的人按青帮的辈分论，比自己长两辈，是"通"字班的头子，曾是北洋军阀时期探访局的老密探，马上就软了下来。忙笑着说："三爷，您别生气呀！我跟先生闹着玩儿呢！"说完话灰溜溜地就跑了！从此，陈士和出场很少有滋事捣乱的事情发生。

陈士和在津说书三十余年，走遍津门书坛。如北门里的宝和轩、西头驴市口的德庆园、侯家后的东来轩、官沟街的润香茶楼、茶吉街的通海茶楼等，都成为他发挥艺术才能的舞台。

说书人钟晓帆

清末民初,成都有位红极一时的说书人叫钟晓帆。其人本是秀才,几次落第之后便以教私塾为生,后来偶遇淮阴一位说书人,遂得说书之道,从此改行说书。

钟晓帆起家之地是州府旁的一家茶铺,铺前挂有"评书"招牌以揽生意。一日,州官经过,看见招牌即望文生义,称此人未免太轻狂,古今书籍,浩如烟海,岂敢在州府门前狂言"评书"?便差人招钟晓帆进府"评书",听了"评书"后才明白过来。由于晓帆通晓历史,记忆力强,思维活跃又能言善辩,把一则舌战群雄讲得起伏跌宕,绘声绘色,州官十分赏识。至此,钟晓帆名声传出,各大小茶馆纷纷相邀,晓帆所到之处,茶客盈门,茶因他贵。《三国演义》《东周列国》《水浒》《大红袍全传》《绿野仙踪》《孟丽君》等历史故事是他的代表作。

晓帆叙事演绎能力极强,一则小故事,自他口中道出,不知会生出多少枝节来。一段《三顾茅庐》,他可以紧紧凑凑地讲上个把月。

有一回晓帆在顺城街的安乐寺茶园讲《孟丽君》，其中一段说的是皇帝察觉其大臣孟丽君是个巧扮男装的女人，便设宴招待，想趁其醉酒后脱下她的靴子以证虚实。故事讲到此，他却卖起关子来，一连讲了十多天这靴子也脱不下，最后一天有个当兵的实在憋不住了，从座位上跳起来，一把抓住晓帆衣襟，口中厉声质问："你这个靴子到底能不能脱下来？"晓帆见势不妙，忙说："脱得下来，脱得下来。"兵怒问："几时脱？"钟答："马上脱。"当兵的松下手来又问："哪个给她脱？"晓帆只好说："我给她脱。"原来这个当兵的每晚从军营偷跑出来听书，已被罚过几次军棍，本想听完结局，今晚再挨最后一次打，以后不再来，哪知说客总是没完没了，于是心急如燎，按捺不住便冲将上去。

据说，晓帆说书爱以古喻今，针砭时弊，后来被权贵迫害，五十多岁就抱恨黄泉，以后成都茶馆虽有说书人，但都不及晓帆。

"文化大革命"中说书业被列为"四旧"，被扫出历史舞台。改革开放后，成都茶馆里大都以放录像为娱乐项目，也未见有人说书。

偶闻成都锦江剧场里茶价飞涨，茶客爆满。入场券从几角炒到二十多元，并不是花茶多香，而是百姓喜爱的说书人回来了，久违的成都茶文化恢复了它本来的面目。一位叫李白清的说书人每晚在此旁征博引,谈古论今,由此刮起了空前的"李白清旋风"。观众说,他说书轻松诙谐,好比一盘炒油菜,正合了吃腻大鱼大肉的现代人的口味。再加上电视、电台等媒体的宣传,李白清已成为成都家喻户晓的新闻人物,他的专辑磁带也陆续出版了。

代后记
——我所认识的周简段先生

老报人周简段先生,曾是我的同事,因长我十多岁,而且知识渊博、采编经验丰富,所以我一直把他奉若长辈。

周简段先生是个"老北京",青少年时代在北京读书、工作、生活,对北京的名人轶事、名胜古迹、文物珍宝、文史掌故、艺苑趣闻,以及民情风俗都了如指掌。他曾和我谈起早年间与张恨水一起办报的时候,常常逛天桥,游故宫,访名胜;还谈到抗战末期到香港去办《星岛日报》;当闻讯共和国诞生,欣喜若狂,马上回到祖国的怀抱,返回朝夕思念的北京,又干起了轻车熟路的老本行——新闻工作。孰料,1957年反右时他被打成"右派","文化大革命"中,他又蹲了"牛棚"。凭着一个老知识分子的一颗正直、善良、爱国的心,他总是充满信心地说:"祖国将来肯定会繁荣富强的!"

1976年以后,周先生到香港去继承遗产,便在那里定居了。从1980年1月起,他在香港《华侨日报》副刊开辟了"京华感旧录"专栏,每日一篇,千字左右,一直到1992年该报易主改版方罢。一人主持一个专栏能持续十多年不辍,这在中外新闻史上实属罕见。

中间,他经常回北京,每次见面,我们总是畅饮畅聊。他拿出香港报刊对他文章的评介给我看:有的报章称赞他"知识渊博,文笔优美,是写老北京的权威";有的刊物评介他"以古都北京为经,短小精炼的文字为纬,系统地缕述京华旧日,细说当年,使昔日事像重现读者眼前,又具探源究始之功,兼且披露不少鲜为人知的重要史事,对保存历史文化贡献殊大";还说,读了周先生的文章,"备觉亲切,似与周氏把臂遨游,细诉从前,令人低徊不已"。

他还拿出不少读者的来信。尤其是三四十年代著名明星夏霞女士在读了他写的《夏霞演〈人之初〉》之后,给他写的一封上千字热情洋溢的信,对文章中提到她结婚四十周年的纪念照非常感动。信中说:"由于这段旧闻,把我的思潮又带回四十年前的上海去了。"接着她回顾了20世纪40年代演《赛金花》和《人之初》话剧的详细情况。最后她感慨地写道:"人年纪大起来,总喜欢怀旧、回忆,如果能找个对象谈谈往事,温温旧梦,实在是人生一大乐事。"另外,周先生的不少文章,如《宋哲元及其大刀队》《抗战殉国的张自忠将军》等,被马来西亚、新加坡、美国以及中国台湾等国家和地区的报纸转载,在华人中影响很大。

周先生的专栏文章,1986年曾由香港南粤出版社结集出版,书名《京华感旧录》,由溥杰先生题签,梁漱溟先生作序,分《艺文篇》《风土篇》《人情篇》《掌故篇》和《名胜篇》五卷,附历史照片多帧,印刷精美,弥足珍贵。书中文章短小精练,兴味盎然,于茶余饭后,品读一番,实是美不胜收的艺术享受。该书成为当时香港十大畅销书之一,周先生由此一跃成为香港著名的文史作家。

此后,周先生越写思路越宽,逐渐取材已不限于京城一隅,而是遍及神州大地。内容也不再是单纯的感旧,而是忆旧述新,加上一些现实的见闻和感受,使台、港、澳和海外读者更感亲切和感慨。

1992年,北京的华文出版社要将周先生十几年的专栏文章辑录成书,周先生找我来选编。因全部文章有4000篇之多,我只好精选一下,分成六卷出版,定名"神州轶闻录"。请冰心先生写了总序,请萧乾、季羡林、侯仁之、胡絜青、于若木诸先生为各分册作序,封面请启功先生题签。

书出版后,社会效益颇佳。《文汇报》《新闻出版报》《人民政协报》《中国艺术报》等竞相转载其中的文章,影响愈大。周先生也接到大量读者来信,有赞扬,有鼓励,更多的是希望周先生笔耕不辍,给读者更多的精神食粮。此后,周先生又先后以周彬、周续端、司马庵等笔名在香港的《大公报》开辟了"神州拾趣"专栏,在《港人日报》开辟了"京华内外"专栏,在台湾的《世界论坛报》开辟了"神州感旧"专栏等。

1997年香港回归,周先生更是精神振奋,壮心不已,笔耕愈勤。先生之作与日俱增,影响愈大。今将其二十多年来之全部著作,重新进行分类精选,按十卷出版,书名分别为《字里乾坤》《朝野遗事》《民俗话旧》《文坛忆往》《大戏台》《画坛旧事》《故都文化趣闻》《美食妙谈》《名胜游记》《武林拾趣》。除保留冰心、萧乾、季羡林、胡絜青、侯仁之和于若木诸先生的序文外,又请了著名作家钱世明、赵云声、昌沧、书画家米景扬、民俗学家成善卿等先生分别为新增书作序。从整体看,比之前的版本更全面地展现了周先生二十多年来文史专栏写作的成绩。从内容看,蕴涵的民族韵味和时代精神更丰富、更有深度。

《神州轶闻录》中的文章,虽然篇幅不长,内容也都是轶闻琐事,看似细碎平淡,然皆韵味悠长。现在引当代哲人季羡林先生在原《文化篇》序言中的一段话作为本文的结尾吧:

"哲学家们常说:于一滴水中见大海,于一粒沙中见宇宙。难道在我们这些小的文章中不能见到大的文化吗?所有这些戏曲、文玩、学府逸事等等,又哪一个与文化无关呢?只不过在这里谈文化,不是峨冠博带,威仪俨然,不是高头讲章,而是涉笔成趣,理路天成,于琐细中见精神,微末处见全面,让你读了以后,如食橄榄,回味无穷,陶冶性灵,增长见识。"

冯大彪

2017年6月修订于北京